Sara Oliver
Verloren zwischen den Welten

SARA OLIVER

Verloren

ZWISCHEN DEN
WELTEN

Band 2

Ravensburger Buchverlag

Bibliografische Information der Deutschen Nationalbibliothek:
Die Deutsche Nationalbibliothek verzeichnet diese Publikation
in der Deutschen Nationalbibliografie.
Detaillierte bibliografische Daten sind im Internet
auf www.dnb.d-nb.de abrufbar.

1 2 3 4 5   E D C B A

Originalausgabe
© 2017 Ravensburger Buchverlag Otto Maier GmbH
Text © Sara Oliver
Vermittelt durch die Literaturagentur Arteaga, München

Umschlaggestaltung: Geviert, Christian Otto
Verwendete Motive von © Skreidzeleu/Shutterstock,
© Nastassja Abel/Shutterstock, © Stephen Cullum/Shutterstock
und © Raffaela Schütterle

Alle Rechte dieser Ausgabe vorbehalten durch
Ravensburger Buchverlag Otto Maier GmbH,
Postfach 1860, D-88188 Ravensburg

Printed in Germany

ISBN 978-3-473-40149-9

www.ravensburger.de

Für Paul, dem ich die Idee für dieses Buch verdanke

Teil 1

1

Der Kellner guckte schon wieder rüber. Kein Wunder, Ve hielt sich ja auch bereits seit einer halben Ewigkeit an ihrem Chai Latte fest. Und das, obwohl das Café rappelvoll war.

Mist, nun war sie auch noch seinem Blick begegnet.

»Anything else?«, fragte er hoffnungsvoll.

»Thank you.« Sie schüttelte den Kopf und blickte gleichzeitig auf ihr Smartphone. Halb sechs. Finn war seit einer halben Stunde überfällig. Er kam grundsätzlich zu spät, aber so lange hatte er sie noch nie warten lassen.

Ve hatte schon dreimal versucht ihn anzurufen und ihm zwei WhatsApp-Nachrichten geschrieben. Er hatte nicht reagiert.

»Jetzt reicht's.« Sie hob den Kopf und winkte dem Kellner, um zu zahlen. Aber der war jetzt nicht mehr zu sehen. Plötzlich erschien ihr die Vorstellung unerträglich, auch nur eine Minute länger hier rumzusitzen. Ihr wurde heiß vor Wut. Was bildete Finn sich eigentlich ein? Glaubte er, dass sie nichts Besseres zu tun hatte, als in diesem bescheuerten Café abzuhängen, das doppelt so teuer und doppelt so voll war wie ihr Lieblings-Coffeeshop in ihrem Viertel? Nur weil irgendein bescheuerter Trendscout diesen Laden kürzlich als »den angesagtesten Ort in L. A.« bezeichnet hatte?

Ve kramte eine Fünfdollarnote aus ihrem Portemonnaie und legte sie auf den Tisch. Das würde ja wohl reichen. Als sie aufstand, stürzte sich sofort ein Hipster-Pärchen auf die freien Plätze. »Are you leaving?«

»Yes«, sagte Ve.

»No«, keuchte Finn, der plötzlich neben dem Tisch aufgetaucht war. »Tut mir leid, Ve, ich hab's echt nicht früher geschafft.« Er ließ sich auf den Stuhl fallen, den die Hipster-Frau zurückgezogen hatte.

»Sorry«, sagte Ve, nicht zu Finn, sondern zu dem Pärchen, das nun wütend wieder abzog, aber die beiden hörten sie gar nicht mehr.

»Setz dich doch«, sagte Finn und winkte dem Kellner. »Ich brauch jetzt erst mal einen Latte.«

»Ich hab eigentlich keine Zeit mehr.« Das war eine glatte Lüge. Sie hatte sich den ganzen Abend für Finn reserviert, sie wusste ja, dass er nur noch zwei Tage in Los Angeles war. Übermorgen flog er wieder zurück nach

Deutschland, sie würden sich wochenlang nur noch über Skype sehen, Ve musste schließlich zur Schule und Finn würde in Europa auf Tour gehen.

»Was?« Er sah sie so verletzt an, als hätte sie gerade mit ihm Schluss gemacht.

Wenn seine Augen nur nicht so toll gewesen wären! Ve wurde jedes Mal schwach, wenn er sie anblickte. Tiefblaue Iris, umgeben von einem grünen Ring.

»Ich hab mich total abgestresst, um hierher zu kommen«, rief Finn. »Und jetzt sagst du mir, dass du weg musst?«

»Wir waren um fünf verabredet«, erwiderte Ve. »Und ich war pünktlich. Ganz im Gegensatz zu dir. Ich hab keinen Bock darauf, dass du mich ständig warten lässt.«

»Komm schon! Ständig ist ja wohl übertrieben.« Er massierte sich mit Zeigefinger und Daumen die Nasenwurzel. »Echt, Ve, ich bin im Megastress. Das kannst du dir gar nicht vorstellen, was heute im Studio abgegangen ist.«

Sie unterdrückte ein Seufzen, während sie sich doch wieder an den Tisch setzte. »Was war denn los?«

Er erzählte von seinem Produzenten, der im letzten Moment durchgesetzt hatte, dass doch noch ein neuer Song aufgenommen wurde. Dafür musste ein anderes Stück rausgeschmissen werden. »*Escape* kommt nicht aufs Album«, sagte Finn. »Stattdessen nehmen wir *Eternal Love* rein.«

»Was? *Escape* fliegt raus?«, fragte Ve entgeistert. »Aber das ist dein bestes Stück!«

»*Dein* bestes Stück«, erinnerte Finn sie. »Die Idee ist schließlich von dir.« Er seufzte und verzog das Gesicht. »Ich find es auch richtig gut. Aber Andy will es eben nicht drin haben.«

»Aber du bist der Sänger. Dein Name steht auf dem Cover. Dich wollen die Leute hören!«, rief Ve so laut, dass sich der halbe Laden nach ihr umdrehte. »Das kann doch nicht wahr sein!«

»Ach, Ve.« Finn lächelte schief. »So langsam müsstest du doch wissen, wie die Sache läuft. Ich bin ein Aushängeschild und sonst gar nichts. Wenn ich nicht mitspiele, suchen die sich eben einen anderen Hampelmann.«

»Aber du bist *Germany's New Popstar!* Ganz Deutschland liebt dich.«

»Das ist fast ein Jahr her.« Finn winkte dem Kellner. »Schnee von gestern. Inzwischen gab es schon wieder eine neue Staffel und einen neuen Gewinner. Dass ich im Musikbusiness überhaupt noch eine Rolle spiele, grenzt an ein Wunder.«

»Du spinnst ja wohl. Du bist richtig gut, deshalb spielst du eine Rolle.«

»Danke. Ich hoffe, meine Fans sehen das auch so. Latte macchiato, please.« Die letzten Worte waren an den Kellner gerichtet, der die Bestellung in sein Tablet eintippte und dann Ve ansah.

»One of these for me.« Sie hob ihren leeren Teebecher und schwenkte ihn hin und her.

»Anything to eat?«, fragte der Kellner drohend. Die Schlange der Wartenden an der Bar, die auf einen Sitzplatz lauerten, wurde schließlich immer länger.

Finn bestellte einen Cheesecake, aber Ve wollte nichts. »Sollen wir nicht lieber irgendwo anders was essen?«

»Ich dachte, du hast keine Zeit mehr.«

»Jetzt hab ich doch wieder Zeit«, sagte Ve. »Wir könnten zu diesem Vietnamesen in der Hill Street und später ins Crowd, da legt heute Zurr auf.«

»Wer?«

»Zurr? Kennst du den nicht? Ein DJ. *Der* DJ. Total angesagt in L. A. Und ich hab ihn noch nie gehört.«

»Aha.« Er kniff sich wieder in die Nasenwurzel. »Ich weiß nicht.«

»Was weißt du nicht?«

»Essen gehen ist okay. Obwohl ... vietnamesisch. Mir ist eher nach einem Burger.«

»Meinetwegen.«

»Und das mit dem Club – ich muss morgen verdammt früh raus.«

Sie seufzte. »Langweiler.«

Es war nicht ernst gemeint, aber Finn fand es überhaupt nicht witzig.

»Ich bin nicht zum Spaß in Los Angeles. Ich arbeite den ganzen Tag. Und zwar hart.«

»Und nach der Arbeit solltest du Spaß haben.« Sie lachte, als sie sein finsteres Gesicht sah. »Ist ja schon gut. Dann gehen wir eben morgen ins Crowd. Da ist Zurr zwar nicht mehr da, aber es ist dein letzter Abend ...«

Jetzt kam der Kellner mit ihrer Bestellung zurück. Finn nahm seinen Kaffee und den Cheesecake in Empfang, und Ve bekam ihren Chai. Sie nahm einen Schluck und stellte fest, dass er nur lauwarm war und viel zu süß. Sie hatte schon den ersten Chai nicht gemocht, warum zum Teufel hatte sie sich noch eine Tasse von dem Zeug bestellt?

»Das Crowd wird dir gefallen, ist echt cool da.« Ve schob den Becher von sich.

Finn schien ihr gar nicht zuzuhören, er starrte nur mit düsterem Blick auf seinen Cheesecake.

»Stimmt was nicht, Finn?« Eine Kakerlake im Kuchen? Haare in seinem Kaffee? Oder war ihm plötzlich eingefallen, dass er gar keinen Käsekuchen mochte?

»Wegen morgen ...«, erwiderte er gedehnt.

»Was?«, fragte sie und wusste im selben Moment, was er ihr sagen wollte. »Du kannst morgen nicht.«

»Ich ...« Er schob den Kuchenteller zur Seite. »Es tut mir leid, Ve. Aber Andy und Jo haben einen Pressetermin klargemacht. Eine Frau von *Inside L. A.* und ein wichtiger Typ von einer Talkshow und noch ein paar Leute. Andy und Jo haben die ganze Zeit versucht, an die ranzukommen, und jetzt haben sie endlich angebissen.«

»Herzlichen Glückwunsch«, sagte Ve. »Ich hoffe, du schmeckst ihnen.«

»Ve.« Er verdrehte die Augen. »Ich hab doch auch keinen Bock auf den Zirkus. Viel lieber würde ich mit dir ...«

»Dann tu's doch einfach«, zischte sie. »Lass dich doch nicht so rumschubsen! Die pfeifen und du kommst angetanzt, so geht das Tag und Nacht. Du hast überhaupt kein eigenes Leben mehr.«

»Also, das ist doch total übertrieben.«

»Ist es das?«, fragte Ve. »Du warst zwei Wochen in L.A. und wir haben uns kaum gesehen. Wenn wir mal verabredet waren, bist du zu spät gekommen und dann musstest du gleich wieder weg. Morgen ist unser letzter Abend, danach sehen wir uns ewig nicht mehr. Aber du verplemperst deine Zeit lieber mit irgendwelchen Scheiß-Interviews, für die sich kein Schwein interessiert.«

»Vielleicht dauert das Ganze ja gar nicht so lange«, sagte Finn. »Warum kommst du nicht einfach gegen sieben oder acht zum Studio und dann sehen wir ...«

»Was? Ob du ein halbes Stündchen für mich übrig hast? Nee, danke!«

»Quatsch. Wir gehen essen.«

»Zusammen mit den Journalisten und Andy und Jo und dem Rest des Teams, ja?«

An Finns erstem Abend in L.A. hatte sie sich darauf eingelassen, mit der ganzen Produktionsabteilung auszugehen. Finn hatte sich die ganze Zeit mit der hübschen Assistentin und den Studiomusikern unterhalten, während Ve schweigend neben ihm gesessen und die Minuten gezählt hatte. So etwas würde sie sich nicht noch einmal antun, das stand fest.

»Bitte, Ve. Nun sei doch nicht gleich eingeschnappt.«

»Eingeschnappt?« Sie stand auf und sah aus dem Augenwinkel, wie sich das Hipster-Paar an der Bar sofort wieder in Bewegung setzte. Wie die Geier. »Ich bin nicht eingeschnappt. Nur traurig.«

Als sie zur Tür ging, sprang Finn ebenfalls auf und rannte ihr nach. »Bleib hier, was soll denn das? Benimm dich doch nicht wie ein kleines Kind ...«

Den Rest hörte sie nicht mehr, weil sie auf die laute Straße hinaustrat. Heiße Luft schlug ihr ins Gesicht. Das Café war klimatisiert, aber hier draußen war es schwül, viel zu warm für Mitte März.

Finn war jetzt ebenfalls an der Tür, doch der Kellner hielt ihn auf, sie hatten schließlich noch nicht bezahlt. Während er Finn am Ärmel zurückzog, beschleunigte Ve ihre Schritte und lief auf den Eingang der U-Bahn zu.

Sie waren noch keine sechs Monate zusammen und stritten sich schon wie ein altes Ehepaar. Und daran war nicht nur Finn schuld. Er hat es mir ja prophezeit, dachte Ve. Ich wusste, was kommt. Aber ich wollte es nicht glauben.

Als er sie angerufen hatte, um ihr zu sagen, dass sein

neues Album in L. A. aufgenommen werden würde, hatte er sie gewarnt. »Ich werd kaum Zeit für dich haben«, hatte er gesagt. »Aber ich freu mich trotzdem unglaublich darauf, dich wiederzusehen.«

Und nun war es genau so, wie er es vorausgesagt hatte. Er arbeitete wie verrückt. Und sie war sauer, weil er sich nicht genug um sie kümmerte. Anstatt die wenige Zeit, die sie miteinander hatten, zu genießen. Wie traurig er ausgesehen hatte, als sie eben einfach davongelaufen war.

Und jetzt? Würde er die Rechnung bezahlen und dann vermutlich in sein Hotel gehen. Vielleicht noch einen Drink auf dem Zimmer nehmen. Oder einen Cocktail an der Hotelbar, mit der hübschen Produktionsassistentin.

Ich bin so bescheuert, dachte Ve. Einen Moment war sie versucht umzudrehen und zurückzulaufen. Aber inzwischen stand sie auf der Rolltreppe und fuhr nach unten, vor und hinter ihr drängten sich die Leute. Es war zu spät.

Auf dem Bahnsteig dudelte Musik. Ein leiser, gefühlvoller Popsong. Einen Augenblick lang glaubte Ve, dass es *Escape* war. *You can run and you can hide, but you can't escape.* Aber natürlich täuschte sie sich. Den Song gab es in dieser Welt ja noch gar nicht, er existierte nur in ihrem Kopf.

Sie hatte sich so gefreut, dass Finn das Stück aufnehmen würde, und nun hatte ihnen dieser Idiot von Produzent einen Strich durch die Rechnung gemacht. Dabei war es eindeutig Finns bestes Lied.

»Die Idee ist von dir«, hatte Finn gesagt. Aber das stimmte nicht. Es war seine eigene Idee. Er wusste es nur nicht.

Der andere Finn aus der anderen Welt hatte den Song komponiert und Ve vorgespielt. Und Ve hatte ihn in dieses Universum gebracht und diesem Finn geschenkt. Natürlich hatte er keine Ahnung, dass das Lied von seinem Alter Ego stammte.

Ve hatte ihm nichts davon erzählt, dass sie im vergangenen Sommer durch ein Wurmloch in ein Paralleluniversum gereist war, dass sie dort nicht nur sich selbst getroffen hatte, sondern auch Finns Doppelgänger, in den sie sich Hals über Kopf und rettungslos verliebt hatte.

Ein paarmal war sie kurz davor gewesen, ihm alles anzuvertrauen. Aber im letzten Moment hatte sie es doch nicht getan. Die Angst, dass er ihr nicht glauben würde, war einfach zu groß.

Vor ihr fuhr die U-Bahn ein. Die Türen öffneten sich mit einem Zischen. Menschen quollen aus dem Wagen, danach drängten sich die Leute vom Bahnsteig durch die Türen. Ve stieg als Letzte ein.

Es stimmte ja gar nicht, sie belog sich selbst, dachte sie, als sich die U-Bahn in Bewegung setzte. Sie hatte gar keine Angst, dass Finn ihr nicht glauben könnte. Sie fürchtete sich davor, dass er die ganze Wahrheit erraten würde, wenn sie ihm erzählte, was im letzten Sommer geschehen war. Dass er begreifen würde, dass Ve eigentlich seinen Doppelgänger liebte.

Wenn es nicht vollkommen ausgeschlossen wäre, dass Ve den anderen Finn jemals wiedersehen würde, hätte sie sich niemals auf diese Beziehung eingelassen.

Sie wusste bis heute nicht, wie Finn es geschafft hatte, ihre Adresse in Los Angeles herauszufinden, aber irgendwie war es ihm gelungen. Vor einem halben Jahr hatte er ihr einen Flyer geschickt, ganz altmodisch mit der Post. Es war eine Konzertankündigung, er hatte einen Gig im Nello's, einem kleinen Club in Downtown L. A.

»Dein Name steht auf der Gästeliste. See you there? Finn.« Das war die ganze Nachricht.

Sie war hingegangen, weil sie neugierig gewesen war. Und als sie ihn auf der Bühne gesehen hatte, hatte ihr Herz zu rasen begonnen, sie konnte es gar nicht verhindern. Er war nicht der Richtige, der Richtige war in einem anderen Universum. Aber er sah genauso aus.

Vor acht oder neun Jahren waren die beiden Finns ein und dieselbe Person gewesen. Danach war die Welt auseinandergebrochen, der eine Finn hatte als Musiker Karriere gemacht und verkaufte Millionen von Platten, der andere jobbte in einem Coffeeshop und kämpfte für eine gerechtere Welt.

Das Konzert im Nello's war mäßig besucht, in den USA war Finn ja noch total unbekannt. Aber die Stimmung war super, die Leute waren begeistert und am Ende wollten sie eine Zugabe nach der anderen. Da ging Finn zu seinem Gitarristen, nahm ihm die Gitarre aus der Hand und sagte: »Jetzt kommt ein ganz besonderes Lied für eine ganz besondere Person.«

Und dann sang er *Escape*.

Und Ve stand im Publikum und hörte seine Stimme, die genauso klang wie die seines Alter Egos. Die Tränen liefen ihr über die Wangen, so sehr vermisste sie ihn, so sehr freute sie sich, ihn wieder zu hören.

Nach dem Konzert gingen sie noch was trinken und als Finn Ve nach Hause brachte, küsste er sie. Am nächsten Tag flog er weiter nach San Francisco, da hatte er seinen nächsten Auftritt, und Ve begleitete ihn.

Seitdem waren sie ein Paar. Allerdings hatten sie in der Zwischenzeit hauptsächlich über Skype und WhatsApp kommuniziert.

Jedes Mal, wenn Ve Finn sah, schlug ihr Herz zum Zerspringen. Aber nach kurzer Zeit war sie immer genervt von ihm. Weil er so gestresst war und so unzufrieden. Obwohl er eigentlich alles erreicht hatte, wovon der andere Finn träumte: Er verdiente so viel Geld mit seiner Musik, dass er gut davon leben konnte, ohne zu kellnern oder für andere Leute Kaffee zu kochen. Aber er litt darunter, dass er nicht mehr die Musik spielen konnte, die er spielen wollte. Sein Manager, sein Musikproduzent und das Label bestimmten, was er sang.

Ve lehnte ihren Kopf an die Fensterscheibe und starrte ins Leere. Sie war gemein zu Finn gewesen, sie hätte ihn nicht einfach so stehen lassen dürfen. Sie würde ihm nachher schreiben und sich entschuldigen. Und morgen Abend würde sie zum Studio fahren, um sich von ihm zu verabschieden. Vielleicht würde sie sogar mit ihm und seinem Team essen gehen. Es war schließlich sein letzter Abend.

An der nächsten Station stieg sie aus und nahm den Bus nach Westwood. Sie zog ihr Handy aus der Tasche und stöpselte ihre Kopfhörer ein. »*Do you believe in the power of everlasting love?*«, sang Finn. Sie hätte viel lieber *Escape* gehört, aber das hatte er nicht aufgenommen und würde es auch nicht aufnehmen.

Als sie eine Dreiviertelstunde später aus dem Bus stieg, war die Sonne verschwunden. Der Himmel hatte sich verfinstert, vom Meer her zogen große, schwere Wolken über die Stadt. Ve beschleunigte ihre Schritte, sie hatte keine Lust, nass zu werden. Sie hastete die breite, stille Straße entlang, in der sie wohnten.

Das Tor zu ihrer Wohnanlage war normalerweise bewacht, aber heute war das kleine Pförtnerhaus neben dem Eingang leer. Dabei verließ Fernando, der Doorman, eigentlich nie seinen Posten.

Ve hatte immer ein schlechtes Gewissen, wenn sie ihn sah. Fernando verdiente ein Hundertstel von dem, was ihre Mutter als Unternehmensberaterin einstrich. Und er arbeitete so hart dafür und war immer freundlich und vergnügt.

»Muss er ja auch sein, sonst kann er als Doorman direkt einpacken«, sagte ihre Mum, die es ganz in Ordnung fand, dass es überall auf der Welt Leute gab, die ihr die Türen aufhielten, ihre Wohnung bewachten, ihre Schuhe und ihr Bad putzten. »Wer seine Sache gut macht, der steigt auch schnell auf. Schau mich an, ich habe es doch auch geschafft.«

Karla Wandler hatte nie studiert, sondern nur eine Lehre als Bankkauffrau gemacht. Nach Ves Geburt hatte sie sogar ein paar Jahre lang ganz pausiert. Aber nachdem Ves Vater arbeitslos geworden war, hatte Karla wieder zu arbeiten begonnen und in weniger als zehn Jahren eine unglaubliche internationale Karriere hingelegt.

Der Nachteil an der Sache war, dass sie und Ve ständig den Wohnort wechselten. Seit der Trennung ihrer Eltern hatte Ve in München, Athen, Sydney, Kapstadt und Los Angeles gewohnt. Jeder Umzug bedeutete für Ve eine neue Schule, neue Klassenkameraden, neue Lehrer, neue Freunde. Inzwischen wohnten sie seit fast einem Jahr in L. A., wahrscheinlich ging es bald wieder los. Ve verdrängte den Gedanken jedes Mal, wenn er ihr durch den Kopf schoss.

Ve öffnete das Tor mit ihrer Chipkarte und ging über den Hof zu ihrem Apartmentkomplex. Immer noch keine Spur von Fernando. Vielleicht war er krank.

Auch die Tür zu dem Gebäude ließ sich nur mit der Chipkarte öffnen. Als Ve in den Flur trat, wusste sie sofort, dass etwas nicht in Ordnung war. Es war zu laut im Haus.

Normalerweise herrschte in dem marmorvertäfelten Treppenhaus Totenstille. Besucher dämpften unwillkürlich ihre Stimmen, und selbst der kleine Dackel ihrer steinalten Nachbarin, der draußen bei jeder Gelegenheit kläffte, traute sich nicht, hier drin zu bellen.

Aber heute war etwas anders.

Ve hörte von oben laute Schritte, dann knallte eine Tür. Eine tiefe Männerstimme gab Anweisungen, die Ve nicht verstand.

Ve drückte auf den Knopf, um den Aufzug zu rufen. Als er nicht sofort kam, lief sie kurz entschlossen die Treppen zu ihrer Wohnung im vierten Stock hoch. Sie nahm immer zwei Stufen auf einmal und hatte dennoch das Gefühl, dass sie nicht vorankam.

Ihr Herz hämmerte wie verrückt, vor Aufregung und vor Angst. Dabei gab es gar keinen Grund zur Sorge, versuchte sie sich zu beruhigen. Wahrscheinlich gehörten die Stimmen Handwerkern, die in einem der Apartments arbeiteten, vielleicht wurde eine Spülmaschine geliefert oder neue Mieter zogen ein.

Sie wurde dennoch nicht langsamer. Vollkommen außer Atem kam sie im vierten Stock an.

Die Tür zu ihrer Wohnung stand offen. Und als Ve einen Blick hineinwarf, wusste sie, dass ihre Angst berechtigt gewesen war.

2

Im Wohnungsflur stand ein dicker schwarzer Polizist und befragte Fernando. Und um die beiden herum herrschte das totale Chaos.

Jemand hatte die Kommode im Flur ausgeräumt, der Inhalt war überall verteilt. Die schicken Pumps ihrer Mum lagen neben Ves alten Sneakern, ihre Wanderstiefel neben pinken Flipflops. Dazwischen Schals, Handschuhe, Tücher, Handtaschen. Ves Jeansjacke lag vor der Wohnzimmertür, die Ärmel weit ausgebreitet, als wollte sie sich ergeben.

»Mum?« Ves Stimme war schrill vor Angst.

Jetzt erst wurde sie von dem Polizisten und Fernando bemerkt.

»Hola, Miss Ve!«, sagte Fernando. Sonst begrüßte er sie immer mit einem breiten Grinsen, heute war sein Gesicht sehr ernst. Er wischte sich mit dem Handrücken den Schweiß ab.

»Wo ist Mum?« Sie wollte an den beiden Männern vorbei, aber der Polizist hielt sie auf.

»So who are you?«, fragte er.

»Ve!«, rief jemand. Zu Ves unendlicher Erleichterung tauchte jetzt ihre Mutter in der Wohnzimmertür auf. Karla Wandler war ziemlich blass und wirkte total fertig, aber sie schien unverletzt.

»Was ist denn passiert, Mum?« Normalerweise sprach Ve Englisch mit ihrer Mutter, irgendwann in den letzten Jahren waren sie dazu übergegangen. Aber jetzt fiel Ve unwillkürlich in ihre Muttersprache zurück.

»Hier wurde eingebrochen.« Ves Mutter verdrehte die Augen. »Die Wohnung ist ein einziges Chaos. Die haben alles durchwühlt.«

Einbrecher. Ve musste sofort an die Mail denken, die sie vor drei Wochen bekommen hatte. Gut, dass sie das Buch längst in Sicherheit gebracht hatte.

»Was haben sie mitgenommen?«

»So genau weiß ich das noch nicht, ich bin auch erst vor einer halben Stunde nach Hause gekommen. Aber ich befürchte, dein Laptop ist weg. Dafür haben sie die zweihundert Dollar übersehen, die auf dem Kühlschrank lagen.«

»Echt? Das gibt's doch nicht.«

»Vielleicht sind sie gestört worden.«

»Was ist sonst noch weg?«

»Keine Ahnung. Als ich gesehen habe, was hier los ist, hab ich erst mal die Polizei gerufen. Aber vermutlich hätte ich mir das auch sparen können. Die machen das Chaos nur noch größer.« Sie deutete mit dem Kopf auf einen Polizisten, der auf der Schwelle zum Wohnzimmer kniete und mit einem Pinsel schwarzes Pulver auf dem Türrahmen verteilte.

»Was ist mit Fernando?«, fragte Ve. »Wie sind die Einbrecher an ihm vorbeigekommen?«

»Das frage ich mich allerdings auch«, sagte Karla. »Aber man kriegt ja nichts aus ihm raus, er ist total durcheinander.«

»Kann ich mir vorstellen. Er hat bestimmt Angst um seinen Job.«

Ihre Mum zuckte mit den Schultern. »Eigentlich darf so was auch nicht passieren. Wenn er aufgepasst hätte ...«

»Ma'am?« Der dicke Polizeibeamte hatte Fernandos Befragung beendet und trat zu ihnen. Er nahm Ves Personalien auf und erkundigte sich dann, ob ihnen in den letzten Tagen irgendetwas aufgefallen sei. Die Einbrecher mussten ihren Coup sorgfältig vorbereitet haben. Sie hatten sich ordentlich ausgewiesen und Fernando erklärt, dass sie zu Mrs Rutherbeer wollten – das war die uralte Nachbarin mit dem Dackel, die ein Stockwerk tiefer wohnte. Daraufhin hatte Fernando Mrs Rutherbeer angerufen und die hatte ihm bestätigt, dass sie Besuch erwartete. Aber Mrs Rutherbeer war so verkalkt, dass sie auch bestätigt hätte, dass ihr Dackel fließend Chinesisch sprach.

»Warum glaubt Fernando denn, dass diese Typen die Einbrecher waren?«, fragte Ve auf Englisch.

»Es waren die einzigen Besucher heute Nachmittag«, sagte der Officer. »Wir gehen davon aus, dass die Ausweise gefälscht waren.«

»Davon würde ich auch ausgehen«, sagte Karla. »Die Typen waren bestimmt nicht so blöd und haben ihre richtige Identität angegeben.«

»No, probably not«, pflichtete ihr der Officer bei. Fernando sollte am nächsten Morgen auf die Polizeiwache kommen, dann würde ein Phantombild angefertigt werden.

»Und wie sind die Männer hier hereingekommen?«, erkundigte sich Ves Mutter. »Das Schloss ist nicht aufgebrochen. Und alle Türen im Haus sind elektronisch gesichert.«

Der Officer zuckte mit den Schultern. »Vielleicht haben sie sich in das System gehackt.« Dann wollte er wissen, was genau gestohlen worden war. Ves Mutter versprach, ihm eine Liste mit allen fehlenden Gegenständen zu mailen, sobald sie sich einen Überblick verschafft hatte.

Daraufhin wünschte ihr der Polizist noch einen Guten Abend und verzog sich zusammen mit seinem Kollegen, der inzwischen sämtliche Türrahmen, Lichtschalter und die halbe Küche mit seinem schwarzen Pulver beschmiert hatte.

»Ich rufe Mariana an«, sagte Karla, als die Tür hinter den Polizisten und Fernando ins Schloss gefallen war. »Sie muss herkommen und uns beim Aufräumen helfen.«

»Mariana hat Urlaub«, erinnerte Ve sie. »Sie ist nach Mexiko gefahren.«

»Mist.« Ihre Mutter lehnte sich an den verschmierten Türrahmen und schloss erschöpft die Augen. »Das ist eine Katastrophe. Ich hab morgen um neun eine Präsentation, die ich noch vorbereiten muss.«

»Ist dein Computer denn nicht geklaut worden?«

»Ich hatte meinen Laptop dabei, glücklicherweise.« Karla rieb sich die Augen. »Verdammt, ich bin total durch. Warum musste das ausgerechnet heute passieren?«

»Morgen wäre es dir auch nicht recht gewesen«, sagte Ve, aber ihre Mutter schien sie gar nicht zu hören. Sie hielt die Augen immer noch geschlossen. Ihr Gesicht war nicht nur blass, ihre Haut schimmerte irgendwie gelblich.

»Willst du dich hinlegen?«, fragte Ve. »Du siehst richtig fertig aus.«

»So fühl ich mich auch. Aber ich hab jetzt keine Zeit, mich hinzulegen.« Karla öffnete die Augen wieder und blickte sich müde um. »Wie es hier aussieht! Und in den anderen Zimmern ist es noch schlimmer.«

»Wir räumen erst mal das Gröbste auf«, schlug Ve vor, »und gucken, was die Typen geklaut haben. Dann kümmerst du dich um deine Präsentation und ich mach hier weiter.«

Karla nickte zerstreut. Sie bückte sich und hob einen Schal auf. Sie faltete ihn, betrachtete ihn nachdenklich und ließ ihn dann wieder fallen.

»Shit«, murmelte sie.

»Komm schon, Mum. So schlimm ist das Ganze auch wieder nicht. Wir sind doch versichert, oder?«

»Klar.« Wieder ein Nicken, aber auch diesmal hatte Ve das Gefühl, dass die Worte gar nicht zu ihrer Mutter durchgedrungen waren.

»Ich glaube, es sieht schlimmer aus, als es ist.« Ve begann die Schuhe einzusammeln und zurück in die Kommode zu stellen. Danach hängte sie die Jacken an die Garderobe.

»Warte, bis du die Küche gesehen hast.« Ihre Mum stöhnte leise.

Nach einem ersten schnellen Blick in den Raum wusste Ve, was Karla gemeint hatte. Die Einbrecher hatten ganze Arbeit geleistet. Sie hatten sämtliche Schränke durchwühlt und Töpfe, Teller, Tassen und Besteck herausgerissen. Das Geschirr war zum Teil zu Bruch gegangen, die Scherben vermischten sich mit dem Mehl, dem Zucker und den Kaffeebohnen, die die Eindringlinge einfach auf den Boden gekippt hatten.

»Ich frag mich, was die wollten«, murmelte Karla. »Wer versteckt denn Wertsachen in der Küche?«

Diesmal tat Ve so, als ob sie die Frage nicht gehört hätte. Sie ahnte, was die Einbrecher hier gewollt hatten. Und warum sie die zweihundert Dollar nicht mitgenommen hatten, die auf dem Kühlschrank lagen, obwohl sie sie gesehen haben mussten. Ve dachte an die Mail, die sie vor drei Wochen bekommen hatte.

Du kannst dich nicht verstecken. Wir wissen alles.

Keine Unterschrift, nur eine nichtssagende Absenderadresse. Der Account war ganz sicher längst gelöscht worden.

Sie hatte die Nachricht einfach ignoriert. Hatte sich eingeredet, dass es ein Missverständnis war oder einfach nur Spam. Jetzt wusste sie es besser.

Sie wusste aber auch, dass die Eindringlinge mit ihrer Aktion nichts erreicht hatten, außer ihr Angst einzujagen. In der Wohnung gab es keinen Hinweis auf die Ereignisse des letzten Sommers. Das Buch war in Sicherheit, und den Code für das Bankschließfach hatte Ve auswendig gelernt und vernichtet.

Aber vielleicht war das ja der eigentliche Zweck des Einbruchs gewesen: sie zu verunsichern.

»Gib mir mal einen Müllsack.« Ve deutete auf eine grüne Plastikrolle, die genau vor ihrer Mutter lag. Karla starrte auf die Müllbeutel und reagierte nicht.

»Mum?« Ve wurde langsam ungeduldig. Wenn ihre

Mutter nicht langsam in die Gänge kam, wären sie bis Mitternacht mit Aufräumen beschäftigt. »Sag mal, was ist los? Willst du mir nicht helfen?«

»Gleich«, sagte Karla. »Ich muss mich nur eben ...« Sie unterbrach sich, stellte einen umgekippten Küchenstuhl hin und ließ sich darauf fallen. Dann brach sie in Tränen aus.

Ve erschrak. Sie konnte sich nicht erinnern, wann sie ihre Mutter das letzte Mal weinen gesehen hatte. »Heulen nützt doch nichts«, sagte Karla immer. »Und Selbstmitleid auch nicht.«

Früher hätte sie sich in einer Situation wie dieser mit Feuereifer an die Aufräumarbeiten gemacht und dann wäre sie mit Ve in ein nettes Restaurant gegangen, um den ganzen Ärger zu vergessen. Danach hätte sie die halbe Nacht an ihrer Präsentation gearbeitet. Ohne zu heulen, ohne auch nur zu jammern. *Nützt doch nichts.*

Aber in den letzten Wochen hatte sie sich total verändert. Ihre Mum erinnerte Ve immer mehr an deren Doppelgängerin aus der anderen Welt: eine depressive, schlaffe Frau, die ihren Frust und ihre Eheprobleme mit Cognac bekämpfte.

»Kopf hoch, Mum!« In Ves Stimme lag mehr Zuversicht, als sie wirklich spürte. Sie watete durch das Zucker-Mehl-und-Scherben-Meer auf ihre Mutter zu und legte ihr die Hand auf die Schulter. »Alles wird gut. Warum legst du dich nicht einfach ein bisschen hin? Komm, wir gehen rüber ins Schlafzimmer und räumen dein Bett frei, und dann ruhst du dich erst mal aus.«

Sie erwartete, dass Karla vehement widersprechen würde, aber zu ihrer Überraschung erhob ihre Mutter sich wortlos und schleppte sich ins Schlafzimmer. Auf dem breiten Bett lag ein Berg aus Klamotten, die die Einbrecher anscheinend aus dem Schrank gezerrt hatten. Ve packte den ganzen Stapel, hievte ihn zurück in den Schrank und klappte die Türen zu. Als sie sich wieder umdrehte, hatte ihre Mum sich bereits aufs Bett gelegt und die Augen geschlossen.

»Nur ein paar Minuten«, flüsterte sie. »Dann geht es mir wieder gut.«

Bevor Ve antworten konnte, klingelte das Telefon.

»Gehst du dran, Ve?«, murmelte Karla kraftlos. »Ich kann grad wirklich nicht.«

»Klar.« Ve eilte zum Telefon und nahm den Anruf an.

»Miss Ve? It's Fernando.«

»What is it?«

»Want ask if you want help.« Fernandos mexikanischer Akzent war so stark, dass Ve ihn kaum verstanden hatte, als sie vor fast einem Jahr hier eingezogen waren. Aber inzwischen hatte sie sich daran gewöhnt. Jetzt erklärte er ihr, dass er gerade mit seiner Schwester gesprochen habe, die gerne beim Aufräumen helfen würde, wenn sie …

»Yes please!«, rief Ve. »Go get her!«

Fernandos Schwester musste schon unten im Pförtnerhaus gewartet haben, es dauerte nämlich keine fünf Minuten, bis sie an der Wohnungstür klingelte. Victoria ging Ve nur bis zur Schulter und war dafür doppelt so dick wie sie, aber sie steckte voller Power. Als sie das Chaos in Küche und Wohnzimmer sah, nickte sie nur kurz, als sei das vollkommen alltäglich für sie.

Es war ja auch vollkommen alltäglich für sie. Während sie zusammen Besen, Kehrschaufel und Putzzeug aus der Kammer neben der Küche holten, erzählte sie Ve, dass sie als Zimmermädchen in einem 5-Sterne-Hotel arbeitete. Im Vergleich zu dem Zustand, in dem ein Großteil der Gäste die Zimmer hinterließ, sei diese Wohnung super aufgeräumt.

»Increíble!«, erklärte sie, während sie eine Ladung Scherben und Kaffeebohnen in einen Müllsack beförderte. »Rich people pigs.«

Dann wurde sie sehr betreten, weil ihr plötzlich einfiel, dass Ve und ihre Mutter ja auch *reiche Leute* waren.

»Never mind«, sagte Ve. Sie war Victoria so dankbar für ihre Hilfe, dass sie ihr einen der beiden Hundertdollarscheine gab, als die Wohnung zwei Stunden später blitzte und blinkte, als wäre nichts geschehen. Victoria freute sich so über den stattlichen Lohn, dass sie Ve zweimal auf beide Wangen küsste und an ihren Busen drückte.

»You good girl.«

»You too«, sagte Ve.

Als sie wieder allein war, sah sie nach ihrer Mutter. Karla Wandler lag im Tiefschlaf, obwohl sie sich doch nur ein paar Minuten hatte ausruhen wollen. Dabei waren Ve und Victoria beim Aufräumen nicht gerade leise gewesen. Victoria hatte sich nicht davon abbringen lassen, den Staubsauger anzuwerfen. Und dennoch war Karla nicht aufgewacht.

»Das ist doch nicht normal«, murmelte Ve. Sie deckte ihre Mutter zu und löschte das Licht. Heute wurde nicht mehr gearbeitet. Die Präsentation musste morgen eben ein anderer übernehmen.

Sie machte sich eine Tasse Tee und setzte sich damit ans Wohnzimmerfenster. Von hier hatte man tagsüber einen wunderbaren Blick über die Grünanlage, die hinter ihrem Haus lag, aber inzwischen war es zu dunkel, um die Aussicht zu genießen. Ve hatte gerade auch keinen Sinn für die Schönheit der Nachbarschaft. Sie überlegte, wann ihre Mutter angefangen hatte, sich zu verändern.

An Weihnachten war noch alles normal gewesen. Am Weihnachtsmorgen hatten sie Pläne für die Sommerferien gemacht. Ve wollte ans Meer, Karla hatte Lust auf einen Wanderurlaub in den Bergen. Sie hasste es, in der Sonne zu liegen, sie brauchte immer Bewegung. Action.

Aber dann hatte sie im Januar diese schreckliche Schlaflosigkeit befallen, es war von einem Tag auf den anderen losgegangen.

Schlaflose Nächte waren Karla bis dahin vollkommen

fremd gewesen, doch nun lag sie plötzlich stundenlang wach, bevor sie gegen Morgen in einen unruhigen Schlaf fiel, aus dem sie kurz danach der Wecker riss. Am Anfang war sie überzeugt, dass sich das Problem von selbst lösen würde. »Irgendwann bin ich so müde, dass mein Körper einschlafen muss«, sagte sie.

Aber es wurde nicht besser. Sie versuchte es mit Entspannungstechniken, trieb noch mehr Sport als gewöhnlich und trank keinen Kaffee mehr.

Nach drei Wochen ging sie zu ihrem Arzt, einem Dr. Caczynski, der missbilligend den Kopf schüttelte.

»Sie haben den Bezug zu Ihrer inneren Mitte verloren«, sagte er. »Deshalb finden Sie keine Ruhe mehr.«

Karla war damals erst ein paar Wochen bei ihm in Behandlung und noch ziemlich skeptisch. Ve erinnerte sich nicht mehr genau daran, wie sie überhaupt auf Dr. Caczynski gekommen war, normalerweise machte Karla nämlich einen Riesenbogen um alles, was irgendwie nach Esoterik oder Spiritismus aussah – und Dr. Caczynski bezeichnete sich selbst nicht als Arzt, sondern als Heiler. Bis sie die Schlaflosigkeit befallen hatte, war Karla auch kerngesund gewesen, Caczynski hatte sie nur mit Vitaminpräparaten versorgt, die er selbst herstellte und mit großem Erfolg in ganz Kalifornien vertrieb.

Aber nun konnte er Karla wirklich helfen. Er verabreichte ihr Massagen, akupunktierte sie und gab ihr einen Tee, ein rein pflanzliches Granulat, ohne Risiken und

Nebenwirkungen, das sie abends aufbrühen und trinken sollte. Und gleich in der ersten Nacht schlief sie tief und fest bis zum nächsten Morgen.

Und in der nächsten Nacht wieder.

Die Schlaflosigkeit war weg, Ves Mum war wieder ganz die Alte, so energiegeladen und leistungsstark und optimistisch wie vorher. Jedenfalls ein paar Wochen lang. Aber danach war sie plötzlich nur noch müde, sie schlief von abends um acht bis morgens um zehn und hatte auch dann noch Mühe, sich aus dem Bett zu wälzen.

»Das ist dieser bescheuerte Tee«, sagte Ve. »Du musst ihn absetzen oder weniger davon trinken.«

Dr. Caczynski sah das ganz genauso, als Karla ihn erneut konsultierte. Er gab ihr ein anderes Präparat, das sie wieder auf die Beine brachte, aber wie der heutige Abend zeigte, war sie nicht sehr stabil.

»Du musst zu einem richtigen Arzt und dich mal ordentlich durchchecken lassen«, murmelte Ve. Aber natürlich hörte ihre Mum sie nicht und wenn sie sie gehört hätte, hätte sie vehement widersprochen. Sie vertraute Dr. Caczynski, der sich viel Zeit für seine Patienten nahm und ganz genau zuhörte. Seine Homepage war wirklich beeindruckend, viele Hollywoodstars nahmen seine Hilfe in Anspruch. Gwyneth Paltrow, John Travolta, Ben Affleck, sie alle waren schon bei ihm gewesen und bestätigten mit begeisterten Statements, wie überzeugt sie von ihm waren.

Ve hatte Caczynski einmal kennengelernt, ihre Mum hatte sie vor ein paar Wochen zu ihm geschleppt, weil sie eine hartnäckige Erkältung einfach nicht loswurde. Und es stimmte, der Doktor hatte sich wirklich eine Menge Zeit für sie genommen. Er hatte Ve alles Mögliche gefragt, wollte, dass sie ihm von der Beziehung zu ihrer Mutter und ihren Freunden erzählte. Ganz besonders interessierte er sich für das Verhältnis zu ihrem Vater; er wollte wissen, wie Ve die Trennung ihrer Eltern erlebt hatte und ob sie ihn oft besuchte. Was sie dann miteinander unternahmen und worüber sie sich unterhielten.

»Was soll das denn alles? Ich hab doch nur einen Schnupfen!«, hatte sie irgendwann gerufen, woraufhin Dr. Caczynski nur milde gelächelt hatte.

»Our family is our body«, hatte er erwidert. »Wenn unser Verhältnis zur Familie gestört ist, dann werden wir krank.«

Er hatte Ve ein paar Meditationsübungen gezeigt, die sie nie machte, und ihr ein Nasenspray gegeben, das sie sofort wegwarf, doch das erzählte sie ihrer Mum nicht. Die Erkältung verschwand auch so wieder. Aber seitdem war ihre Mutter noch überzeugter von Dr. Caczynskis wundersamen Heilkräften.

Ve trank ihren Tee und blickte in die Dunkelheit hinter dem Fenster. Wenn ihrer Mutter etwas passierte ... nein, ihr fehlte der Mut, den Gedanken zu Ende zu denken. Sie hatte doch nur noch Karla, seit ihr Vater im letzten Sommer spurlos verschwunden war.

Sie leerte ihre Tasse und stand auf. Inzwischen war es fast elf Uhr, sie würde ebenfalls schlafen gehen. Sie beschloss, die Nacht im Schlafzimmer ihrer Mutter zu verbringen. Das Bett war breit genug und auch wenn Karla total fertig war, fühlte Ve sich an ihrer Seite doch sicherer. Schließlich konnten die Einbrecher jederzeit zurückkommen, die Wohnungstür war ja auch beim ersten Mal kein Hindernis gewesen.

Als sie sich die Zähne putzte, checkte sie ihre Nachrichten und stellte fest, dass Finn ihr geschrieben hatte.

Hab das Interview morgen gecancelt. Der Abend gehört dir. Und die Nacht auch. Ich liebe dich.

Gerade eben noch hatte sie sich traurig und verloren gefühlt, jetzt stieg eine wunderbare Wärme in ihr auf. Finn schien gespürt zu haben, wie sehr sie ihn brauchte. Seine letzten Stunden in den USA hatte er allein für Ve reserviert. Ohne Termine, ohne Störungen. Sie rief ihn zurück, aber er ging nicht dran. Plötzlich tauchte die hübsche Produktionsassistentin in Ves Kopf auf und lächelte böswillig.

»Verzieh dich, blöde Kuh!«, flüsterte Ve. Da verschwand das Bild wieder.

Sie hinterließ eine Voicemail, in der sie Finn erzählte, was passiert war. Dann legte sie sich leise neben ihre Mutter, machte das Licht aus und schlief ein.

3

»Fuck!«

Der Aufschrei ihrer Mutter riss Ve aus dem Tiefschlaf. Als sie sich erschrocken aufsetzte, war ihre Mum bereits aus dem Bett gesprungen.

»Was ist denn los?«, fragte Ve verschlafen.

»Halb acht!« Karla fuhr sich mit beiden Händen durch die Haare. »Es ist schon halb acht!«

»Oh.« Ve ließ sich zurück aufs Kopfkissen fallen.

»Der ganze Deal platzt, wenn ich nicht da bin!« Ihre Mutter rannte zum Schrank, riss die Türen auf und starrte ungläubig auf das Chaos, das sich darin verbarg. »Was ist denn hier passiert?«

»Hier wurde eingebrochen. Schon vergessen?«, sagte Ve und gähnte. »Ich hab deine Sachen gestern nur schnell weggeräumt, damit du ins Bett konntest.«

Karla begann hektisch in ihren Klamotten zu wühlen. »Das ist alles total verknittert. Ich kann da doch nicht mit einer ungebügelten Bluse aufkreuzen.«

»Du wirst gar nicht da aufkreuzen.«

Der Kundentermin war um neun und zwar am anderen Ende der Stadt. Auch wenn ihre Mum die Präsentation schon vorbereitet hätte, hätte sie es nicht mehr rechtzeitig geschafft.

»Warum hast du den Wecker nicht gestellt? Ich muss zu diesem Meeting. Das ist total wichtig!«

»Vergiss es!« Ve wälzte sich nun doch aus dem Bett, ging in die Küche und schaltete die Espressomaschine ein. Sie hörte ihre Mutter im Schlafzimmer telefonieren.

»I'm really sorry«, sagte sie dreimal hintereinander. Wahrscheinlich sprach sie mit einem der Typen aus dem Vorstand.

Als Ve mit einem Espresso zurück ins Schlafzimmer kam, saß Karla auf dem Bett, den Kopf auf die Hände gestützt.

»Was ist?«, fragte Ve alarmiert. »Haben sie dich rausgeschmissen?«

»Quatsch.« Karla schüttelte den Kopf, ohne aufzublicken. »Ich bin immer noch müde. Nicht zu fassen, oder?«

»Du musst zum Arzt.« Ve reichte ihrer Mutter den Espresso. »Und damit meine ich nicht Dr. Caczynski.«

Karla nippte gedankenverloren an der Tasse. »Vielleicht hast du recht.«

»Was?«, fragte Ve ungläubig. »Ich brauch meinen Kalender, ich muss mir den Tag rot anstreichen. Hast du das gerade wirklich gesagt? Das ist ja noch nie vorgekommen.«

Ihre Mutter lachte kurz, aber es klang nicht sehr fröhlich. Sie trank noch einen Schluck Espresso, verzog das Gesicht und stellte die Tasse auf den Nachttisch. Dabei ging bei ihr am Morgen eigentlich nichts ohne Espresso.

»Dr. Wesley soll richtig gut sein. Katies Mutter geht zu ihm. Ich schau mal, ob ich die Nummer …« Ve zog ihr Handy aus der Tasche, aber nun hob ihre Mutter abwehrend die Hände.

»Später, Ve. Ich muss erst mal ins Office.«

»Wie bitte? Was willst du denn jetzt in der Firma? Die Präsentation ist eh gelaufen …«

»Na, eben nicht. Sie wurde abgesagt. Ich muss Tanya briefen, wie sie weitermachen soll. Aber danach mach ich sofort einen Arzttermin.«

»Versprochen?«

»Versprochen.« Ihre Mutter stand auf und gab Ve einen Kuss auf die Nase. »So, ich spring jetzt unter die Dusche.«

»Das gibt's doch nicht!«, rief Ve. »Sag, dass das nicht stimmt!«

Finn saß in einem Nebenzimmer des Tonstudios und starrte in den Spiegel, während ihm eine blondierte Maskenbildnerin Puder auf die Stirn tupfte.

»Nun reg dich ...« Finn verstummte, da der Pinsel jetzt über seine Nase fuhr und sich seinem Mund näherte. Erst als die Frau mit seinem Gesicht fertig war, fuhr er fort. »Nun reg dich doch nicht auf. Wir machen ganz schnell die Interviews, danach bin ich fertig und wir können ...«

»Darum geht es doch gar nicht«, sagte Ve. »Du hast mir geschrieben, dass du alles abgesagt hast. Und jetzt hast du dich doch wieder breitschlagen lassen.«

»Es ist total wichtig.«

»Für wen? Für mich nicht. Und für dich auch nicht.«

Finn wollte etwas entgegnen, aber nun kam die Produktionsassistentin in den Raum. Finn hatte sie Ve am ersten Abend vorgestellt, aber sie konnte sich nicht mehr an den Namen erinnern. Sharon oder Sandy oder irgendwas in der Art.

»Are you ready for your soundcheck?«, erkundigte sich Sharon oder Sandy bei Finn, während sie Ve mit einem ebenso bezaubernden wie oberflächlichen Lächeln bedachte.

»Absolutely.« Finn stand auf.

Wenn es nicht Finns letzter Abend gewesen wäre, hätte Ve sich direkt auf den Weg nach Hause gemacht, aber so riss sie sich zusammen und ging mit in den Besprechungsraum, in dem die Interviews aufgenommen werden sollten. Erst wurde Finn von einer Musikredakteurin von *Inside L.A.* ausgequetscht, dann war eine wichtige Musik-Vloggerin an der Reihe und stellte ihm haargenau dieselben Fragen. Finns Manager und Sharon oder Sandy standen neben Ve und lauschten andächtig.

»The American market is ...«, begann Finn gerade, aber was der amerikanische Musikmarkt seiner Ansicht nach war, verstand Ve nicht mehr, weil jetzt ihr Handy laut hupte. Das war ihr Signalton für Nachrichten – und er hätte zu keinem unpassenderen Zeitpunkt ertönen können. Vor ein paar Minuten hatte der Aufnahmeleiter nämlich sämtliche Anwesenden gefragt, ob ihre Handys auch ganz bestimmt abgeschaltet seien.

Jetzt starrten alle vorwurfsvoll auf Ve, die ihr Handy aus der Tasche riss und es auf lautlos stellte. Nur Finn und die Vloggerin taten so, als hätten sie nichts gehört, und redeten einfach weiter. *The show must go on.*

Ohne mich, dachte Ve.

Sie ging nach draußen und setzte sich auf die Treppenstufen vor dem Gebäude. Die Sonne leuchtete warm und freundlich, es war ein wunderschöner Abend. Oder vielmehr: Es wäre ein wunderschöner Abend gewesen, wenn Finn Zeit für sie gehabt hätte.

Die Nachricht kam von einer unbekannten Nummer. Es war auch keine Textnachricht, sondern ein Bild. Ve klickte es an, um es zu vergrößern, und schrie erschrocken auf.

Das Foto zeigte ihre Küche. Man sah Karla, die auf einem Stuhl saß, die Hände vors Gesicht geschlagen. Und Ve, die durch Mehl, Zucker und Scherben auf sie zuwatete.

Jemand hatte sie fotografiert, gestern Abend nach dem Einbruch. Das Foto war von oben aufgenommen worden, die Kamera musste irgendwo unter der Decke befestigt sein.

Jemand hatte sie fotografiert und ihr das Bild geschickt, ohne Worte, ohne Erklärung. Die war auch nicht nötig. Ve verstand die Botschaft auch so.

Du kannst dich nicht verstecken. Wir wissen alles.

»Nicht alles«, murmelte Ve. Ihre Finger zitterten. Vor Angst. Und vor Wut.

Wer immer ihr die Mail geschrieben, den Einbruch inszeniert und die Kamera in der Küche versteckt hatte, wusste, dass ihr Vater es geschafft hatte, eine Verbindung von einem Universum zum anderen zu schaffen, bevor er spurlos verschwunden war.

Aber von dem Buch, in dem Joachim Wandler all seine bahnbrechenden Forschungsergebnisse dokumentiert hatte, wusste dieser geheimnisvolle Unbekannte vermutlich nichts. Die Einzige, die mitbekommen hatte, dass das Buch existierte, war Marcella Sartorius.

Und Marcella hatte keine Gelegenheit gehabt, diese Information an ihre Hintermänner weiterzugeben. Um sich das Buch zu schnappen, war sie Ve Hals über Kopf in die Parallelwelt nachgereist und dort steckte sie heute noch fest.

Das Buch hatte Ve wieder mit in diese Welt genommen. Um es hier in Los Angeles in einem Bankschließfach zu deponieren.

Sie hatte niemandem von ihrem Ausflug in die Parallelwelt erzählt, nicht einmal ihrer Mutter hatte sie sich anvertraut. Weil sie sie nicht beunruhigen wollte – und weil sie ihr misstraute.

Wahrscheinlich tat sie ihr unrecht. Vermutlich hätte Karla genau wie Ve sofort eingesehen, dass die Entdeckung zwar enorme Chancen bot, aber eben auch ein hohes Risiko in sich trug. Wahrscheinlich wäre sie ebenfalls der Ansicht gewesen, dass es sicherer war, den Teleporter auszuschalten und das Wurmloch zu verschließen. Aber *wahrscheinlich* war Ve zu wenig. Sie kannte ihre Mutter. Karla Wandler war eine ehrgeizige Geschäftsfrau. Und ein Teleporter, mit dem man Güter und Waren in ein anderes Universum transportieren konnte, bedeutete hervorragende Geschäfte und einen enormen Gewinn. Vielleicht hätte Karla dieser Versuchung nicht widerstehen können.

Deshalb hatte Ve das Geheimnis ihres Vaters für sich behalten.

Es reichte schon, dass sie selbst alles andere als zuverlässig war. Ihrer Doppelgängerin in der anderen Welt hatte Ve versprochen, dass sie das Buch verbrennen würde, sobald sie wieder in ihrem Universum wäre. Aber zu diesem Schritt hatte sie sich nie durchringen können. So gruselig sie die Pläne von Marcella und dem TRADE-Konzern, für den diese arbeitete, auch fand – Joachim Wandlers Buch war die einzige Verbindung zwischen Ve und Finn, dem anderen Finn.

Wie hätte sie es zerstören können?

Ve starrte auf das Handy-Display. Diesmal konnte sie die Nachricht nicht einfach ignorieren. Sie musste auf die Botschaft reagieren, aber wie? Wer immer ihr das Bild geschickt hatte, hoffte vermutlich darauf, dass sie sich aus der Reserve locken ließ. Dass sie Angst bekam und sich verriet.

»Darauf kannst du lange warten«, murmelte Ve.

Sie öffnete ein Antwortfeld und überlegte eine ganze Weile, bevor sie schließlich drei Buchstaben und ein Fragezeigen eintippte: *WTF?*

Sie drückte auf Senden und stellte den Klingelton wieder ein, damit sie es sofort mitbekam, wenn eine Antwort eintraf.

Auf den Hof vor dem Studio fuhr jetzt ein Lieferwagen, *CNN* stand in großen Lettern auf der Seite. Das Fahrzeug kam direkt neben Ve zum Stehen. Zwei Männer und eine junge Frau stiegen aus, hievten ein paar Koffer mit Equipment aus dem Wagen und hasteten dann ins Haus.

Noch ein Interview mit Finn Werfel, dem deutschen Nachwuchsstar. Sein Manager und sein Produzent würden jubeln. Vor zehn Minuten wäre Ve noch in die Luft gegangen. Aber jetzt hatte sie andere Probleme.

Denn nun begann ihr Handy wieder zu hupen. Eine neue SMS. So schnell! Ihre Finger zitterten so sehr, dass sie drei Anläufe brauchte, um die Nachricht zu öffnen. Wieder ein Bild. Diesmal blickte sie eine ganze Weile lang verständnislos auf das Foto, bis sie endlich begriff, was dort zu sehen war. Und wer.

Ein Notarztwagen vor einem Krankenhaus. *Emergency Room* prangte in Leuchtschrift über der Tür. Zwei Sanitäter schoben eine Fahrtrage ins Haus und darauf lag – Ves Mutter.

4

Ve lief es kalt den Rücken hinunter. Das war eine Fotomontage, ein Fake, das konnte nicht echt sein. Wenn ihre Mutter ins Krankenhaus gekommen wäre, dann hätte man sie doch als Erste informiert.

Vielleicht hatte Karla ja versucht, sie zu erreichen? Ve tippte ihre Anruferliste an. Keine entgangenen Anrufe.

Sie rief die Nummer ihrer Mutter auf, wählte und hörte, wie es in der Leitung tutete. Einmal, zweimal, dreimal. Nach dem siebten Klingeln ging Karla dran.

»Hi?«

»Mum!« Ves Stimme überschlug sich vor Erleichterung. »Ich hab schon gedacht ... ich bin so froh, dass ich dich erreiche.«

»Hello?« Das war gar nicht die Stimme ihrer Mutter, sondern eine fremde Frau.

»Who is it?«

»This is Bellevue Medical Center. I'm Becky.«

Bellevue Medical Center. Ein Krankenhaus. Also doch. Ve bekam keine Luft mehr. Es war ein Gefühl, als ob ihr Kopf in einer Plastiktüte steckte.

»Warum sind Sie am Telefon meiner Mutter?«, fragte sie. »Was ist passiert?« Ihre Stimme klang total fremd. Ein Krächzen.

Die Frau am anderen Ende schaltete sofort. Ihre Stimme wurde weich vor Mitleid. »Oh dear! Deine Mutter ist zusammengebrochen. Sie wurde gerade hier eingeliefert.«

»Wieso ist sie zusammengebrochen?« Immerhin war sie nicht tot, sie lebte, Gott sei Dank, sie lebte!

»Das kann ich dir am Telefon nicht sagen.« Beckys Stimme bebte vor Anteilnahme.

»Kann ich sie bitte sprechen?«

»Das ist im Moment leider auch nicht möglich.«

»Warum ist das nicht möglich?« Ves Stimme war viel zu laut, sie schrie fast.

»Hör mal, love.« Betty bereute inzwischen mit Sicherheit zutiefst, dass sie den Anruf angenommen hatte. »Warum rufst du nicht einfach ...«

»Ich komme vorbei«, sagte Ve und legte auf.

Auf der gegenüberliegenden Straßenseite war ein Taxistand und Ve war schon auf dem Weg dorthin, als ihr Finn wieder einfiel.

Es war sein letzter Abend und auch wenn er mit seinen Interviews beschäftigt war, musste sie ihm wenigstens sagen, was passiert war.

Sie rannte zurück ins Tonstudio, an der Empfangsdame vorbei, die sie aufhalten wollte, aber dafür hatte sie jetzt wirklich keine Zeit. Der Besprechungsraum war leer, doch über der Tür zum Studio blinkte die Warnung »Recording«. Vermutlich waren sie da drin.

Ve riss die Tür auf und stürmte hinein.

Im Aufnahmeraum saßen Finn und die *CNN*-Reporterin, die vorhin aus dem Wagen gestiegen war.

»Congratulations!«, sagte die Frau und sah Ve genervt an.

»Do not disturb!«, schrie der Produzent, der am Mischpult saß. »We're recording, for fuck's sake!«

»Jetzt reicht's aber wirklich.« Finns Manager wechselte vor Entrüstung ins Deutsche. Er kam mit großen Schritten auf Ve zu, sein Gesicht war rot vor Wut. Er streckte den Arm aus, um sie aus dem Raum zu bugsieren, aber bevor er sie erreicht hatte, stand Finn auf.

»Was ist los, Ve?«

»Meine Mutter …« Plötzlich schossen ihr Tränen in die Augen und ihre Stimme brach. Sie wollte aber jetzt nicht heulen, nicht vor all diesen Leuten!

»Was ist passiert?« Finn klang so erschrocken, das machte alles noch schlimmer, als es ohnehin schon war.

»Sie ist zusammengebrochen. Man hat sie ins Krankenhaus gebracht. Ich fahre jetzt dahin.« Nun ließen sich die Tränen nicht mehr aufhalten, Ve wandte sich hastig ab und stolperte zurück zur Tür.

»Warte, Ve!«, hörte sie Finn rufen. »Ich fahr dich!«

»Bist du verrückt, Finn?« Das war wieder Tom, sein Manager. »Wir machen erst das Interview zu Ende, danach kannst du abhauen.«

»Hast du nicht gehört, was passiert ist? Ves Mutter liegt im Krankenhaus, wir müssen sofort zu ihr.«

»Du musst nirgendwohin. Wir sind doch hier nicht im Kindergarten. Das hier ist die Chance deines Lebens und du hast die verdammte Pflicht ...«

»Und du kannst mich mal kreuzweise!« Finn war jetzt neben Ve, er legte seinen Arm um ihre Schulter und zog sie zur Tür.

»What's going on?«, fragte die *CNN*-Frau. »Could anybody explain that?«

Sie brauchten eine halbe Ewigkeit, bis sie das Krankenhaus endlich erreicht hatten, weil die Stadt wieder einmal total verstopft war. Ve starrte durch die Windschutzscheibe von Finns Mietwagen auf die überfüllte Straße und betete, dass sich der Stau auflöste. Aber gleichzeitig hatte sie auch entsetzliche Angst vor dem, was sie erwartete.

Nur nicht dran denken, das wäre das Beste. Aber wie schaltete man seine Gedanken aus?

Finn hatte am Anfang noch versucht, sie aufzumuntern, jetzt schwieg er. Es gab ja auch nichts zu sagen.

Im Bellevue Medical Center ging dann alles sehr schnell. Die Krankenschwester am Empfang schickte sie in den zweiten Stock. Vor der Tür der Intensivstation saß Karlas Assistentin Tanya und telefonierte. Als sie Ve sah, legte sie sofort auf und brach in Tränen aus. Sie schluchzte und schniefte, bis Ve ebenfalls zu weinen begann und Finn Tanya anfuhr, dass sie sich zusammenreißen sollte.

»Sorry«, sagte Tanya und putzte sich die Nase. Dann erzählte sie, dass Karla in einem Meeting zusammengebrochen sei. »Wir haben sofort einen Krankenwagen gerufen. Und die haben sie dann hierhergebracht.«

»Und weiter?«, fragte Finn.

»Akutes Nierenversagen«, sagte Tanya.

Der Boden des Krankenhausgangs hob und senkte sich langsam, wie ein Schiff bei Wellengang. Ve hatte das Gefühl, dass sie Wasser in den Ohren hatte. Tanyas Stimme und die Krankenhausgeräusche schienen aus weiter Ferne zu ihr durchzudringen. Akutes Nierenversagen. Aber wenn die Nieren versagten, musste man sterben. Oder etwa nicht?

»Mum hat nie Probleme mit den Nieren gehabt«, sagte Ve. »Das kann doch nicht so plötzlich kommen.«

»Ich weiß es doch auch nicht«, jammerte Tanya und fing wieder an zu heulen.

»Wir müssen mit einem Arzt sprechen«, sagte Finn.

Tanya nickte. »Ja, das solltet ihr tun.« Sie blickte auf ihre Uhr. »Du meine Güte, schon acht. Ich muss zurück ins Office.«

»Was?«, fragte Ve entgeistert. »Was willst du denn jetzt noch im Büro?«

»Ich muss noch einmal über die Präsentation gehen.«

»Du willst noch arbeiten? Nach allem, was passiert ist?«

»Wir haben die Präsentation doch schon auf morgen verschoben. Wir können dem Kunden nicht noch mal absagen.«

»Ich fass es nicht!«, sagte Ve. »Ihr seid doch echt ...«

»Na, hör mal!«, sagte Tanya gekränkt. »Ich weiß zufälligerweise ganz genau, dass deine Mutter es überhaupt nicht gut fände, wenn wir die Sache noch weiter verzögern würden. Wir sind seit Monaten an dem Kunden dran, wir dürfen die jetzt nicht ...«

»Schon gut.« Ve winkte müde ab.

»Also dann.« Tanya umklammerte ihre Tasche, als wollte sie sich daran festhalten. »Ich meld mich morgen auf jeden Fall. Und sag deiner Mum ... alles Gute.«

»Hauptsache, die Präsentation läuft«, zischte Ve. Aber als sie sah, wie sich die Augen der Assistentin mit Tränen füllten, taten ihr die scharfen Worte leid. Tanya machte nur ihren Job. Und wahrscheinlich hatte sie recht: Es wäre ganz in Karlas Sinne, dass sie sich jetzt wieder an die Arbeit machte. Ves Mum hätte sich genauso verhalten, wenn Tanya mitten in einem wichtigen Projekt ins Krankenhaus gebracht worden wäre.

Ve wollte noch etwas Versöhnliches sagen, aber Tanya hatte sich schon abgewandt. Ihre High Heels klapperten laut, als sie sich entfernte.

»Guck mal, da kommt ein Arzt.« Finn deutete auf den jungen dunkelhäutigen Mann im weißen Kittel, der am Ende des Flurs aus dem Fahrstuhl trat und nun mit großen Schritten auf die Intensivstation zueilte.

»Entschuldigen Sie bitte …« Ve sprach ihn an, als er seine ID-Karte in den Schlitz neben der Tür schob, die sich daraufhin automatisch öffnete. »Ich bin die Tochter von Mrs Wandler.«

»Oh.« Er musterte sie kurz, dann zuckte er mit den Schultern. »Leider weiß ich nicht …«

»Nierenversagen«, sagte Ve, da wusste er Bescheid. Ihr Magen zog sich zusammen, als sie sah, wie sich seine Stirn in Sorgenfalten legte. Dann winkte er eine Krankenschwester zu sich, die aus einem der Räume gekommen war. Ve versuchte vergeblich zu verstehen, was er zu der Schwester sagte, er sprach viel zu schnell und zu leise.

»Okay«, hörte sie die Schwester schließlich erwidern. »Na klar.«

Der Arzt ging davon und die Schwester wandte sich nun an Ve. »Du bist Mrs Wandlers Tochter? Ich bin Nurse Becky, wir haben vorhin telefoniert.«

»Wie geht es meiner Mum?«, stieß Ve hervor.

»Das fragst du sie am besten selbst. Ich bringe dich zu ihr.«

Ve wollte nicht heulen. Sie wollte stark sein und ihrer Mutter Mut machen, aber es ging nicht. Karla sah so erbärmlich aus.

Sie wirkte viel zu schmal und klein für das riesige Bett. Um sie herum standen unzählige Maschinen, die seufzten und stöhnten. Auf zwei großen Monitoren blinkten Zahlen und Kurven. Plastikschläuche und Kabel führten von den Apparaten zu Karlas Körper, zu ihrer Nase, ihrem Hals, ihrem Arm, ihrer Hand.

Sie hatte die Augen geschlossen. Ihre Haut war gelblich und glänzte wie Wachs.

Sie sah aus wie tot.

Aber jetzt schlug sie die Augen auf und schaute Ve an. Dann verzog sie das Gesicht zu einer schiefen Grimasse, die wohl ein Lächeln darstellen sollte.

»Mum!« Ve stürzte auf das Bett zu und wollte ihre Mutter umarmen, aber es ging nicht. Die Schläuche und Kabel waren im Weg, sie konnte nur ihre Hand nehmen.

»Ve«, murmelte ihre Mum. »Es tut mir so furchtbar leid.«

»Was tut dir leid? Dass du krank bist? Dafür kannst du doch nichts.«

»Dass ich nicht auf dich gehört habe. Ich hätte heute Morgen ins Krankenhaus fahren sollen. Ich bin so bescheuert.«

»Ist das wahr, was Tanya erzählt hat? Deine Nieren haben versagt?«

»Sieht so aus.« Karla schluckte mühsam. »Kann ich ein bisschen Wasser haben?«, wandte sie sich an die Krankenschwester, die die Kanülen kontrollierte.

Becky nickte und reichte ihr eine Schnabeltasse. »Aber nur einen kleinen Schluck. Sie wissen ja, was der Doktor gesagt hat.«

Karla schloss die Augen, während sie trank. Sie wirkte unendlich erschöpft.

»Aber du hast doch nie was an den Nieren gehabt«, sagte Ve, als die Schwester die Tasse wieder weggestellt hatte. »So was passiert doch nicht einfach so.«

Ihre Mutter zuckte mit den Schultern. »Ich versteh es doch auch nicht.«

TRADE, dachte Ve. Der Einbruch, die Kamera in der Küche, die anonymen Nachrichten, die Krankheit ihrer Mutter – hinter all dem steckte TRADE, da war sie sich ganz sicher. In diesem Universum war der Konzern zwar noch nicht so riesig und mächtig wie in der anderen Welt, aber offensichtlich genauso skrupellos.

»Und jetzt?«, fragte sie. »Wie geht es jetzt weiter?«

»Ich weiß es nicht«, flüsterte Karla. »Die Untersuchungen haben ja gerade erst begonnen. Vielleicht erfahren wir morgen mehr.« Wieder schloss sie für einen Moment die Augen.

»Ich glaube, du solltest jetzt gehen.« Schwester Becky trat wieder neben das Bett. »Deine Mutter braucht vor allem Ruhe.«

»Kommst du denn allein zurecht?«, fragte Becky besorgt, als sie das Zimmer verlassen hatten. »Die Kollegin, die deine Mutter begleitet hat, hat erzählt, dass deine Mum alleinerziehend ist.«

»Das ist kein Problem«, sagte Ve. »Ich bin siebzehn.«

»Fast erwachsen.« Becky tätschelte ihre Schulter. »Vielleicht rufst du trotzdem deinen Vater oder einen anderen Verwandten an.«

»Das mach ich«, sagte Ve. Nur nicht erzählen, dass ihr Vater verschwunden war und ihre nächsten Verwandten in Europa lebten. Sonst schickte man ihr am Ende noch irgendeine Fürsorgetante auf den Hals. »Wird meine Mum wieder gesund?«

Becky lächelte ermutigend. »Für heute haben wir alles getan, was möglich ist. Am besten, du sprichst morgen mal mit Dr. Reginatto. Der kann dir mehr sagen. Aber jetzt muss ich hier weitermachen. Bist du sicher, dass du okay bist?«

Was für eine Frage. Natürlich war sie nicht okay. Dennoch nickte sie. »Geht schon.«

Sie hatte solche Angst vor der Nacht. Allein in der großen leeren Wohnung, in der sie sich immer noch nicht zu Hause fühlte, obwohl sie nun schon fast ein Jahr dort lebten. Als Finn vorschlug, bei ihr zu bleiben, hätte sie vor Erleichterung fast wieder angefangen zu weinen.

»Aber geht das denn?«, fragte sie. »Du fliegst doch morgen. Du musst bestimmt noch packen.«

Er winkte ab. »Das spielt keine Rolle. Es gibt Wichtigeres.«

Sie hatte keinen Hunger, dennoch machte er etwas zu essen. Er belegte Brotscheiben mit Salami, Tomaten und Rührei und überbackte das Ganze mit Käse. Als er die Toasts servierte, nahm sie aus Höflichkeit einen und merkte nach dem ersten Bissen, dass sie vollkommen ausgehungert war.

Sie verschlang drei Toasts. Danach fühlte sie sich schon besser.

»Danke, Finn.«

Er lächelte und schenkte ihr eine Tasse Tee ein. »Bitte. Und jetzt will ich alles wissen.«

Sie sah ihn überrascht an. »Was meinst du damit?«

»Es reicht, Ve«, sagte er. »Ich will jetzt endlich hören, was du die ganze Zeit verbirgst.«

Weil es immer noch warm war, setzten sie sich auf den Balkon vor dem Wohnzimmer und dort erzählte sie ihm alles. Fast alles, denn den anderen Finn erwähnte sie mit keinem Wort. Sie berichtete von dem Teleporter, den sie tief unten im Schloss ihres Vaters gefunden hatte und mit dem sie in die Parallelwelt gereist war. Sie erklärte Finn die schrecklichen Pläne, die die TRADE AG im anderen Universum mit dieser Welt hatte. Sie redete über die beiden Marcellas, von denen eine hinterhältig und eine ehrlich und integer war, und über ihre frustrierte Doppelgänger-Mutter und ihr hochbegabtes Alter Ego. Ves Bericht war ziemlich wirr, dennoch unterbrach Finn sie nicht ein einziges Mal. Er sah sie nur mit großen Augen an und schüttelte mehrmals den Kopf. Vielleicht glaubte er ihr kein Wort, vielleicht hörte er gar nicht mehr richtig zu. Es war nicht wichtig, dachte Ve. Er war hier bei ihr und ließ sie nicht allein, nur das zählte.

Zum Schluss erzählte sie ihm auch von den Nachrichten, die sie von dem unbekannten Absender bekommen hatte, und erst als sie ihr Handy hervorholte, um sie ihm zu zeigen, fiel ihr die Kamera in der Küche wieder ein.

»Verdammt. Wahrscheinlich haben die die ganze Wohnung verwanzt!« Sie sprang auf und rannte in die Küche. Unter der Decke klebte eine winzige Kamera. Genau wie im Flur und in den übrigen Räumen. Ve kannte sich mit der Technologie zwar nicht aus, aber sie vermutete, dass die Geräte nicht nur Bilder, sondern auch Ton aufzeichneten. Sie durchsuchte alle Räume, bis sie sich sicher war, dass sie alle Kameras entdeckt hatte. Nur der Balkon war anscheinend vollkommen wanzenfrei.

»Gut«, sagte Finn. »Sie haben nicht gehört, was du mir erzählt hast.«

»Nichts ist gut. Diese Schweine sind hier eingebrochen, um uns zu überwachen. Sie wollen mich einschüchtern.« Ve holte eine Leiter und riss die Abhörgeräte herunter. In ihrer Wut hob sie den Fuß, um eine der Kameras zu zertreten, aber Finn hielt sie zurück.

»Bist du verrückt? Das sind Beweise, die darfst du doch nicht zerstören.«

»Beweise?« Ve lachte spöttisch. »Wofür brauch ich denn Beweise?«

»Willst du nicht …?«

»… zur Polizei?«, beendete sie den Satz und hielt dann inne. Sie wollte TRADE auf keinen Fall mit noch mehr Informationen versorgen. Sie gab Finn ein Zeichen, still zu sein, steckte die Abhörgeräte in eine Plastiktüte und stopfte sie ins Gefrierfach des Kühlschranks, um sie auf diese Weise unschädlich zu machen.

»Was meinst du, wie die Polizei reagiert, wenn ich ihnen erzähle, dass TRADE unsere Wohnung verwanzt und meine Mutter vergiftet hat, weil sie den Zugang zu einer Parallelwelt suchen?«, fragte sie dann.

Finn zog eine Grimasse. »Sie bringen dich ins Irrenhaus.«

»Ganz genau. Sie würden mir kein Wort glauben. Ich wundere mich ja schon, dass du mir glaubst.«

»Ich weiß ja noch gar nicht, ob ich dir glaube.« Er

grinste. »Lass uns wieder rausgehen. Hier drin fühl ich mich irgendwie so beobachtet.«

»Das klingt alles total verrückt«, sagte er nachdenklich, als sie nebeneinander am Balkongeländer standen und auf den dunklen Park hinunterschauten.

»Ich würde mir vermutlich selbst nicht glauben«, murmelte Ve.

»Aber es ist zu verrückt, als dass man es sich ausdenken könnte.« Finn sah sie an. »Ich verstehe noch nicht ganz, wie du darauf kommst, dass die Krankheit deiner Mutter mit TRADE zusammenhängt.«

»Na, hör mal! Meine Mum war immer kerngesund. Sie hatte noch nie Probleme mit den Nieren. Das kann doch kein Zufall sein!«

»Okay, du hast recht. Aber ich frag mich, wie TRADE es geschafft hat, deine Mutter zu vergiften.«

»Das frag ich mich allerdings auch. Sie achtet eigentlich sehr genau darauf, was sie isst und trinkt, schließlich legt sie großen Wert auf gesunde Ernährung. Und sie nimmt nicht mal Kopfschmerztabletten, weil sie Angst vor den Nebenwirkungen hat.«

»Aber irgendwas muss das Nierenversagen ausgelöst haben. Ich hab das im Krankenhaus mal gegoogelt, während du bei deiner Mutter warst. So was kommt nicht einfach ohne Grund.«

»Ich weiß. Aber meine Mum ist ja genauso ratlos.«

»Kennst du ihren Hausarzt? Vielleicht fragst du den mal, ob er ihr irgendwas verschrieben hat?«

»Dr. Caczynski!« Ve sah ihn aufgeregt an. »Natürlich! Dieser Tee!«

»Was?«

»Meine Mum hatte vor Kurzem üble Schlafstörungen. Und dieser Guru, Dr. Caczynski, hat ihr einen Wundertee gegeben und daraufhin war alles gut.«

»Ein Wundertee?«, fragte Finn.

»Angeblich ein harmloser Kräutertee. Rein pflanzliche Inhaltsstoffe, vollkommen unbedenklich. Sie hat sofort geschlafen wie ein Murmeltier, nachdem sie ihn getrunken hat.«

»Na, dann ist die Sache doch klar. Du musst diesen Caczynski anrufen!«

»Mum hat mir doch mal seine Handynummer gegeben…« Sie fand die Nummer nach kurzer Suche in ihren Kontakten. »Dr. Boris Caczynski, da ist er. Ich probier es jetzt gleich. Ist schließlich ein Notfall.«

»Der geht doch jetzt nicht mehr dran«, sagte Finn. »Es ist nach elf.«

»Meine Mutter hat ihn oft nachts noch angerufen. Oder am Wochenende. Es gehört zu seinem Spezialservice, dass er immer für seine Patienten da ist. Na ja, er lässt es sich auch super bezahlen.«

Mit klopfendem Herzen wählte sie die Nummer. Nach dem fünften Klingeln nahm jemand ab.

»Caczynski.«

»Hallo?« Ves Herz schlug noch ein bisschen schneller. »Hier ist Ve, die Tochter von Karla Wandler.«

»Ve! Na, das ist aber eine Überraschung. Was kann ich für dich tun?« Caczynskis Amerikanisch hatte einen leichten osteuropäischen Akzent.

»Meine Mutter ist im Krankenhaus. Sie liegt auf der Intensivstation.«

»Was? Du meine Güte, was ist denn passiert?«

»Akutes Nierenversagen.«

»Nierenversagen? Bist du sicher? Das kommt ja völlig unerwartet.«

»Das dachte ich auch. Aber Sie sind ihr Arzt, nicht ich. Gab es irgendwelche Anzeichen für eine Nierenerkrankung?«

Er räusperte sich. »Ich darf dir über den Gesundheitszustand deiner Mutter keine Auskunft geben, Ve. Das ist vertraulich.«

»Dann sage ich Ihnen jetzt mal was.« Ves Herz hämmerte wie verrückt, aber nicht mehr vor Aufregung, sondern vor Wut. »Ich weiß, dass Sie schuld an ihrer Krankheit sind.«

»Ich? Aber liebes Kind, wie kommst du denn auf so was?« Er klang zwar überrascht, aber das konnte gespielt sein.

»Dieser Beruhigungstee, den Sie ihr verschrieben haben, hat das Ganze ausgelöst.«

Caczynski lachte. »Das Baldrianpräparat? Das ist ganz harmlos. Nein, der Tee hat ganz bestimmt nichts damit zu tun.«

»Das ist schön, dass Sie sich da so sicher sind. Ich werde das Zeug nämlich untersuchen lassen, und dann werden wir ja sehen, was in dem harmlosen Präparat so alles drin ist.«

»Bitte, wenn es dich beruhigt, lass es analysieren. Aber ganz im Vertrauen, die Mühe kannst du dir sparen.«

Genau wie den Anruf, dachte Ve jetzt. Was hatte sie erwartet? Dass Dr. Caczynski weinend zusammenbrechen und alles gestehen würde?

»Wenn du mit deiner Mutter sprichst, dann richte ihr bitte die allerbesten Genesungswünsche aus«, säuselte der Doktor jetzt.

»Und Sie können Ihre Freunde von TRADE von mir grüßen«, zischte Ve. »Und zwar genauso herzlich!«

Sie legte auf, bevor er noch etwas erwidern konnte.

»Ich muss diesen Tee finden. Zum Glück hat Mum ihn nicht ganz aufgebraucht. Da war mindestens noch eine halbe Packung übrig.« Sie sprang auf und wollte in die Küche, aber Finn hielt sie zurück.

»Ve.« Er schüttelte den Kopf. »Lass es.«

»Was?« Aber da ging ihr auch schon auf, was er ihr sagen wollte.

Der Einbruch. Die durchwühlte Küche.

Sie ließ sich wieder auf ihren Stuhl sinken.

Sie brauchte gar nicht erst nach dem Tee zu suchen. Die Beweise waren längst weg.

»Was soll ich denn jetzt bloß machen?«, flüsterte Ve.

Finn legte seinen Arm um ihre Schulter und zog sie an sich.

5

Ve war erst um vier Uhr morgens eingeschlafen. Als sie am nächsten Morgen mit einem Ruck aufwachte, zeigte der Wecker halb acht. In einer Stunde begann die Schule, aber das interessierte sie heute nicht. Sie hatte Wichtigeres zu tun.

Finn hatte sich gestern Abend neben sie gelegt, doch nun war er weg. Er hatte sich wohl davongeschlichen, um seinen Flug noch zu erwischen.

Was soll ich denn jetzt bloß machen?

Mit dieser Frage hatte er sie allein gelassen. Und sie hatte keine Ahnung, wie sie sie beantworten sollte.

Vielleicht wäre es am besten, das Buch aus dem Bankschließfach zu holen und an TRADE zu übergeben. Es würde eine Weile dauern, bis die Wissenschaftler die Aufzeichnungen ihres Vaters entschlüsselt und den MTP neu programmiert hätten. Vielleicht würde Ve in der Zwischenzeit etwas einfallen, wie man die andere Welt vor dem gierigen Konzern retten konnte.

»Und wenn nicht?«, murmelte Ve. »Dann ist alles aus.« Nicky, ihre Mutter, Benny, der andere Finn, sie alle wären verloren.

Was für eine beschissene Lage. Egal wie sie sich entschied, sie konnte es nur falsch machen.

»Verdammt!« Sie sprang aus dem Bett und schlüpfte in ihre Jeans.

»Guten Morgen.«

Sie fuhr herum. Finn stand in der offenen Schlafzimmertür, mit zwei dampfenden Milchkaffeeschalen in den Händen.

»Du bist noch hier!«

»Sieht fast so aus.« Finn grinste.

»Und dein Flieger?«

»Ist vermutlich ohne mich gestartet.«

»Das ist ... Danke, Finn.«

Er reichte ihr eine Tasse. »Na hör mal. Ich kann dich doch jetzt nicht allein lassen.«

Sie trank einen Schluck Kaffee und spürte, wie gut das Koffein tat. Und die Tatsache, dass Finn neben ihr auf dem Bett saß und ihre Hand streichelte.

»Was hast du jetzt vor?«, fragte er.

»Ich fahr gleich noch mal ins Krankenhaus. Ansonsten hab ich keinen blassen Schimmer.«

Er nickte. »Ich hab nachgedacht. Du musst jetzt in die Offensive gehen. Das ist wie beim Schach: Wer als Erster angreift, ist im Vorteil. Weil er dem anderen immer einen Zug voraus ist.«

»Ich spiele kein Schach. Und ich weiß auch nicht, wie ich die angreifen soll. Soll ich mir eine Waffe kaufen und die TRADE-Zentrale stürmen?«

»Nee.« Er kratzte sich am Kopf. »Erst mal brauchen wir mehr Informationen. Wir müssen wissen, mit wem wir es zu tun haben.«

Wir sagte er. Es war nur ein Wort, aber es tat so gut.

»Das stimmt«, sagte Ve. »Die wissen alles über mich und meine Mutter. Und wir wissen nicht einmal, wer die sind.«

»Die wissen gar nicht alles über dich. Du sagst doch selbst, dass die keine Ahnung haben, ob das Buch wirklich existiert. Und ob du es hast.«

»Okay. Und wie gehen wir vor?«, fragte Ve.

Er deutete auf ihr Handy auf dem Nachttisch. »Du hast doch ihre Nummer. Ruf sie an und frag sie, was du jetzt tun sollst.«

Ve wählte die Nummer, von der aus die Bilder an sie verschickt worden waren. Natürlich meldete sich niemand, aber sie erreichte eine Mailbox. »We need to talk«, sagte sie einfach. »Call me back.«

Danach fühlte sie sich seltsamerweise besser, obwohl

sie keinen Schritt weiter waren. Finn und sie tranken ihren Kaffee, dann fuhr Ve ins Krankenhaus.

Ihre Mutter sah sogar schlimmer aus als am Vortag. Ihr Gesicht war noch gelber und sie wirkte total aufgequollen.

»Hast du heute schon mit dem Doktor gesprochen?«, fragte Ve.

»Nein, aber die müssten jeden Moment kommen. Ich hoffe, die haben irgendwas herausgefunden. Ich fühl mich wie ein Elefantenmensch.« Karla hob ihre angeschwollenen Hände und lächelte traurig.

»Vielleicht brauchst du einfach mal eine Auszeit. Damit sich deine Nieren erholen können.«

»Vielleicht«, murmelte ihre Mum, aber Ve wusste, dass sie ihr nicht glaubte. Sie glaubte sich ja selbst nicht. Es war nicht der Stress, der ihre Mutter krank gemacht hatte. Es war TRADE.

»Ich soll dich übrigens herzlichst von Dr. Caczynski grüßen«, wechselte Ve das Thema.

»Hat er sich bei dir gemeldet?«

»Ich habe ihn angerufen. Wie bist du eigentlich damals auf ihn gekommen?«

»Ach, das war ein irrer Zufall. Ich hab Anfang des Jahres diesen Vortrag zur Globalisierung gehalten, da saß er im Publikum. Hinterher kamen wir ins Gespräch. Ich fand ihn sehr faszinierend und hab mich mal von ihm durchchecken lassen. Tja, und als ich dann diese schrecklichen Schlafstörungen bekam, konnte er mir ja auch super helfen.«

»Da bin ich mir nicht so sicher«, sagte Ve.

»Was soll das denn jetzt heißen?«

»Ich glaube, dass Caczynskis sagenhafter Schlaftee das Nierenversagen ausgelöst hat.«

»Der Kräutertee?« Karla lachte ungläubig. »Also Ve, ich bitte dich. Das Präparat war total harmlos.«

»Das behauptet zumindest Caczynski. Aber was wirklich in dem Zeug drin war, weißt du nicht.« Sie überlegte kurz, ob sie ihrer Mutter von ihrem Verdacht erzählen sollte, dass Caczynski auch etwas mit dem Einbruch zu tun hatte. Doch sie hatte keine Beweise, Karla würde ihr nicht glauben.

»Es hat keinen Sinn, wenn wir jetzt nach einem Schuldigen suchen …«, setzte ihre Mum an, aber dann unterbrach sie sich, weil die Tür aufging. Zwei Krankenschwestern schoben einen großen Metallkasten in den Raum und platzierten ihn neben Karlas Bett. Während sie die Maschine in Betrieb nahmen, betrat ein ziemlich beleibter Arzt das Krankenzimmer.

»Good morning!« Seine Stimme klang so energisch und optimistisch, dass Ve auf der Stelle Hoffnung schöpfte. Mit großen Schritten ging er auf das Krankenbett zu und schüttelte Karlas Hand. »Mrs Wandler. Nice to see you. I'm Dr. Reginatto.« Als ob sie auf einer Cocktailparty wären und nicht auf der Intensivstation.

»Guten Tag. Was haben Sie denn mit mir vor?«, fragte Ves Mum mit skeptischem Blick auf den Apparat.

»Das ist ein Dialysegerät«, erklärte Dr. Reginatto im gleichen beschwingten Tonfall. »Wissen Sie, was Dialyse ist, Mrs Wandler?«

»Nierenwäsche. Heißt das, dass ich …«

»Ihre Nieren haben den Geist aufgegeben, um es mal salopp zu formulieren«, erklärte der Doktor. »Deshalb müssen wir ihnen ein bisschen auf die Sprünge helfen.«

Ves Ohren begannen zu dröhnen. Dialyse bedeutete, dass man zur Blutreinigung an einen Apparat angeschlossen wurde, das hatte sie gestern Abend noch gelesen. Der Prozess dauerte Stunden und während dieser Zeit war man zur Untätigkeit verdammt. War das das Leben, das ihre Mutter erwartete? Musste sie in Zukunft ein paarmal in der Woche ins Dialysezentrum fahren, um dort ihr Blut waschen zu lassen? Ihre Weltreisen zu Meetings und Konferenzen in Singapur, Sydney oder Kuala Lumpur konnte sie sich dann abschminken. Ihren ganzen Job kann sie sich abschminken, dachte Ve, niemand braucht eine Unternehmensberaterin, die nicht die volle Leistung bringt.

»Ich …« Ves Mutter suchte nach Worten. »Das ist aber nur vorübergehend, oder?«

Dr. Reginatto räusperte sich. »Jetzt müssen wir erst mal schauen, dass wir Sie wieder fit machen, Mrs Wandler. Alles Weitere wird sich zeigen.«

Das klang alles andere als beruhigend, daran änderte auch das aufmunternde Lächeln des Doktors nichts.

»Ihr Besuch sollte sich jetzt verabschieden.« Nun sah er Ve an. »Ach, das ist ja wohl die Tochter, die Ähnlichkeit ist unverkennbar.« Sein Lächeln wurde noch breiter. »Wenn ich bitten darf, Miss. Vielleicht kommst du heute Nachmittag wieder, dann geht es deiner Mutter bestimmt schon besser.«

Karla Wandler erholte sich schnell. Durch die Dialyse wurden die Giftstoffe aus ihrem Blut gefiltert, ihre Haut verlor den gelblichen Farbton und die Schwellungen an Armen und Beinen gingen zurück.

Sie sah fast aus wie früher, aber sie war nicht die Alte. Ihre Nieren, das hatten alle Untersuchungen bestätigt, waren unwiederbringlich zerstört. Sie würde jeden zweiten Tag durch die halbe Stadt fahren müssen, um im Dialysezentrum drei Stunden lang neben dem Blutwäschegerät zu hocken.

»So lange, bis ich eine Spenderniere bekomme«, sagte sie.

»Und wann kriegst du die?«, fragte Ve.

Ihre Mutter seufzte. »Die Ärzte sagen, dass es Jahre dauern kann.«

»Ich kann dir meine Niere spenden! Das geht doch, oder? Bei Blutsverwandten sind die Chancen auch viel größer, dass die Spenderorgane angenommen werden.«

»Du spinnst wohl.« Ihre Mum tippte sich mit dem Zeigefinger an die Stirn. »Du bist so jung, du brauchst beide Nieren. Wer weiß, was dir in deinem Leben noch passiert. Außerdem geht es gar nicht, bevor du nicht volljährig bist.«

Die andere Karla wäre die ideale Spenderin, dachte Ve plötzlich. Das Alter Ego ihrer Mutter hatte ja dieselben Gene, ihr Organ würde problemlos angenommen werden.

Aber die andere Karla war unerreichbar weit weg, in der anderen Welt.

»Wird schon werden«, sagte Ves Mum und tätschelte ihren Arm, als müsste sie Ve trösten und nicht umgekehrt. »Ich werde in der nächsten Zeit eine Menge Gelegenheit zum Lesen haben, das ist doch auch nicht schlecht. Vielleicht fang ich auch an zu stricken oder ich löse Sudokus, was meinst du?«

Ve nickte betroffen. Lesen. Stricken. Sudokus. Sie wussten beide ganz genau, dass das Karla nicht glücklich machen würde.

Der Optimismus hielt auch nicht allzu lange an.

Kurz bevor Karla aus dem Krankenhaus entlassen wurde, erfuhr sie, dass ihre Blutgruppe sehr selten war, was die Suche nach einem geeigneten Spenderorgan noch erschwerte.

Zwei Tage später verlor sie ihren Job.

»Ich kann nicht behaupten, dass mich das wirklich überrascht«, sagte sie, als sie den Brief mit der Kündigung gelesen hatte. »Wenigstens geben sie mir eine dicke Abfindung, um mich loszuwerden.«

»Sei doch froh, dass du den Job nicht mehr machen musst«, sagte Ve. »Wir haben so viel Geld, du musst doch gar nicht mehr arbeiten.«

»Ich wein denen ja auch keine Träne nach«, erklärte ihre Mutter finster. Aber sie weinte doch, heimlich, wenn sie glaubte, dass Ve es nicht mitbekam. Ihre Arbeit war ihr Leben gewesen, sie hatte es geliebt, um die Welt zu fliegen, Deals einzufädeln, Fusionen vorzubereiten, Unternehmen zu retten. Ihr Handy hatte keine Sekunde still gestanden. Jetzt klingelte es so gut wie gar nicht mehr.

Dafür bekam Ve eine SMS.

Es war Finns letzter Abend. Nachdem er zwei Wochen länger als geplant in L. A. geblieben war, musste er nun doch wieder zurück nach Deutschland. Er hatte Ve zum Essen eingeladen, sie saßen in einem hübschen chinesischen Restaurant, als Ves Smartphone hupte.

»Na super«, seufzte Finn. Der Kellner servierte nämlich gerade zwei Chop Suey.

»Vielleicht ist es Mum«, sagte Ve und rief die Nachricht auf.

Ein paar Sekunden später schob sie ihren Teller weg, obwohl sie das Essen noch gar nicht probiert hatte.

»Was?«, fragte Finn besorgt. »Schlechte Nachrichten?«
Sie reichte ihm das Telefon und er las die SMS:
Glaub nicht, dass das alles war.
»Ist es wieder die gleiche Nummer?«
Ve nickte stumm. »Die geben nicht auf. Vielleicht sollte ich das Buch ...«
»Nein«, sagte Finn. »Auf keinen Fall.«
»Was soll ich denn sonst machen? Kannst du mir das sagen?«
»Essen«, antwortete er.
»Ich krieg keinen Bissen runter. Mir ist total schlecht.«
»Genau das wollen sie erreichen. Dass du Angst bekommst und nicht mehr klar denken kannst.«
»Die sind so mächtig«, murmelte Ve. »Und wir sind so schwach. Wir haben keine Chance gegen die.«
»Man hat immer eine Chance«, sagte Finn und dieser Spruch erinnerte sie so sehr an ihre Mutter, ihre starke, zuversichtliche, gesunde Mutter von früher, dass sie fast gelacht hätte.
»Ich meine es ernst, Ve. Iss jetzt!«
»Und dann?«
»Dann überlegen wir uns was.«

»Du kannst doch jetzt nicht nach Deutschland«, sagte ihre Mum entgeistert, als Ve ihr am nächsten Morgen von ihren Reiseplänen erzählte. »Mitten im Schuljahr. Wie stellst du dir das vor?«

»Morgen ist der letzte Schultag vor den Ferien. Es ist wichtig, Mum.«

»Was ist wichtig? Was hast du denn vor?«

»Finn möchte, dass ich ihn auf seiner Tournee begleite. Bitte, Mum, lass mich fliegen!«

Ihre Mutter schloss die Augen. Sie hatte abgenommen, ihr Gesicht war schmal und blass, dunkle Schatten lagen unter ihren Augen. Sie wirkte so erschöpft und traurig, dass Ve fast eingeknickt wäre und alles rückgängig gemacht hätte. Aber dann dachte sie wieder an die SMS.

»Hast du etwas von deinem Vater gehört? Ist das der Grund für den Trip nach Deutschland?«, fragte Karla leise.

»Das hätte ich dir doch erzählt«, erwiderte Ve.

Ihre Mutter glaubte, Joachim wäre einfach für einige Zeit untergetaucht, um sich ganz seinen Forschungen zu widmen. Sie war es gewohnt, dass ihr Exmann sich seltsam verhielt, wenn er an einem neuen Projekt arbeitete. Dass er manchmal von der Bildfläche verschwand und monatelang nichts von sich hören ließ. Und Ve war froh darüber, dass sich ihre Mutter keine Sorgen machte – denn so stellte sie auch keine unangenehmen Fragen.

»Bitte, Mum.«

Ein schwerer Seufzer. »Wie lange willst du denn bleiben?«

So lange, bis alles erledigt war. »Nur eine Woche.«

Noch ein Seufzer. »Also gut. Ich verstehe dich ja. Ich würde am liebsten auch verreisen. Weit weg von mir.« Karlas Lachen klang rau und erinnerte nur entfernt an ihr altes fröhliches Glucksen.

Als Ve sie umarmte, spürte sie heiße Tränen auf ihrer Wange.

Der Flug nach München ging am frühen Abend.

Ein paar Stunden vorher nahm Ve ein Taxi. Schon nach wenigen Metern fiel ihr der dunkle Cadillac auf, der sie bis zur Bank verfolgte.

Von der Schalterhalle ging sie direkt in den Raum mit den elektronischen Schließfächern. Sie setzte sich ein paar Minuten lang auf einen der Stühle an der Wand, dann verließ sie den Raum wieder. Das Taxi hatte vor der Tür gewartet und brachte sie zum Flughafen. Als der schwarze Cadillac wieder im Rückspiegel auftauchte, lächelte sie zufrieden.

Sie landete am nächsten Nachmittag um fünf Uhr in München. Nachdem sie ihr Gepäck abgeholt hatte, ging sie zu den Taxis. Und da passierte es.

Sie hörte schnelle Schritte, die sich von hinten näherten. Bevor sie zur Seite springen oder sich auch nur umdrehen konnte, war der Verfolger neben ihr. Er griff nach ihrem Koffer und riss ihn ihr aus der Hand. Vor Schreck schrie sie auf, aber es war so laut am Flughafen, niemand beachtete sie. Der Angreifer nutzte ihre Überraschung, um ihr auch noch die Handtasche von der Schulter zu reißen. Weil sich der Riemen an ihrem Handgelenk verheddderte, wurde sie zu Boden geschleudert. Die Wucht, mit der der Typ an der Tasche zog, kugelte ihr fast den Arm aus. Nun zückte der Kerl ein Messer, trennte blitzschnell den Lederriemen durch und sprintete mit der Beute zu einem Wagen, der auf der Straße wartete.

Ves Schulter brannte, ihr Arm tat weh, ihr ganzer Körper schmerzte von dem Sturz. Mühsam rappelte sie sich hoch und sah das Auto gerade noch mit quietschenden Reifen im Verkehr verschwinden.

Inzwischen waren doch ein paar Passanten auf den Überfall aufmerksam geworden.

»Das gibt's doch nicht!«, rief eine Frau neben Ve mit schriller Stimme. »Diese Typen werden immer dreister. Die schrecken vor nichts zurück.«

»Bist du verletzt?«, fragte ein Mann, der den Vorfall ebenfalls beobachtet hatte. »Soll ich einen Krankenwagen rufen?«

»Du musst zur Polizei, schnell! Vielleicht erwischen sie ihn noch«, sagte eine andere Dame.

»So ein Quatsch! Das sind organisierte Banden.« Das war wieder die erste Frau. »Der Wagen war bestimmt ebenfalls geklaut. Und selbst wenn sie die Männer schnappen, ist die Beute längst weg und sie müssen die Typen wieder laufen lassen.«

»Aber der Flughafen ist doch videoüberwacht!«

»Die Polizei muss auf jeden Fall informiert werden. So etwas darf man doch nicht einfach so hinnehmen.«

Ve rieb ihre schmerzende Schulter. Sie ließ die Ratschläge und Kommentare über sich ergehen, nickte nur hin und wieder oder schüttelte den Kopf. Nach einer Weile verloren die meisten zum Glück das Interesse und wandten sich ab. Nur die erste Frau blieb stehen. »Soll ich mit dir zur Polizei?«, fragte sie besorgt.

»Nein, danke. Ich schaff das schon allein.«

»Bist du dir sicher? Ich begleite dich gerne.«

Ve nickte und lächelte tapfer. »Alles okay. Ganz bestimmt.«

Sie ging wieder zurück in den Flughafen und wanderte eine Weile lang ziellos umher, bis sie sicher war, dass die Frau sie aus den Augen verloren hatte. Dann ging sie zum Infoschalter ihrer Fluggesellschaft.

»Ist bei Ihnen was für mich abgegeben worden?«, fragte sie die Dame hinter dem Schalter.

Die Frau hob ihre gezupften Augenbrauen. »Wie ist denn Ihr Name?«

»Veronika Wandler.«

Die Dame bückte sich und tauchte mit einem Umschlag in der Hand wieder auf. »Bitte schön.«

»Vielen Dank.« Ves Knie waren plötzlich weich wie Pudding. Sie hätte sich gerne gesetzt, aber das ging jetzt nicht. Sie durfte sich nichts anmerken lassen.

Auf der Flughafentoilette zog sie ein Handy aus dem Umschlag. Kein Smartphone, ein uraltes Mobiltelefon mit Prepaid-Karte, auf dem ein Post-it klebte. Darauf war ein lachendes Herz gemalt.

Alles wird gut, hieß das.

Sie schob das Handy in ihre Jeans, verließ die Toilette und ging zur S-Bahn. Sie nahm die erste Bahn in Richtung Hauptbahnhof. Unterwegs rief sie die einzige Nummer an, die in dem Handy gespeichert war. Eine Mailbox meldete sich. »Es hat alles geklappt«, flüsterte sie. »Ich fahre jetzt nach Winding.«

6

Als das Taxi durch das Schlosstor fuhr, war es längst dunkel.

Sie bezahlte den Fahrer von dem Geld, das in ihrer Hosentasche steckte, und sah ihm nach, bis er vom Hof gefahren war. Dann erst drehte sie sich zum Schloss um.

Es war eine helle Sternennacht, der hohe Schlossturm hob sich schwarz von dem glitzernden Himmel ab. Ein warmer Wind fuhr ihr übers Gesicht wie eine Berührung. Sie schauderte dennoch.

Als sie am Bahnhof in Miersbach angekommen war, hatte sie die Handynummer noch einmal gewählt. Diesmal hatte Finn den Anruf angenommen.

»Gut«, sagte er, als sie ihm von dem Überfall und dem gestohlenen Gepäck erzählte.

»Und jetzt? Die werden schnell merken, dass die Unterlagen nicht im Koffer sind.«

»Vielleicht überzeugt sie das ja davon, dass du sie überhaupt nicht hast.«

»Sie fragen sich bestimmt, warum ich nach Winding gefahren bin«, sagte Ve.

»Sollen sie sich ruhig die Köpfe zerbrechen. Du weißt ja, was du zu tun hast.«

»Ich mache weiter, wie wir es besprochen haben.«

»Gut«, sagte Finn noch einmal.

»Ich wünschte, du wärst hier«, flüsterte Ve. »Es ist so verdammt einsam in den Bergen.«

»Ich wäre auch gern bei dir. Ich komme übermorgen, wie wir es ausgemacht haben. Hältst du bis dahin ohne mich durch?«

»Klar.« Was blieb ihr auch anderes übrig.

»Das Buch steht im Arbeitszimmer. Für alle sichtbar und gut versteckt. Ich bin mir ziemlich sicher, dass niemand mitbekommen hat, dass ich es von L.A. nach Deutschland gebracht habe. Und als ich in Winding war, hat mich auch niemand gesehen, ich war nicht mal bei meinen Eltern. Genau wie wir es vereinbart haben.«

»Super.«

»Wir schaffen das, Ve«, sagte Finn. »Ich liebe dich.«

Wie still die Nacht war. Irgendwo in der Ferne knackte ein Ast, dann raschelte es. Danach war alles wieder ruhig.

Als Ve die Stufen zum Eingang emporstieg, hörte sie das vertraute *Schuhu,* das von der Turmspitze zu ihr herunterdrang.

Herr Schloemann. Oder vielmehr sein Alter Ego. Der richtige Herr Schloemann wohnte ja in der anderen Welt.

Sie lächelte, zum ersten Mal, seit sie gelandet war.

Die Eingangstür öffnete sich mit einem lauten Knarren, auch das war wie früher. In der Empfangshalle roch es ein bisschen muffig. Ihre Mutter bezahlte eine Frau aus dem Dorf, damit sie zweimal im Monat herkam, nach dem Rechten sah und sauber machte. Aber man merkte sofort, dass das Schloss nicht bewohnt war.

Seit einem Dreivierteljahr war Ve nicht mehr hier gewesen und nun war sie mitten in der Nacht angekommen. Genau wie bei ihrem ersten Besuch im letzten Jahr. Damals hatte Marcella sie in Empfang genommen. Sie hatte Ve einen Teller Gemüsesuppe serviert, auch daran erinnerte sie sich plötzlich wieder.

Heute wartete niemand auf Ve und es gab auch keine Suppe.

Sie zog ihre Jacke aus und spürte einen stechenden Schmerz in der Schulter. Bei dem Überfall am Flughafen hatte sie sich wohl eine Zerrung zugezogen. Auch ihr Handgelenk tat immer noch weh.

Sie ging durch den Flur in die Küche, öffnete den Kühlschrank und lächelte erneut. Milch, Käse, Eier, Aufschnitt, Marmelade, Joghurt und ein Glas Oliven. Finn hatte eingekauft. Oben im Bad fand sie eine Zahnbürste, Zahnpasta, Duschgel. Sogar an Mascara und Kajal hatte er gedacht. Und das Bett im Gästezimmer war frisch bezogen.

Sie ging nach nebenan in den Raum, den ihr Vater früher als Arbeitszimmer benutzt hatte. Wie das ganze Schloss war auch dieser Raum höchst spartanisch eingerichtet. Die Bücher stapelten sich neben Aktenordnern und Papierstößen auf dem Boden, es gab kein Bücherregal.

Auf dem Schreibtisch stand ein Computer, aber er hatte keine Internetverbindung. Im Schloss gab es ja nicht einmal einen Telefonanschluss.

»Das Buch ist im Arbeitszimmer«, hatte Finn gesagt. »Für alle sichtbar und gut versteckt.« Aber bevor Ve es aus einem Stapel zog, durchsuchte sie den Raum nach Abhörgeräten oder Kameras. Sie schraubte die Glühbirne aus der Fassung, guckte in die Steckdosen, untersuchte die Lichtschalter, blickte hinter die Bücherstapel und in alle Schreibtischschubladen. Sie fand nichts. Der Raum war sauber.

Jetzt erst nahm sie sich das Buch mit den Magnetweltmärchen vor, die sich ihr Vater ausgedacht hatte, als Ve noch ein kleines Mädchen gewesen war. Als Kind hatte sie die Geschichten so geliebt! Damals war ihr allerdings nicht bewusst gewesen, dass ihr Vater das Buch geschrieben hatte.

Hoch oben in den Bergen, an einem tiefen See, steht ein kleines Schloss.

Mit diesen Worten fingen sämtliche Märchen in dem Buch an. In dem Schloss wohnte das kleine Mädchen Sina zusammen mit seinen Freunden, einem sprechenden Hund, einer Katze und einer Schildkröte. Die vier konnten durch einen Brunnen in fremde Welten reisen. Und überall erlebten sie große Gefahren und haarsträubende Abenteuer, bevor sie wieder in ihr Schloss am See zurückkehrten.

Die Märchen waren Parabeln, Gleichnisse, das wusste Ve jetzt, nachdem sie das Geheimnis des Schlosses kannte. Es war nur logisch, dass ihr Vater das Märchenbuch auch als eine Art Safe benutzt hatte. Überall an den Seitenrändern, am Ende und am Anfang der Geschichten, fanden sich Skizzen, Formeln und Notizen in Joachim Wandlers winziger, fast unleserlicher Handschrift. Ve verstand nichts davon, aber sie wusste, dass hier alles aufgezeichnet war, was die TRADE-Leute suchten.

Keinem Computer, keinem Chip, keinem Datenstick hatte ihr Vater seine Erkenntnisse anvertraut. Er wusste, dass sie dort am sichersten waren, wo sie jeder finden konnte, aber keiner vermuten würde – in einem alten Kinderbuch.

Ve klappte das Buch wieder zu und strich noch einmal zärtlich über den Umschlag. Wenn sie nur wüsste, wo ihr Dad war. Ob TRADE ihn und sein Alter Ego entführt hatte und in der Parallelwelt gefangen hielt? Oder ob sich die beiden versteckt hatten, um nicht in die Fänge des mächtigen Konzerns zu geraten? Nachdenklich legte sie das Buch wieder zurück zu den anderen und stand auf.

Ihr Magen knurrte inzwischen wie verrückt, aber bevor sie sich etwas zu essen machte, musste sie noch etwas anderes erledigen. Im Erdgeschoss nahm sie den Schlüssel vom Haken neben der Kellertür und schloss sie auf. Ein lautes Quietschen, das war neu. Früher hatte sich die Tür lautlos geöffnet, Ve musste sie in den nächsten Tagen unbedingt ölen.

Sie drückte auf den Lichtschalter an der Wand und schloss einen Moment lang geblendet die Augen, als die Leuchtstoffröhren aufblitzten. Der Kellerzugang war uralt, wie das ganze Schloss, aber die Treppe war von ihrem Vater renoviert worden, nachdem er hier eingezogen war. Auf den abgetretenen Steinstufen lag eine rutschfeste Auflage aus Kunststoff, an der Wand war ein verchromter Handlauf befestigt worden.

Die Treppe endete in einem großen, hohen Kellerraum, in dem Baumaterialien und Gerümpel lagerten. Vor der hinteren Wand öffnete sich ein Schacht, eine Wendeltreppe aus Stahl schraubte sich von hier nach unten. Ve sog den modrigen, feuchten Geruch ein, der aus der Tiefe zu ihr emporstieg.

Auf einmal verspürte sie keinen Hunger mehr, auch ihre Erschöpfung war weg. Ihr Herz pochte laut und schnell. Sie nahm immer zwei Stufen auf einmal, sie konnte es kaum erwarten, das Ende der Treppe zu erreichen. Endlich kam sie am Boden des Schachtes an.

Es sah alles ganz genauso aus wie im letzten Sommer, als Ve zum ersten Mal hier gewesen war. Und doch war nichts mehr so wie damals. Nach ihrer letzten Reise hatte sie den MTP vom Strom getrennt und dadurch das Wurmloch geschlossen. Später hatte sie den Strom wieder eingeschaltet, aber die Verbindung zwischen den Welten bestand dennoch nicht mehr. Ob die TRADE-Leute in der Zwischenzeit im Schloss gewesen waren und den Teleporter untersucht hatten? Vermutlich, dachte Ve. Aber ohne die Aufzeichnungen ihres Vaters war es unmöglich, den MTP neu zu programmieren.

Sie überzeugte sich, dass auch dieser Raum nicht verwanzt war, dann drückte sie auf den linken Knopf neben der Metalltür. Mit einem leisen Zischen glitt die Stahlplatten auseinander. Sie blickte ins Innere der kleinen Kabine. Plötzlich war ihr so schwindlig, dass sie sich am Türrahmen abstützen musste. Der Übergang von einer Welt zur anderen war mit unsäglichen Schmerzen verbunden, es war ein Gefühl, als ob man bei lebendigem Leibe zerquetscht würde. Bis jetzt hatte Ve die qualvollen Erinnerungen erfolgreich weggeschoben, aber nun drängten sie sich mit Macht zurück in ihr Bewusstsein.

Dennoch zwang sie sich, in die Kabine zu treten und den Türdrücker zu betätigen. Die Türen glitten wieder zu.

Über ihr leuchtete eine kleine runde Lampe. Ein wachsames Auge.

Vielleicht funktionierte der Teleporter ja doch, wider alle Vernunft, entgegen allen Erwartungen. Aber als sie die Hand heben wollte, um den Startknopf zu betätigen, weigerte sich ihr Körper, den Befehl auszuführen. Nicht noch einmal diese Schmerzen!

Sie befahl sich, ruhig zu atmen, und dachte an Finn. Nicht an den Finn aus dieser Welt, den sie vorgestern noch in Los Angeles gesehen hatte. Sondern an sein Alter Ego im anderen Universum.

Als sie sich im letzten Sommer getrennt hatten, waren sie beide überzeugt gewesen, dass das das Ende ihrer Geschichte war. Weil sie das Wurmloch schließen mussten, bevor es eine der beiden Welten zerstörte. Oder gar beide.

Aber nun hatten sich die Dinge geändert. Ves Mutter war krank und der Teleporter, von dem sie nichts ahnte, war ihre einzige Hoffnung.

Ein tiefer Atemzug, dann drückte Ve auf den Knopf.

Keine Reaktion. Kein Summen ertönte, nichts geschah. Natürlich nicht. Bevor der Teleporter nicht neu programmiert war, würde er sie nirgendwohin bringen.

Als sie aus der Kabine trat, spürte sie eine große Erleichterung, weil ihr die Schmerzen dieses Mal noch erspart blieben. Und eine noch größere Enttäuschung. Weil ihr wieder einmal bewusst wurde, wie fern Finn war.

Warmes Sonnenlicht fiel durch die Baumwipfel, als Ve durch den Wald ins Dorf ging. Vögel zwitscherten, Bienen summten. Eine Libelle taumelte über den Weg. Es war traumhaft. Aber Ve achtete nicht auf Schönheiten der Natur. Sie musste sich beeilen. Ihr Handywecker hatte nicht geklingelt, sie hatte viel zu lange geschlafen und den halben Tag verloren.

Ihre Schulter schmerzte immer noch und ihr Handgelenk war ein bisschen geschwollen. Aber das würde vorübergehen, sie hatte wirklich Glück gehabt, dass sie der Angreifer am Flughafen nicht schlimmer verletzt hatte.

Bevor sie gestern Nacht ins Bett gegangen war, hatte sie auch den Rest der Räume gründlich nach Kameras und Wanzen durchsucht. Überraschenderweise war das Gebäude sauber. Warum hatte TRADE darauf verzichtet, Abhörgeräte zu installieren? Vielleicht lag es an dem Funkloch, in dem das Schloss lag, dachte Ve. Selbst wenn man bloß telefonieren wollte, musste man ins Dorf. Vermutlich war es unmöglich, von hier aus eine Funkverbindung zu einem Empfänger herzustellen.

Obwohl Ve zügig ging, dauerte es fast eine halbe Stunde, bis die ersten Häuser von Winding hinter den Bäumen auftauchten. Wenige Minuten später hatte sie das Ortszentrum erreicht.

In der anderen Welt war Winding kein Dorf, sondern eine kleine Stadt, die sich fast bis zum Schloss hochzog. Wo Ve jetzt stand, erstreckte sich in der Parallelwelt eine

Fußgängerzone mit Modegeschäften, Parfümerien, Apotheken und dem Coffeeshop, in dem Finn arbeitete. Sie dachte an seine blaugrünen Augen, sein Wahnsinnslächeln, und spürte prompt das vertraute sehnsüchtige Ziehen in ihrem Bauch.

Ob er sich überhaupt freuen würde, sie zu sehen? Der Gedanke verwandelte das Ziehen in einen schmerzhaften Stich. Vielleicht hatte Finn ja längst eine andere Freundin, genau wie Ve einen anderen Freund hatte. Weil das Leben schließlich weiterging.

»Es ist vorbei«, murmelte Ve. »Sieh es doch endlich ein, Ve!«

Der andere Finn, der *richtige* Finn, wartete in München darauf, dass er endlich nach Winding fahren konnte, um sie zu treffen. Er war für Ve ein großes Risiko eingegangen. Nach ihrem Abendessen in L. A. hatte sie ihm ihre Chipkarte und den Code für das elektronische Bankschließfach gegeben. Am nächsten Morgen hatte er das Buch aus dem Fach geholt und mit nach Deutschland genommen. Am Flughafen hatte er für Ve das Handy besorgt, danach hatte er das Buch ins Schloss geschmuggelt und den Kühlschrank gefüllt. Er war direkt wieder abgefahren, ohne auf sie zu warten. Je weniger sie zu diesem Zeitpunkt miteinander gesehen wurden, desto besser.

Ohne Finn wäre ich verloren, dachte Ve. Er liebt mich wirklich. Und ich träume nur von seinem Alter Ego.

Sie ging an der Kirche vorbei zur Bäckerei. »Silvia's

Stüberl« stand in Schnörkelschrift über dem Eingang. Hier wurde nicht nur Brot und Kuchen verkauft, es gab auch ein paar Tische, an denen man Filterkaffee oder Tee trinken konnte. Vor allem aber konnte man telefonieren. Weil das Café auf einer kleinen Anhöhe lag, war es einer der wenigen Orte im Dorf mit Handynetz.

»Na, das ist aber eine Überraschung!« Silvia stand hinter der Kuchentheke und begrüßte Ve wie eine alte Bekannte. »Bist du auch einmal wieder im Lande?«

»Sieht fast danach aus«, sagte Ve.

»Ist dein Vater etwa wieder aufgetaucht?«

»Noch nicht.« Ve deutete auf das Gebäck in der Vitrine. »Ich hätte gerne zwei Croissants. Und eine Tasse Kaffee.«

»Oh, das tut mir leid.« Silvias rundes Gesicht verzog sich zu einem Ausdruck des Bedauerns. »Die Kaffeemaschine ist kaputt.«

Das konnte ja wohl nicht wahr sein!

»Einen Kakao?«, schlug Silvia vor.

»Lieber eine Cola.«

»Kannst du dir aus dem Kühlschrank nehmen. Die Croissants bring ich dir an den Tisch. Oder willst du alles mitnehmen?«

»Nein, ich esse hier.«

Während sie frühstückte, wählte sie Finns Nummer. Sie musste es ziemlich lange klingeln lassen, bis er dranging.

»Stör ich?«, fragte Ve.

»Quatsch! Wie war die erste Nacht?«

»Zu lang. Ich hab verschlafen.«

»Der Jetlag. Geht mir auch immer so.«

»Wie ist es bei dir?«

»Stressig.« Er machte eine Pause.

»Was?«, fragte Ve.

»Ich ... äh ... das ist jetzt echt blöd ...«

»Du kannst morgen nicht kommen«, sagte Ve. »Das ist es doch, oder?«

»Naja. Also, die Musikproduktion besteht darauf, dass ich noch mal nach L. A. fliege.«

»Hä? Aber da warst du doch erst! Was soll das denn jetzt?«

»Ich weiß es doch selbst nicht. Aber es ist wohl megawichtig. Es tut mir leid, Ve.«

»Mir auch.« Sie spürte, wie die Verzweiflung in ihr hochschwappte. Zu zweit war die ganze Angelegenheit schon schwer genug. Den MTP zu aktivieren und das Wurmloch zu öffnen, ohne dass TRADE etwas davon mitbekam.

Allein schaffe ich das nicht, dachte Ve.

»Ich bleib nur eine Woche. Nächsten Freitag bin ich schon wieder zurück.«

»So lange kann ich nicht warten.« Ve hatte plötzlich Tränen in den Augen.

»Ich weiß«, sagte Finn. »Ich lass dich auch nicht im Stich. Ich helf dir von unterwegs.«

Ve schnaubte verächtlich. »Wie willst du das denn machen?«

»Ich hab schon angefangen«, sagte Finn. »Hab ein bisschen zu TRADE recherchiert. Und zu diesem Uwe Fischer. Das war doch der Name, den du neulich erwähnt hast, oder?«

Ve wischte sich die Tränen aus den Augen. Nicht heulen jetzt, bloß nicht heulen, das brachte überhaupt nichts.

»Bist du noch dran?«, fragte Finn.

»Uwe Fischer ist in der anderen Welt im Vorstand von TRADE. Ich bin mir ziemlich sicher, dass er weiß, wo mein Vater und sein Alter Ego stecken. Aber ich hab keine Ahnung, ob sein Doppelgänger in diesem Universum irgendwas mit der Sache zu tun hat.«

»Schon klar. Aber kann ja nichts schaden, ein bisschen nachzuforschen.«

»Was hast du denn rausgefunden?«

»Nicht viel. Dieser TRADE-Konzern ist so was von undurchsichtig. Auf den ersten Blick scheinen die ganz offen zu sein. Wenn du dir die Homepage anguckst oder ihre Facebookseite. Alles modern und easy und kundenfreundlich.«

»Aber?«

»In Wirklichkeit erfährst du nichts. Ich kenn einen Wirtschaftsjournalisten, den hab ich gestern angerufen. TRADE ist allen ein Rätsel. Die geben nur die Informationen raus, die vorgeschrieben sind. Kein Mensch weiß, wie ihre Unternehmensziele aussehen oder wie viel Gewinn der Konzern macht oder welche Strategie die verfolgen. Sie sind in den letzten Jahren ganz schön gewachsen, das steht fest.«

»Aber sie sind längst nicht so groß wie TRADE in der anderen Welt.«

»Noch nicht. Aber da wollen sie hin, da bin ich mir sicher.«

»Hm«, machte Ve. »Und Uwe Fischer? Was weißt du über den?«

»Auch nicht gerade viel. Er ist in der Sicherheitsabteilung bei TRADE. Und vor zwei Monaten hat er seine Wohnung in München verkauft.«

»Wie hast du das denn rausgefunden?«

»Google macht's möglich«, sagte Finn.

»Ist er weggezogen aus München?«

»Nein, er wohnt noch hier. Aber er hat sich verkleinert. Früher hatte er ein schickes Penthouse in Bogenhausen, jetzt wohnt er zur Miete. Die Wohnung liegt ein bisschen außerhalb und ist ziemlich spießig.«

»Und das hast du alles gegoogelt?«

»Nee, nur dass er die alte Hütte verkauft hat. Außerdem hab ich seine neue Adresse gefunden. Und da bin ich gestern Abend hingefahren und hab mich mal umgesehen.«

»Und woher weißt du, dass seine jetzige Wohnung kleiner ist? Warst du bei ihm drin?«

»Nein, aber bei seiner Nachbarin. Die hat sich das Bein gebrochen, kann nicht aus dem Haus und langweilt sich zu Tode. Da hat sie mich zum Tee eingeladen.«

»Wie bitte? Die hat dich einfach so zum Tee eingeladen? Ohne dich zu kennen?«

»Sie kennt mich ja. In- und auswendig. Hat meine CD, kann alle Songs mitsingen und war schon auf vier Konzerten.«

»Ach du Schreck.«

»Das kannst du laut sagen.« Finn stöhnte. »Ich bin froh, dass ich da lebend wieder rausgekommen bin. Und im Grunde wusste sie so gut wie gar nichts über Fischer. Er kommt meist spät abends nach Hause und arbeitet oft auch am Wochenende, jedenfalls geht er dann auch immer im Anzug aus dem Haus.«

»Hm. Vielleicht hat er sich scheiden lassen und musste deshalb eine kleinere Wohnung nehmen?«

»Nee, in der alten Wohnung hat er auch allein gewohnt. Da bin ich danach noch hingefahren.«

»Gab's da auch einen Fan, der mit dir Tee getrunken hat?«, fragte Ve.

»Nee, aber einen schwulen Hausmeister. Was ich nicht alles für dich tue.«

»Was du nicht alles für mich tust«, sagte Ve. Dann schwiegen sie beide einen Moment lang. Es war kein gutes Schweigen.

»Noch mal zurück zum Teleporter«, sagte Finn nach

einer Weile. »Ich kenn hier einen IT-Mann, der dir vielleicht helfen kann. Ich hab ihn noch nicht erreicht, aber ...«

»Warte noch mal, bevor du ihn fragst«, sagte Ve.

»Was? Wieso?«

»Ich glaub, ich hab selber schon jemanden an der Hand.«

»In Winding?« Finn lachte ungläubig. »Und wen, wenn ich fragen darf?«

»Komm her, dann erzähl ich's dir«, sagte Ve spitz und legte auf. Als sie gerade in ihr Croissant gebissen hatte, begann ihr Handy wieder zu klingeln.

»Willst du nicht drangehen?« Silvia blickte von der Kuchentheke neugierig zu ihr rüber.

»Nee.« Ve nahm noch einen Bissen. *Rrring, rring, rrring!*

»Der ist aber hartnäckig«, sagte Silvia.

Ve deutete auf ihren vollen Mund und hob bedauernd die Schultern.

Als sie aufgegessen hatte, rief sie ihre Mutter an.

»Was ist das denn für eine komische Nummer?«, fragte Karla. »Ich wär fast nicht drangegangen.«

»Mein Handy wurde geklaut«, sagte Ve.

»Was? Wie ist das denn passiert?«

»Keine Ahnung, muss mir jemand aus der Tasche gestohlen haben.« Sie erzählte nichts von dem Überfall am

Flughafen. Ihre Mum hatte genug Probleme, sie musste sich nicht auch noch Sorgen um Ve machen. »Wie geht es dir?«, fragte sie stattdessen.

»Prima«, sagte Karla. »Bestens.«

»Echt?«, fragte Ve.

Ihre Mum seufzte. »Na ja. Ich war heute Morgen beim Arzt. Die Chancen auf eine Transplantation sind nicht so gut.«

»Warum nicht?«

»Ich hab es nicht so genau verstanden. Die Warteliste ist sehr lang und mein Gewebe ist wohl ziemlich speziell. Es ist auf jeden Fall schwierig, ein Organ zu finden, das mein Körper nicht abstoßen würde.«

Ve schluckte. »Ist das sicher?«

Ein trauriges Lachen. »Was ist schon sicher?«

»Gib die Hoffnung nicht auf, Mum«, sagte Ve. »Ich glaube ganz fest daran, dass wir eine neue Niere für dich finden. Du darfst nicht verzweifeln.«

»Nein«, sagte Karla. »Niemals.« Dann seufzte sie leise. »Wenn ich bloß einen Arzt hätte, dem ich vertrauen könnte. Dr. Caczynski fühlt sich jedenfalls nicht mehr zuständig. Er sei kein Internist, hat er gesagt.«

»Gott sei Dank fühlt er sich nicht mehr zuständig, Mum. Vergiss ihn lieber. Du hast doch so viele Freunde, irgendeiner wird dir doch einen guten Arzt empfehlen können.«

Wieder lachte ihre Mutter traurig. »Von wegen, so

viele Freunde. Schön wär's. Ich hatte nur Kollegen, Geschäftspartner, Assistenten, Kontakte. Aber jetzt hab ich keine Arbeit mehr, da interessiert sich auch keiner mehr für mich.«

»Das stimmt doch nicht.«

»Doch, das stimmt leider, Ve. Und das ist das Allerschlimmste.«

»Was meinst du damit?«

»Ich war so bescheuert. Die letzten sieben Jahre hab ich nur mit Arbeit verbracht. Ich bin von einem Meeting zum anderen geflogen und ständig umgezogen, und dich hab ich mitgeschleppt, obwohl ich genau wusste, dass du darunter leidest. Und jetzt merke ich, dass ich mein Leben vergeudet und verschwendet habe. Aber nun ist es zu spät.«

»Nichts ist zu spät«, sagte Ve. »Du bekommst eine neue Niere. Alles wird gut, Mum.«

Ihre Mutter antwortete nicht. Ve hörte sie leise schluchzen.

Sie hatte ihre Mutter früher oft verflucht, weil sie so unerbittlich und streng war. »Jeder ist für sein eigenes Schicksal verantwortlich«, hatte sie Ve immer gepredigt. »Wenn du nichts aus deinem Leben machst, bist du selbst schuld.«

Nun hatte das Leben zurückgeschlagen. Und hatte ihr gezeigt, dass es Situationen gab, die man nicht mit einem starken Willen und ein bisschen Anstrengung meistern konnte. Karla Wandler war zu einer der hilflosen Kreaturen geworden, die sie früher immer verachtet hatte.

»Können Sie mir sagen, wo die Seilers wohnen?«, fragte Ve die Bäckersfrau, nachdem sie bezahlt hatte.

Silvias Augen glitzerten interessiert. »Was willst du denn von denen?«

»Ich bin mit Benny Seiler befreundet. Über Facebook.« Das war eine glatte Lüge. Leider war Ve nicht so weitsichtig gewesen, Benny von L. A. aus eine Freundschaftsanfrage zu schicken. Aber vermutlich hätte er sie ohnehin nicht angenommen. Warum auch? In dieser Welt waren sie sich noch nie begegnet.

»Facebook.« Die Frau machte ein Gesicht, als ob Ve *Transsilvanien* gesagt hätte. Immerhin bekreuzigte sie sich nicht. »Kirchgasse 7«, sagte sie dann. »Das Haus mit dem Holzbalkon.«

»Super. Da versuch ich doch gleich mal mein Glück.«

7

Bennys Haus lag genau hinter der Kirche, nur ein paar Schritte von der Bäckerei entfernt. Seine Mutter öffnete nach dem ersten Klingeln, als hätte sie hinter der Tür gelauert. »Ich hab heute schon gespendet«, sagte sie anstelle einer Begrüßung.

»Ich will nicht sammeln«, erklärte Ve. »Ich wollte Benny besuchen. Ist er da?«

»Du willst zu Benny?« Frau Seilers Augen wurden schmal. »Ich kenne dich nicht.«

»Ich wohne oben im Schloss.«

»Im Schloss? Das dieser Verrück… ich meine, das der Münchner gekauft hat?«

»Der verrückte Münchner.« Ve zog eine Grimasse. »Das ist mein Vater. Ist Ben denn nun zu Hause?«

»Er ist oben.« Frau Seiler machte keine Anstalten, zur

Seite zu treten und Ve ins Haus zu bitten. »Woher kennt ihr euch denn?«

»Darf ich Ihnen nicht sagen«, erwiderte Ve. »Top secret.« Sie zwinkerte Frau Seiler vertrauensvoll zu, deren Augen daraufhin noch schmaler wurden. Noch so eine flapsige Bemerkung und sie würde ihr ganz sicher die Tür vor der Nase zuknallen.

»Wenn es jetzt nicht passt, kann ich aber auch gehen und es nächstes Jahr noch mal versuchen«, sagte Ve.

Frau Seiler schnaubte verächtlich. »Benny!«, rief sie dann über die Schulter ins Haus. »Besuch für dich.«

Ein paar Sekunden lauschten sie beide, dann ging oben eine Tür auf. »Wer ist es denn?«, rief ein Junge nach unten.

»Eine junge Dame.« Frau Seiler musterte Ve von oben bis unten. »Sie will mir ihren Namen nicht verraten.«

»Ve«, sagte Ve.

»Fee? Das hab ich doch schon mal gehört.«

»Von mir. Im letzten Sommer. Da hieß ich nämlich auch schon so.«

Jetzt hörte Ve Schritte auf der Treppe. Ben kam zur Tür. Er war ein bisschen dicker als sein Alter Ego in der anderen Welt, seine Haare waren länger und statt der Brille mit Kunststoffrahmen trug er ein Metallgestell auf der Nase.

»Hallo?« Er musterte Ve genauso befremdet wie seine Mutter.

»Hi, Ben!« Ve hob grüßend die Hand. »Schön, dich zu sehen.«

»Ähm, ja. Also …« Er starrte zuerst Ve an, dann richtete er den Blick Hilfe suchend auf seine Mutter.

»Sag bloß, du erinnerst dich nicht mehr an mich«, sagte Ve. »Nee, oder?«

»Quatsch«, antwortete Ben. »Natürlich erinnere ich mich. Ich hab nur im Moment einen kleinen Hänger.«

»Puh. Ich dachte schon.« Ves Blick wanderte von Ben zu Frau Seiler und wieder zurück. »Was ist? Kann ich nicht reinkommen? Ich hab mich echt drauf gefreut, dich wiederzusehen, aber wenn es jetzt nicht passt …«

»Doch natürlich, na klar!« Ben nickte aufgeregt.

»Aber …« Seine Mutter wollte widersprechen, doch Ben winkte Ve bereits ins Haus.

»Wir gehen nach oben.«

»Schuhe aus!«, zischte Frau Seiler, obwohl Ve erst einen Fuß über die Schwelle gesetzt hatte.

»Natürlich.« Ve streifte ihre Sneakers von den Füßen und eilte auf Strümpfen hinter Ben her, der schon auf der Treppe war. Nichts wie weg hier. Diese Frau Seiler war genauso grässlich wie ihr Alter Ego in der anderen Welt.

Das Haus war allerdings bei Weitem nicht so schick wie der Neubau im anderen Universum. Das Treppenhaus war düster, ein abgetretener Teppichboden bedeckte die

Stufen. Es roch nach einem Reinigungsmittel mit Zitronenduft.

»Betreten für Unbefugte verboten! Lebensgefahr!«, stand in blutroten Lettern an der Tür zu Bennys Zimmer. Ve bezweifelte, dass sich seine Mutter von dieser Drohung abschrecken ließ.

»Bitte schön.« Ben öffnete die Tür und ließ Ve den Vortritt.

Das Zimmer war winzig. An der Wand hingen ein Bundesligaplakat und ein paar Urkunden, auf dem Schreibtisch thronte ein riesiger Computer und am Boden erhob sich ein Berg aus dreckigen Socken und Unterhosen. Ben ging hastig an Ve vorbei und kickte den Wäschestapel unters Bett. »Magst du was trinken?«

»Danke, alles okay«, sagte Ve. Sie ließ sich auf seinem Bett nieder, weil es nur einen Schreibtischstuhl gab. Und jetzt? Wie sollte sie das Gespräch auf den Teleporter bringen? Sie hatte gehofft, dass ihr spontan etwas einfallen würde, aber leider hatte sie nicht den Funken einer Idee.

»Sag noch mal schnell ... woher kennen wir uns?«, fragte Ben.

Ve seufzte. »Wir sind uns noch nie begegnet. Sorry für das Theater da unten. Aber ich hatte, ehrlich gesagt, Angst, dass deine Mutter mich nicht durchlässt.«

»Wer bist du denn?«, fragte Ben. »Und was willst du von mir?«

Puh, das klang nicht sehr einladend. Ve legte ihr vertrauenerweckendstes Lächeln auf. »Ich heiße Ve. Eigentlich lebe ich in Los Angeles, aber zurzeit wohne ich oben im Schloss.«

»Du bist die Tochter von Wandler? Aber ... der ist doch verschwunden.«

»Das stimmt. Deshalb bin ich hier. Ich muss ihn wiederfinden.«

Ben zog die Brauen zusammen, verschränkte die Arme vor der Brust und musterte sie misstrauisch. Ve spürte, wie sie zu schwitzen begann. Weiterlächeln, bloß nicht schlappmachen!

»Ich hab eine Menge über dich gehört«, sagte sie.

»Über mich? Was denn?«

»Dass du super in Physik und Mathe bist«, sagte Ve.

»Na ja«, erwiderte er gedehnt und setzte sich auf den Stuhl. Er schien sich ein kleines bisschen zu entspannen. Offensichtlich war sie auf dem richtigen Weg.

»Sieht man ja auch.« Ve deutete auf die gerahmten Urkunden an der Wand. In den letzten Jahren hatte Ben regelmäßig – und durchaus erfolgreich – bei *Jugend forscht* mitgemacht. »Das ist irre, finde ich.«

Ben winkte ab, aber er verschränkte die Arme nicht wieder vor der Brust und lehnte sich in seinem Stuhl zurück. Gut so.

»Und mit Computern kennst du dich doch aus, oder?«

»Ein bisschen.« Er lächelte bescheiden.

»Kannst du denn programmieren und so?«

Er zuckte mit den Schultern und machte ein Gesicht, als wäre das die selbstverständlichste Sache der Welt.

»Perfekt«, sagte Ve. »Ben, ich bin hier, weil ich deine Hilfe brauche.«

»Worum geht's denn?«

Sie zögerte einen Moment. Jetzt begann der wirklich schwierige Teil.

»Das Ganze klingt ziemlich verrückt«, begann sie. »Du weißt ja, dass mein Vater Physiker ist. Er hat sich mit multiplen Universen beschäftigt. Also mit Wurmlöchern und so was. Weißt du, was das ist?«

»Natürlich«, sagte Ben. »Aber ...«

»Warte!« Sie hob die Hand. »Ich glaube, dass er es geschafft hat. Mein Dad hat einen Teleporter gebaut und ist durch ein Wurmloch in eine Parallelwelt gereist.«

»Haha«, sagte Ben, ohne dabei eine Miene zu verziehen. »Na klar.«

»Ich kann das beweisen«, sagte Ve. »Ich hab seine Aufzeichnungen gefunden. Ein Buch, in dem alle seine Forschungsergebnisse drinstehen.«

Ben grinste breit. »Ah ja. Kann ich das mal sehen?«

»Natürlich. Aber ich hab es nicht hier. Das Buch ist oben im Schloss.«

»Im Schloss.« Nun überkreuzte er die Arme wieder vor dem Oberkörper. Verdammt!

»Pass auf.« Ves Gehirn ratterte. Wie konnte sie ihm bloß begreiflich machen, dass sie nicht log? Wenn sie ihm die ganze Geschichte erzählte – dass sie selbst in der Parallelwelt gewesen war und dort seinen Doppelgänger getroffen hatte –, würde er ihr bestimmt nicht glauben. Sie musste ihn schrittweise an die Wahrheit heranführen. »Der Teleporter ist ... äh ... außer Betrieb und muss neu programmiert werden. Und ich hab überhaupt keine Ahnung von solchen Dingen. Ich wollte dich fragen, ob du dir das Ding nicht mal anschauen kannst.«

»Ich«, sagte Ben tonlos. »Warum ich? Wenn dein Vater wirklich so eine Hammerentdeckung gemacht hat, warum fragst du dann nicht einen richtigen Wissenschaftler? Wieso kommst du ausgerechnet zu mir?«

»Ich kenne keine Wissenschaftler. Und mein Vater war der totale Eigenbrötler. Der hat mit niemandem zusammengearbeitet, der hat auch keine Freunde, die er eingeweiht hat, oder Kollegen. Kannst du dir vorstellen, was passiert, wenn ich mit dieser Story in irgendein Labor oder Institut marschiere?«

Ben nickte langsam.

»Das kann ich. Die glauben dir kein Wort.« Er machte eine Pause, in der er sie nachdenklich musterte. »Genau wie ich.«

»Aber Ben ...« Sie unterbrach sich, weil sie schlucken musste. Sie suchte nach Worten, Sätzen, Argumenten, aber ihr Hirn war so leer gefegt wie die Bürgersteige von Winding. »Komm doch einfach mal hoch ins Schloss und guck dir die Sache an«, meinte sie schließlich. »Du riskierst doch nichts. Und ich weiß wirklich nicht, wen ich sonst fragen könnte.«

Nun breitete sich ein sonniges Lächeln auf seinem Gesicht aus. Ben stand auf.

»Hältst du mich für bescheuert?« Seine Stimme klang freundlich und aggressiv zugleich. Er stand jetzt direkt vor ihr und Ve rutschte ein Stück nach hinten. »Wer steckt hinter diesem Scheiß? Tom? Florian? Haben die dich zu mir geschickt?«

»Hä? Wer? Niemand hat mich geschickt. Du bist der Einzige im Dorf, der sich mit solchen Dingen auskennt, und deshalb ...«

»Was für ein Bullshit!«, unterbrach er sie. »Das kannst du deiner Großmutter erzählen, vielleicht glaubt die das ja.«

»Ich schwöre dir, es stimmt ...«

»Hör doch auf.« Er legte den Kopf schief und musterte sie misstrauisch. »Du willst mich reinlegen. Wenn ich ins Schloss komme, filmst du alles und hinterher stellst du es ins Internet ...«

»Du liegst total falsch!«, rief Ve. »Bitte, Ben, ich versprech dir, ich sag die Wahrheit! Du musst mir dabei helfen, den Teleporter zu starten, sonst ...«

»Sonst was?« Er grinste. »Geht die Welt unter?«

Es war sinnlos, er glaubte ihr kein Wort. Und jetzt verschwand auch das Grinsen aus seinem Gesicht. Er wirkte auf einmal fast bedrohlich.

»Hau ab, Ve, oder wie auch immer du wirklich heißt!«, zischte er wütend. »Und lass dich hier nie wieder blicken. Ich brauch echt nicht noch mehr Leute, die mich verarschen.«

Bevor sie noch etwas entgegnen konnte, hatte er sie am Oberarm gepackt und zur Tür gezerrt. Sein Griff war so hart, dass sie erschrocken aufschrie. Aber auch das kümmerte ihn nicht. Er schob sie in den Flur und knallte die Tür hinter ihr zu.

Den Besuch bei Ben hätte sie sich sparen können. Wenn sie vorher fünf Minuten nachgedacht hätte, wäre ihr klar geworden, dass die Aktion sinnlos war. Der Ben in der anderen Welt hatte ihr alle möglichen abstrusen Geschichten abgenommen, weil er in ihre Doppelgängerin verknallt war. Aber der Ben in dieser Welt war nicht blind vor Liebe.

»An seiner Stelle hätte ich mich auch rausgeworfen«, murmelte Ve.

Und jetzt? Plan B. Es gab nur leider keinen.

Es gab nur Finn.

So sehr sie sich darüber ärgerte, dass er sie einfach im Stich lassen wollte – sie musste ihn noch mal anrufen. Der IT-Mann, den er erwähnt hatte, war ihre letzte Hoffnung.

Also wieder zurück zu Silvia's Stüberl.

Die dicke Bäckersfrau polierte gerade die Kuchentheke.

»Ich mach gleich zu«, erklärte sie. Dabei zeigte die Uhr hinter der Theke gerade einmal vier. »Samstags ist früher Schluss. Will schließlich auch noch was von meinem Leben haben.«

»Ich müsste nur kurz telefonieren«, sagte Ve.

»Das ist hier kein Fernmeldeamt. Du musst schon was kaufen.«

»Klar.« Ves Blick glitt hilflos über die leere Theke. »Aber es gibt ja nichts mehr.«

»Der Kuchen ist schon hinten im Kühlschrank.«

»Okay. Geben Sie mir einfach irgendwas. Zum Mitnehmen, bitte. Und einen Kaffee.«

»Die Kaffeemaschine ist kaputt«, erinnerte Silvia sie.

»Dann einen Tee.«

Die Frau nickte und verschwand durch eine Tür in den Nebenraum.

Als sie weg war, wählte Ve Finns Handynummer, aber sie erreichte nur die Mailbox.

»Wo bist du denn, Finn?« Eine bescheuerte Frage. »Kannst du mich gleich mal zurückrufen? Ich sitz hier im Café in Winding, aber die machen gleich zu. Bitte, beeil dich!«

Sie legte auf und starrte auf ihr Handy, in der Hoffnung, dass es gleich wieder klingeln würde, aber das passierte nicht. Weil Silvia immer noch im Nebenraum nach Kuchen suchte, trat Ve zu dem Zeitungsständer neben dem Eingang. Sie überflog die Schlagzeilen, ohne sie richtig wahrzunehmen. Aber dann blieb ihr Blick doch an einer Headline hängen: *Finn Werfel kämpft für seine Liebe.*

Ihr Herz schlug schneller, als sie das Blatt aus dem Ständer zog. Es war nichts Ungewöhnliches, dass Finn hier in der Klatschpresse auftauchte. Im Gegensatz zu den Staaten war er in Deutschland ein Topstar. Aber diese Überschrift verhieß nichts Gutes.

Bevor sie mit dem Lesen beginnen konnte, kam Silvia mit einem Kuchenstück aus dem Nachbarraum und wickelte es in Papier ein. »›Irgendwas‹ war aus. Da hab ich Bienenstich genommen«, sagte sie. Wahrscheinlich war sie sehr stolz auf den Scherz und enttäuscht, dass Ve nicht lachte.

»Die Zeitung nehm ich auch noch.«

»Hier ist dein Tee.« Silvia warf einen Teebeutel in ein Teeglas und ließ heißes Wasser aus dem Automaten. »Bitte schön.«

Ve verzog sich mit ihrer Bestellung und der Zeitung an einen der Tische. Mit zitternden Fingern schlug sie das Blatt auf und suchte nach dem Bericht über Finn.

Sie fand den Artikel gleich oben auf der zweiten Seite.

Nur die Liebe zählt! Wie Finn Werfel für seine neue Flamme kämpft.

Unter der Headline war ein großes Bild, auf dem Finn und sie selbst zu sehen waren. Es war im Tonstudio aufgenommen worden, kurz nachdem Ve erfahren hatte, dass ihre Mum im Krankenhaus lag. Sie war total blass, nur auf ihren Wangen brannten hektische rote Flecken. Finn blickte wütend in die Kamera.

»Was soll das denn?« Ves Herz raste auf einmal so, dass der Artikel vor ihren Augen verschwamm. Sie hob den Kopf, atmete ein paarmal tief durch und merkte dabei, dass die Bäckersfrau sie beobachtete.

Hastig senkte sie den Blick wieder auf die Zeitung und begann zu lesen.

Wer immer den Artikel geschrieben hatte, wusste Bescheid. Der Reporter kannte Ves Namen – auch wenn er ihn im Artikel gnädigerweise zu »Veronika W.« abgekürzt hatte –, er wusste, wie alt sie war, in welchem Krankenhaus ihre Mutter behandelt wurde und was Karla fehlte.

»Nierenversagen!«, hieß es in dem Artikel. »Ist es das Aus oder gibt es noch Hoffnung für die blutjunge Veronika (17) und ihre kranke Mutter? Finn Werfel hält zu seiner hübschen Freundin. Er hat alle Pressetermine abgesagt und weicht nicht von ihrer Seite. ›Sie braucht mich jetzt mehr denn je‹, sagt er.«

Ein zweites Foto zeigte Ve, wie sie gerade in Tränen ausbrach. »Veronika W.: Finn ist ihr einziger Halt!« war die Bildunterschrift.

»Das kann doch wohl nicht wahr sein!«, flüsterte Ve. Sie faltete die Zeitung zusammen und legte sie weg, obwohl sie den Artikel am liebsten rausgerissen und zerknüllt hätte. Aber dann hätte sich Silvia bestimmt wie ein Geier auf den Bericht gestürzt.

Ve war froh, dass sie kein Smartphone mehr hatte. So kam sie gar nicht in Versuchung, die Klatsch- und Tratschseiten im Internet aufzurufen. Bestimmt hatten es ihre tragische Geschichte und Finn Werfels aufopferungsvoller Einsatz bereits auf alle wichtigen Internetplattformen und in sämtliche Blogs geschafft. Wahrscheinlich wurde auf Facebook bereits eifrig darüber diskutiert, ob und wann Finn seine eigene Niere spenden würde.

Ve schnaubte vor Wut.

Dann zwang sie sich, nachzudenken.

Wer hatte diese Nachricht in die Welt gesetzt?

Im Grunde gab es darauf nur eine logische Antwort. Finn. Nur er kannte die Hintergründe: in welchem Krankenhaus Ves Mum gelegen hatte, dass sie eine neue Niere brauchte und dass sie Ves einzige Angehörige war.

Er selbst hatte alles an die Presse weitergegeben. Ohne vorher mit Ve zu sprechen. Ihr kam plötzlich ein neuer, ein noch schrecklicherer Gedanke: Vielleicht war die Geschichte inzwischen sogar bis zur amerikanischen Presse durchgedrungen. Finn Werfel war dort alles andere als berühmt, aber Herzschmerz, Krankheit und die große Liebe waren Themen, die überall und immer funktionieren. Das wäre auch eine Erklärung dafür, dass Finn schon wieder in die Staaten flog.

»Oh mein Gott«, wisperte Ve. Wenn das stimmte, dann war es nur noch eine Frage der Zeit, bis die Reporter herausfanden, wo ihre Mutter wohnte, und das Haus belagerten. Ve stellte sich vor, wie Karla mit hochgeschlagenem Mantelkragen und getarnt mit einer Sonnenbrille aus dem Haus huschte, um zur Dialyse zu fahren. Als ob sie nicht schon genug Probleme hätte.

»Wie konntest du mir das antun, Finn?«, murmelte Ve.

»Ich müsste dann mal abkassieren.« Silvia stand plötzlich neben ihr und reckte den Kopf nach der Zeitung. Zum Glück hatte Ve die Seite zugeschlagen, das Foto mit ihr und Finn war nicht mehr zu sehen.

»Klar.« Ve reichte ihr einen Zehn-Euro-Schein. Als sie das Wechselgeld in Empfang nahm, klingelte ihr Handy. Finn.

»Du hast angerufen«, sagte er. »Was gibt's denn?«

»Warum machst du das?« Ve steckte das Geld ein, nickte Silvia kurz zu und bewegte sich in Richtung Tür.

»Was?«

»Du weißt genau, was ich meine. Deine Liebe zu mir und die Nierenspende für meine Mutter.«

»Wie hast du das mitbekommen?«

»Ist ja wohl groß genug in der Zeitung.«

»Das tut mir total leid, Ve. Das Ganze ist superblöd gelaufen. Ich hab aber …«

»Ich will deine Entschuldigungen nicht hören! Ich will

überhaupt nichts mehr hören. Ich will, dass das aufhört. Und zwar sofort. Hast du das verstanden? Sobald der Name meiner Mutter irgendwo in den Medien auftaucht, flieg ich persönlich nach L. A. oder wo immer du steckst und dreh dir den Hals um.«

»Ich hab das nicht an die Presse gegeben«, sagte Finn. »Das musst du mir glauben.«

»Ach. Und wer war es dann?«

»Einer von der Produktion. Die haben uns auch fotografiert und ein paar Reporter auf uns angesetzt, damit sie uns ins Krankenhaus folgen.«

»Woher wissen die, dass meine Mum auf eine neue Niere wartet?«

»Keine Ahnung. Nicht von mir. Vielleicht haben sie einen Pfleger bestochen oder ein Journalist hat sich da eingeschlichen ... ich weiß es nicht, wirklich nicht. Ich hab von der Sache auch erst erfahren, als ich wieder zurück in Deutschland war.« Er räusperte sich verlegen. »Ich wollte dir gestern alles erzählen, als wir telefoniert haben. Aber du warst ja schon total sauer, als du gehört hast, dass ich wieder nach L. A. fliege ...«

»... da hast du den Mut verloren. Du Armer.«

»Ich wollte das wirklich nicht, Ve.«

»Nun tu doch nicht so, verdammt noch mal!« Am Anfang hatte Ve noch leise gesprochen, aber jetzt gellte ihre Stimme durch die Bäckerei. »Du lügst doch in einer Tour. Warum fliegst du denn wieder zurück nach L. A.?

Weil du das Spiel mitspielst. Oder willst du meiner Mum eine Niere spenden? Hoffentlich passen eure Blutgruppen zusammen, aber wie ich dich kenne, hast du das bestimmt längst abgecheckt. Wann ist denn die OP, damit ich Blumen schicken kann?«

»Ich kann verstehen, dass du sauer bist«, sagte Finn. »Aber du täuschst dich …«

»Warum fliegst du nach Amerika?«

»Weil ich muss«, sagte Finn. »Die wollen mich alle interviewen, das ist das erste Mal, dass sich irgendwer in Amerika für mich interessiert. Ich kann mir diese Chance einfach nicht entgehen lassen.«

»Nein«, sagte Ve. »Vermutlich nicht.«

»Sei nicht böse«, sagte Finn. »Ich liebe dich, Ve.«

»Hör auf!«, schrie Ve. »Ich will nie mehr was von dir hören!« Sie legte auf, bevor er noch etwas entgegnen konnte. Ihr Gesicht war tränenüberströmt. Verdammt, warum musste sie eigentlich immer gleich losheulen?

»Ach du Schreck!«, sagte die Bäckersfrau. »Da hängt ja wohl der Haussegen schief.«

»Halten Sie sich da raus!«, rief Ve wütend. Sie rannte zur Tür und stürmte tränenblind aus der Bäckerei auf die Straße. Im selben Moment knatterte ein Mofa um die Ecke und hätte sie überfahren, wenn der Fahrer ihr nicht mit einem gewagten Schlenker ausgewichen wäre.

»Blödmann!«, zischte Ve, obwohl das Ganze wirklich ihre Schuld war.

»Ve!« Die Stimme des Fahrers drang dumpf durch den Helm. Nun klappte er sein Visier hoch und sie erkannte ihn.

»Ben!«

»Wie praktisch, ich wollte gerade zu dir.«

»Ach ja? Und warum?«

»Steig auf«, sagte Ben. »Ich fahr dich ins Schloss.«

Auf dem Weg redeten sie kein Wort, das war bei Bens Fahrstil auch gar nicht möglich. Er jagte sein Mofa den Berg hoch, als wäre ein Rudel Wölfe hinter ihnen her. Ve klammerte sich am Sitz fest und verfluchte sich dafür, dass sie nicht zu Fuß gegangen war. Im Schlosshof stieg sie mit weichen Knien vom Mofa.

»Hast du dich doch entschlossen, mir zu glauben?«, fragte sie, als sie die Tür aufschloss.

»Noch nicht.«

»Und warum bist du dann hier?«

»Ich will diesen Teleporter sehen.«

Sie führte ihn wortlos durch die Eingangshalle in den Keller und dort gingen sie die Wendeltreppe nach unten.

»Hier«, sagte Ve und zeigte auf den MTP, dessen Stahltüren geschlossen waren.

»Das sieht aus wie ein ganz normaler Aufzug.« Ben öffnete die Türen und starrte in die Kabine.

»Aber es ist kein Aufzug.«

»Woher weißt du, dass es ein Teleporter ist?«

»Als ich im letzten Sommer hier war, hat er noch funktioniert. Man konnte Gegenstände damit verschicken.«

»Aha.« Er öffnete den Schaltschrank neben dem Gerät und inspizierte das Gewirr aus Kabeln und Steckverbindungen.

»Und?«, fragte Ve. »Was denkst du?«

»Hm.« Er zuckte mit den Schultern. Plötzlich erschien es Ve selbst wie ein fantastischer Traum, dass sie vor einigen Monaten mit diesem Ding in eine Parallelwelt gereist war.

Ben betrachtete inzwischen die schematische Übersicht, die auf der Innenseite der Schranktür klebte. Dann schüttelte er den Kopf und schloss die Tür wieder.

»Wo sind diese Aufzeichnungen von deinem Vater?«, fragte er.

»Jetzt sag doch mal: Wieso hast du deine Meinung geändert?«, fragte sie, als sie die Wendeltreppe wieder nach oben stiegen. »Vorhin warst du dir absolut sicher, dass ich vorhabe, dich reinzulegen.«

Er räusperte sich, als wollte er etwas sagen, aber dann schwieg er doch. Bis Ve stehen blieb und sich zu ihm umdrehte.

»Was ist los, Ben?«

»Ich hab deinen Vater mal besucht«, sagte er, ohne sie dabei anzusehen.

»Was? Hier im Schloss?«

Er nickte. »Ist schon eine Weile her. Er war gerade hier eingezogen.«

»Und warum hast du ihn besucht? Einfach so?«

»Im Dorf haben sie darüber geredet, dass ein Physiker das Schloss gekauft hat. Und irgendeiner kannte auch seinen Namen. Also hab ich ihn gegoogelt ...«

»Und?«

»Na ja. Dein Vater hat in den letzten Jahren ein paar wirklich interessante Sachen veröffentlicht.«

»Echt? Was denn zum Beispiel?«

»Er hat sich mit Quantensystemen im elektromagnetischen Raum befasst«, sagte Ben. »Und er hat ziemlich gewagte Thesen aufgestellt. Für die er ganz schön Kritik einstecken musste.«

»Wirklich?« Ve runzelte die Stirn. Es war zu schade, dass sie keine Ahnung hatte, womit sich ihr Vater beschäftigt hatte. Wenn er begonnen hatte, von seiner Arbeit zu erzählen, hatte sie sofort abgeblockt, weil sie felsenfest überzeugt gewesen war, dass das Ganze ohnehin zu hoch für sie war. Und nun war es zu spät.

»Und? Wie hat Dad reagiert, als du hier aufgetaucht bist? Habt ihr über seine Arbeit gesprochen?«

»Dazu kam es gar nicht. Es war seltsam. Er war total misstrauisch. Hat mich bestimmt dreimal gefragt, wer mich zu ihm geschickt hat und wie ich auf ihn gekommen bin.«

TRADE, dachte Ve. Er hat gewusst, dass sie hinter ihm her waren. Die Vorstellung, dass ausgerechnet Benny ein Spion sein könnte, den der Konzern auf ihren Vater angesetzt hatte, war zwar ziemlich absurd. Aber ihr Dad war auch kein besonders guter Menschenkenner.

»Du hast also nichts erfahren?«

»Überhaupt nichts.« Er lächelte betrübt. »Am Ende hat er mich mehr oder weniger rausgeworfen.«

Sie nickte. »Glaubst du immer noch, dass deine Kumpels mich angestiftet haben, dich reinzulegen?«

»Meine Kumpels.« Er lachte spöttisch. »Ich hab keine Kumpels. Die anderen finden mich alle total bescheuert.« Er zog eine Grimasse und verstummte.

»Tut mir leid«, sagte sie betroffen.

»Was? Dass ich so ein Loser bin?«

»Du bist doch kein Loser.« Sie grinste. »Du bist meine letzte Hoffnung.«

Er grinste auch, aber nur ganz kurz, dann wurde er wieder ernst. »Ich weiß nicht, ob ich dir helfen kann. Ich kenn mich ein bisschen mit Physik und Programmierung aus, aber diese Geschichte hier – ich meine, das ist ein ganz anderes Kaliber.«

Als Ve ihm das Buch mit den Magnetweltmärchen zeigte, betrachtete er es zuerst mit sichtbarer Skepsis, aber dann vertiefte er sich in die Formeln und Skizzen, die Joachim Wandler an die Seitenränder gekritzelt hatte.

Ve saß eine Weile neben ihm und blickte ihm über die Schulter, aber sie hätte genauso gut auf eine Knotenschrift der Inkas oder ein chinesisches Gedicht starren können. Sie verstand überhaupt nichts.

Sie ging in die Küche, kochte Tee und brachte Ben eine Tasse ins Arbeitszimmer, zusammen mit dem Bienenstich aus der Bäckerei. Er nickte nur kurz, ohne sie richtig zur Kenntnis zu nehmen.

Sie setzte sich mit ihrem Tee auf das zerschlissene Sofa vor dem Kamin im Salon. Und dachte daran, wie Finn und Seidenhaar in diesem Raum gestanden hatten. An seinen abfälligen Blick, mit dem er die schäbigen Möbel, das zerkratzte Parkett und die uralten Tapeten begutachtet hatte. »Ganz schöne Ruine, diese Hütte« hatte er gesagt.

Wie arrogant er damals gewesen war. Und wie stolz, auf seinen Durchbruch, seinen Erfolg und seinen Ruhm. Finn Werfel, der neue Popstar. Und jetzt? Kannte sie auch seine andere Seite. Seine Verletzlichkeit, seine Selbstzweifel. Die Panik, mit der er dem Erfolg nachhechelte. Irgendwo auf der wilden Jagd hatte er sich selbst verloren. Und mich, dachte Ve.

Sie war jetzt nicht mehr wütend auf ihn, nur traurig und enttäuscht.

Sie musste für eine ganze Weile eingenickt sein, denn als sie die Augen wieder aufschlug, war es draußen dunkel.

Durchs Fenster sah sie den Vollmond, er stand über den Baumwipfeln und sah aus, als hätte ihn jemand mit Silberfarbe an den Himmel gesprüht. Irgendwo klagte Herr Schloemann oder einer seiner Brüder.

»Ve?«, hörte sie Bens Stimme. »Wo steckst du?«

»Hier.« Sie rappelte sich mühsam auf, rieb sich die Augen und warf einen Blick auf die Uhr. Halb eins. Gähnend trat sie in den Flur.

»Hab ich dich geweckt?« Ben sah erstaunlich frisch und wach aus. Dabei beschäftigte er sich nun schon seit Stunden mit den komplizierten Aufzeichnungen ihres Vaters. »Tut mir leid.«

»Kein Problem. Bist du weitergekommen?«

»Keine Ahnung. Das ist alles so irre, ich verstehe gerade mal ein Zehntel. Wenn überhaupt. Aber schon das haut mich vom Hocker. Wenn das alles stimmt, kriegt dein Vater den Nobelpreis, da bin ich mir ganz sicher.«

»Fragt sich nur, in welchem Universum«, sagte Ve. »Meinst du denn, du kannst den MTP starten?«

Er zuckte mit den Schultern. »Ich werd's auf jeden Fall versuchen.«

»Worauf warten wir dann noch?«, fragte sie.

Ben lächelte. »Immer mit der Ruhe. Hast du so was wie Kaffee hier? Und was zu essen?«

»Na klar!« Ve eilte in die Küche. »Ich mach den Kaffee, du bedienst dich einfach am Kühlschrank.«

»Irgendwas ist hier faul«, sagte Ben nachdenklich, als sie ihm Kaffee einschenkte.

»Wie meinst du das?«, fragte Ve alarmiert.

»Ich war gerade noch mal unten im Keller und hab mir die Maschine angesehen. Man kann den Teleporter nicht einfach aus- und wieder anschalten. Wenn man die Stromversorgung unterbricht, stürzt er komplett ab. Ich frag mich, wer ihn vom Netz genommen hat.«

»Vielleicht gab es einen Stromausfall im Schloss. Oder die Putzfrau, die immer herkommt, hat ihn ausgeschaltet.«

»Quatsch. Das Ding ist eigentlich durch ein Notstromaggregat gesichert, aber auch das scheint ausgefallen zu sein. Das passiert nicht einfach so. Wer immer das gemacht hat, wusste genau, was er tut.«

Ve schenkte sich ebenfalls Kaffee ein, schüttete Milch in die Tasse und rührte um. Als sie den Kopf wieder hob, begegnete sie Bens misstrauischem Blick.

»Wenn du willst, dass ich dir helfe, musst du mir die Wahrheit sagen«, erklärte er. »Ich will wissen, was hier abgeht. Und zwar alles.«

Sie nahm einen Schluck Kaffee, um nicht antworten zu müssen.

»Weißt du, was ich glaube?«, fragte Ben. »*Du* warst das. *Du* hast den Teleporter vom Strom genommen. Aber warum? Das verstehe ich nicht.«

Sie zögerte und erkannte, dass es keinen anderen Weg gab. Sie musste ihm vertrauen.

»Es ist gefährlich, Ben«, sagte sie leise.

»Das hab ich mir schon gedacht.« Er trank seine Tasse aus und schob sie ihr hin, damit sie Kaffee nachfüllte. »Aber ich kann ohnehin nicht mehr zurück. Ich schätze mal, ich häng längst mit drin.«

Wo er recht hatte, hatte er recht. Ve seufzte.

»Also gut«, sagte sie. »Dann erfährst du jetzt alles.«

8

Diesmal packte sie wirklich aus. Sie erzählte die ganze unglaubliche Geschichte, die sie vor einigen Tagen schon Finn dargelegt hatte, und genau wie Finn hörte auch Ben schweigend zu und unterbrach sie kein einziges Mal.

Als sie fertig war, starrte er eine ganze Weile lang stumm in seine Kaffeetasse. »Wow«, murmelte er dann. »Das ist …«

»Total unglaublich«, ergänzte Ve. »Deshalb wollte ich dir ja auch nichts erzählen.«

Er sah sie nachdenklich an. »Schwörst du, dass das die Wahrheit ist?«

»Die Wahrheit und nichts als die Wahrheit.« Ve nickte. »Leider.«

»Der Hammer.«

»Jetzt weißt du alles, was ich weiß«, sagte Ve. »TRADE

schreckt vor nichts zurück. Die haben meine Mutter krank gemacht, um ihre Ziele zu erreichen.«

»Wenn das stimmt, dann läufst du in ihre Falle. Du machst, was sie wollen. Du öffnest das Wurmloch für sie.«

»Das wissen sie aber nicht.«

»Bist du dir sicher? Meinst du wirklich, dass sie dich einfach aus den Augen lassen, nur weil die Unterlagen nicht in deinem Koffer waren?« Ben ließ seinen Blick durch die Küche wandern. »Wahrscheinlich ist hier alles verwanzt.«

»Ich hab die Räume untersucht. Das Schloss ist clean.«

»Okay.« Er nahm einen Schluck Kaffee. »Was ist mit Finn Werfel? Wie passt er in die Story?«

»Finn Werfel?« Ve riss die Augen auf. Sie hatte seinen Namen nicht erwähnt, um die Geschichte nicht noch komplizierter zu machen. Und weil sie nicht an ihn denken wollte. »Wie kommst du denn auf den?«

»Komm schon.« Ben verdrehte die Augen. »Ganz Winding weiß, dass du mit ihm zusammen bist. Ich hab ihn vorhin mal gegoogelt, er war gerade in L. A.«

»Er hat mir geholfen, das Buch hierher zu bringen.«

»Aha.« Bens Miene war undurchdringlich. Er zögerte einen Moment, dann stürzte er sich entschlossen in die nächste Frage. »Als du in der anderen Welt warst – bist du da auch mir begegnet? Ich meine, meinem Doppelgänger?«

Ve nickte stumm. Sollte sie ihm die Wahrheit sagen? Dass sich sein Doppelgänger bis über beide Ohren in Nicky verknallt hatte, dass die ihn aber nicht zurückliebte, weil sie genau wie Ve in Finn Werfel verliebt war?

»Wie ist er so?«, fragte Ben. »Genauso bescheuert wie ich, oder?«

»So ein Quatsch. Ich hab ihn nur ganz kurz getroffen, so gut kenn ich ihn gar nicht …«

»Glaub ich dir nicht. Du kennst ihn gut. Sonst wärst du nicht auf die Idee gekommen, bei mir aufzukreuzen, damit ich dir helfe.«

»Nicky ist mit ihm befreundet«, sagte Ve. »Sie hat mir eine Menge über ihn erzählt.«

»Nicky und mein Doppelgänger sind Freunde? Echt?«

Ve nickte. »Nicky wohnt ja schon ewig in Winding, die beiden gehen in dieselbe Klasse. Und sie haben auch die gleichen Interessen.«

»Sind sie zusammen?«, fragte Ben.

»Nein.«

»Weil Nicky mit dem anderen Finn zusammen ist?«, bohrte er weiter.

»Sie hat keinen festen Freund«, sagte Ve. »Und Ben hat auch keine Freundin. Glaub ich jedenfalls. Außerdem ist doch total unwichtig, wer mit wem befreundet ist, oder?«

»Natürlich.« Jetzt sah er sie nicht mehr an, sondern starrte ins Leere.

»Ich bin dir total dankbar, dass du mir hilfst«, sagte sie schließlich.

Er lächelte schief. »Ist doch klar.«

»Ist nicht klar.« Sie dachte an Finn, der sie im Stich gelassen hatte, und spürte, wie ihre Brust ganz eng wurde. Hastig stand sie auf und stellte ihre leere Tasse in die Spüle. »Willst du versuchen, das Wurmloch zu öffnen?«

Ben schüttelte den Kopf und gähnte. »Morgen. Ich muss jetzt erst mal eine Runde schlafen. Das Ganze ist nämlich noch ein hartes Stück Arbeit.«

»Willst du nach Hause? Du kannst dich natürlich auch hier hinlegen.«

»Wenn das für dich okay ist.«

»Du kannst das Bett von meinem Vater haben.«

Er nickte. »Gehst du auch schlafen?«

»Ich bin hellwach. In L. A. ist es jetzt früher Abend. Am liebsten würde ich runter nach Winding und meine Mutter anrufen. Ich mach mir echt Sorgen um sie.«

»Habt ihr hier wirklich kein Netz?«, fragte Ben. »Find ich ja komisch, das Schloss liegt doch höher als das Dorf.«

»Ich kann aber nicht telefonieren.«

»Und oben im Turm? Hast du es da schon mal probiert?«

»Bis jetzt nicht. Aber wär ja mal einen Versuch wert.«

Er gähnte erneut, noch breiter und länger als vorher. »Na dann, viel Glück.«

Der Dachboden war kalt, dunkel und dreckig. Riesige staubbedeckte Spinnweben hingen wie Vorhänge von der Decke. Aber für Ve war es der schönste Ort der Welt. Denn als sie durch die Luke in den Speicher kletterte, piepste ihr Handy. Eine neue Textnachricht.

Sie hatte Netz! Es funktionierte, es funktionierte wirklich! Vor Freude hätte sie fast geweint. Warum war sie noch nie zuvor auf die Idee gekommen, vom Turm aus zu telefonieren?

Die SMS war nicht von Finn, sondern von einer unbekannten Nummer mit amerikanischer Vorwahl. Das war seltsam. Keiner außer Finn und Karla kannte Ves momentane Handynummer.

Ihre Finger zitterten, als sie die Nachricht öffnete.

Dear Miss Wandler, please contact us urgently. Bellevue Medical Center, L.A.

Bitte nehmen Sie schnell Kontakt auf. Das war die ganze Botschaft.

Ve ließ sich auf den dreckigen Holzboden sinken, während sie die Nummer wählte. Ihre Knie waren so weich, sie trugen sie nicht mehr.

In L.A. war es jetzt kurz nach sechs Uhr abends. Hoffentlich erreichte sie jemanden!

Am anderen Ende meldete sich eine Frauenstimme. Die Krankenhauszentrale.

Ve nannte ihren eigenen Namen und dann den Namen ihrer Mutter. »Sie haben eine Nachricht für mich?«

»Einen Moment, ich verbinde Sie mit dem Arzt«, sagte die Frau.

Draußen vor dem Fenster schuhute Herr Schloemann. Auf der anderen Seite der Weltkugel klickte eine Computertastatur, dann dudelte Warteschleifenmusik durch den Hörer, bis Dr. Reginatto sich schließlich meldete.

»Ich habe leider keine guten Nachrichten für Sie, Miss«, sagte er.

Am liebsten hätte Ve aufgelegt. Sie wollte die Wahrheit nicht hören, aber es führte kein Weg daran vorbei.

»Was ist es?« Ihre eigene Stimme klang heiser und fremd vor Angst.

Dr. Reginatto erklärte ihr, dass ihre Mutter eine akute Blutvergiftung hatte und wieder auf der Intensivstation lag.

»Sie ist im Moment nicht bei Bewusstsein«, sagte er.

»Eine Blutvergiftung? Wie ist das denn passiert?«

»Es gab Probleme mit dem Shunt«, erklärte der Arzt.

Der Shunt, das wusste Ve, war eine Art Ventil, das die Ärzte an einer Armvene ihrer Mutter angebracht hatten, um die Blutwäsche durchführen zu können. Der Zugang hatte sich anscheinend entzündet und das hatte die Blutvergiftung ausgelöst.

»Können Sie herkommen?«, fragte Dr. Reginatto am anderen Ende der Welt. »Die nächsten vierundzwanzig Stunden sind entscheidend.«

»Ich bin zurzeit in Deutschland«, sagte Ve.

»Oh.« Ve hörte eine Tastatur klicken. Wahrscheinlich notierte er gerade, dass die einzige Angehörige von Karla Wandler unabkömmlich war.

»Wird meine Mutter sterben?« Ve hörte ihre eigene Stimme kaum, sie war so schwach und dünn. Aber der Doktor verstand sie, wahrscheinlich fragten alle Angehörigen in dieser Situation dasselbe.

»Wir tun alles, um sie zu retten«, sagte er. »Da können Sie ganz sicher sein.«

Sie schaltete kein Licht ein, als sie die Treppe wieder nach unten ging. Der Mond schien durch die Fenster im Turm und füllte die leer stehenden Räume und das Treppenhaus mit seinem fahlen silbernen Glanz. Die Tür zwischen dem Büro und dem Schlafzimmer ihres Vaters stand halb offen. Dort hatte Ben sich hingelegt. Leises Schnarchen drang in den Flur.

Sie selbst würde keine Ruhe finden, da war Ve sich ganz sicher. Sie wunderte sich, warum sie nicht in Tränen ausbrach. Sonst weinte sie wegen jeder Kleinigkeit. Wenn sie den Bus verpasste, wenn sie Ärger mit Finn hatte, wenn irgendwas nicht nach ihren Vorstellungen lief. Aber jetzt: keine Träne.

Weil sie das Gefühl hatte, dass es gar nicht sie war, der das alles passierte. Eine andere Ve in einem anderen Universum hatte soeben erfahren, dass ihre Mutter auf der Intensivstation lag, dass sie womöglich sterben würde.

Sie hatte gerade die Tür zu ihrem Zimmer geöffnet, als unten die Eingangstür aufgeschlossen wurde. Sie hörte leise, schnelle Schritte, Gummisohlen, die auf dem Steinboden unten im Erdgeschoss quietschten. Dann war alles wieder still.

Ve erstarrte. Wer war da ins Haus gekommen? Atemlos lauschte sie in die Dunkelheit, aber nun hörte sie nur noch ihren eigenen Herzschlag. Sie hatte das Gefühl, dass das Pochen das ganze Schloss füllte.

Ben hatte recht, natürlich hatten die TRADE-Leute nicht einfach aufgegeben, nachdem sie Joachim Wandlers Unterlagen nicht in Ves Gepäck gefunden hatten. Sie hatten jemanden ins Schloss geschickt, um sie zu besorgen. Und in ein paar Sekunden wäre der Typ hier oben im ersten Stock.

Sie musste Ben wecken, bevor es zu spät war! Mit ein paar großen Schritten durchquerte sie den Flur und rannte durchs Büro ins Schlafzimmer. Ben lag im Tiefschlaf, sie musste ihn rütteln, bis er endlich aufwachte.

Er fuhr hoch und starrte sie erschrocken an. »Was?«, fragte er entsetzt und sie legte ihm schnell ihren Zeigefinger an den Mund.

»Da unten ist jemand«, flüsterte Ve.

»W-w-wie?« Er blickte sich verwirrt um.

»Da ist ein Einbrecher im Schloss.«

Er rieb sich die Augen. »Bist du sicher?«

»Ich hab die Tür gehört. Und dann Schritte.« Sie hielt

den Atem an und lauschte in die Stille. Wenn der Typ auf der Treppe wäre, hätten sie ihn jetzt hören müssen. Die Stufen knarrten nämlich wie verrückt.

»Alles still«, sagte Ben leise. »Als du vorhin geschlafen hast, hab ich auch die ganze Zeit was knacken gehört. Das ist das alte Holz, das arbeitet.«

»Ich weiß, wie das Schloss nachts klingt. Ich bin schließlich nicht zum ersten Mal hier. Aber vorhin – das war anders.«

»Sollen wir die Polizei rufen?«

»Wir haben doch hier unten kein Netz. Und außerdem – bis die hier sind, ist alles zu spät.« Auf ihren nackten Armen bildete sich eine Gänsehaut.

»Oh Mann.« Ben zerwühlte mit beiden Händen seine Haare.

Ve blickte sich suchend um. An der Wand lehnte eine lange Metallstange mit einem Haken, die dafür benutzt wurde, die oberen Fenster zu öffnen.

»Was hast du denn jetzt vor?«, fragte Ben flüsternd, als sie die Stange prüfend in den Händen wog.

»Ich gehe runter. Nachschauen.«

»Du spinnst wohl. Wenn da wirklich jemand ist...« Er unterbrach sich und stöhnte leise. »Verdammt«, hörte sie ihn murmeln.

»Du bleibst hier, Ben!« Sie trat ins Arbeitszimmer. Wenn nur ihr Herz nicht so laut gehämmert hätte.

»Warte!« Er eilte an ihr vorbei zum Schreibtisch,

kramte in der obersten Schublade und zog einen Brieföffner heraus. »Ich komme mit.«

Obwohl es ziemlich dunkel war, konnte sie sehen, wie seine Finger zitterten. Er war nervös. Plötzlich tat es ihr leid, dass sie ihn überhaupt geweckt hatte. Aber nun war keine Zeit zum Diskutieren.

»Also gut. Aber leise!«

Sie durchsuchten das ganze Erdgeschoss, aber die Räume waren leer. Ve rüttelte sogar an der Kellertür, aber sie war fest verschlossen.

»Da ist nichts«, erklärte Ben erleichtert.

Ves Herzschlag beruhigte sich wieder.

»Ich war mir so sicher«, murmelte sie. »Sorry.«

Ben zuckte mit den Schultern. »Keine Ursache. Ist doch besser so.« Er legte den Brieföffner auf die Kommode im Flur und gähnte. »Ich hau mich wieder hin. Und du solltest jetzt auch schlafen.«

»Vergiss es!« Ve schüttelte den Kopf. »Ich mach mir einen Tee. Vielleicht bringt mich das ja ein bisschen runter.«

Sie durchwühlte gerade den Küchenschrank nach Teebeuteln, als sie etwas hörte, das sie nicht sofort zuordnen konnte. Erst ein Klicken, dann ein Knarzen – und dann das gleiche Quietschen wie vorhin. Ve hielt den Atem an und lauschte. Eine Tür fiel ins Schloss und etwas klirrte.

Ves Herz galoppierte sofort wieder los wie ein nervöses Rennpferd.

Natürlich, die Kellertür! Jetzt fiel ihr ein, was sie vorhin nur unbewusst registriert hatte: Die Tür war zwar abgeschlossen gewesen – aber der Schlüssel hatte nicht an seinem Haken gehangen! Der Eindringling musste sofort im Keller verschwunden sein und die Tür von innen abgeschlossen haben. Und nun wollte er das Haus wieder verlassen.

Die Stange, wo war die Metallstange? Ve drehte sich einmal um die eigene Achse und erinnerte sich dann, dass sie sie draußen im Flur abgestellt hatte.

Wieder ertönte das Geräusch von Gummisohlen auf dem Steinfußboden in der Halle. Wenn der Typ in die Küche kam, war alles aus. Sie hatte keine Zeit, sich zu verstecken, er würde sie sofort bemerken. Sie sah sich hektisch um und entdeckte die gusseiserne Bratpfanne, die über dem Herd hing.

Sie umklammerte sie wie einen Baseballschläger, während sie zur Tür schlich. Sobald der Typ den Raum betrat, würde sie zuschlagen, ohne zu zögern, ohne ihn zu warnen. Das war ihre einzige Chance und sie würde sie nutzen.

Atemlos lauschte sie. Die Schritte waren verstummt. Wartete der Mann auf der anderen Seite der Tür? Aber worauf? Ihre Hände schwitzten so, dass ihr die Pfanne aus den Händen zu rutschen drohte.

Aber dann hörte sie die Eingangstür ins Schloss fallen. Der Einbrecher hatte das Gebäude verlassen. Ve hastete zum Küchenfenster. Sie musste ihn sehen, bevor er in der Dunkelheit verschwand.

Graues Dämmerlicht füllte den Schlosshof. Der Mann hatte den Hof bereits zur Hälfte überquert, er eilte auf das Tor zu, das wie immer offen stand. Er war schwarz gekleidet, dennoch war er im Silberlicht des Vollmondes gut zu erkennen. Ein schlanker, mittelgroßer sportlicher Typ. Sein Kopf war unbedeckt und seine Glatze leuchtete hell durch die Dunkelheit.

Plötzlich drehte er sich noch einmal um und sah zurück zum Schloss. Ve schaffte es gerade noch, sich hinter der Gardine zu verstecken. Aber sie konnte sein Gesicht deutlich erkennen. Es gab keinen Zweifel, wer da im Hof stand.

»Uwe Fischer«, murmelte Ve.

9

»Warum hast du mich nicht gerufen?« Ben war so wütend, dass er den Schuh, den er gerade anziehen wollte, durchs Zimmer pfefferte.

Sie hatte ihn bis halb neun schlafen lassen, bevor sie ihn geweckt und ihm alles erzählt hatte. »Das hätte doch nichts gebracht. Der Typ war weg.«

»Bist du sicher, dass es dieser Fischer war?«

»Ziemlich. Aber ich kenn sein Gesicht natürlich nur von dem Foto im Internet.«

»Wir sind so bescheuert!« Ben schleuderte den zweiten Schuh in die andere Richtung. »Warum haben wir nicht im Keller nachgesehen?«

»Der war ja abgeschlossen. Und das war bestimmt ganz gut so. Wer weiß, was Fischer mit uns gemacht hätte.« Sie dachte an den Eindringling, den sie im letzten

Sommer hier im Schloss überrascht hatte. Wahrscheinlich war es ebenfalls Fischer gewesen, der sie damals bewusstlos geschlagen und in den MTP gelegt hatte. Als sie wieder aufgewacht war, war sie auf der Reise ins andere Universum gewesen.

»Ich könnte ausflippen«, schimpfte Ben. »Er ist in den Keller, weil er wissen wollte, ob der Teleporter funktioniert.«

»Ein Glück, dass du ihn gestern nicht mehr programmiert hast.«

Ben stand auf und sammelte seine Schuhe wieder ein.

»Und jetzt?«, fragte er, während er sie anzog.

»Was – und jetzt? Wir machen weiter wie geplant.«

»Wenn ich den MTP starte, ist das Wurmloch wieder offen.«

»Worauf willst du hinaus?«

»Was passiert, wenn du in der anderen Welt bist und der Typ zurückkommt?«, fragte Ben. »Denn er wird garantiert wieder hier auftauchen. Er hat einen Hausschlüssel. Es war nicht das erste Mal, dass der hier war, und es wird auch nicht das letzte Mal sein.«

Ve zögerte. »Wir müssen es riskieren.« Sie erzählte Ben von dem Telefongespräch mit dem Krankenhaus und der Blutvergiftung ihrer Mutter.

»Sie verträgt die Blutwäsche nicht«, erklärte sie. »Wenn sie nicht schnell eine neue Niere bekommt, stirbt sie.«

»Du musst zurück nach L.A.«, sagte Ben. »Sofort.«

»Bis ich dort bin, ist es vielleicht schon zu spät.« Ves Stimme zitterte. »Und ich hab auch keine Zeit, zurückzufliegen. Ich muss Mums Doppelgängerin suchen. Wir brauchen ihre Niere.«

»Ich weiß nicht. Ich hab das Gefühl, es wär besser, wenn wir das alles abblasen. Stell dir doch mal vor, du kommst mit der Kopie deiner Mutter aus dem anderen Universum zurück und ...«

»Hör auf!«, rief Ve. »Ich will mir das nicht vorstellen.«

Er nickte hastig und kaute nervös an seinen Fingernägeln.

»Ich weiß, es geht um deine Mutter«, sagte er dann. »Um ihr Leben. Aber wenn es schiefläuft, geht die ganze Parallelwelt dabei drauf. Oder unser Universum. Je nachdem, welche TRADE-Gruppe schneller ist.«

Ben hatte recht. Wenn sie weitermachten, setzten sie alles aufs Spiel. Und dennoch, Ve konnte jetzt nicht aufgeben. »Vielleicht gibt es ja doch noch eine Lösung.«

»Vielleicht«, sagte Ben. »Aber ich brauch erst mal einen Kaffee.«

Sie kochte Kaffee, deckte den Tisch und sah Ben dabei zu, wie er vier Scheiben Toast aß und dazu drei Tassen Kaffee trank. Sie selbst hätte keinen Bissen hinuntergebracht.

»Und jetzt?«, fragte Ve, als er endlich fertig war. »Irgendwelche Eingebungen?«

»Ich glaube, ja.« Er nickte nachdenklich. »Wir starten den Teleporter und sobald du weg bist, schalte ich ihn wieder aus.«

»Dann kann ich nie wieder zurück.«

»Doch. Wir machen eine Zeit aus. Kurz vorher nehme ich das Ding wieder in Betrieb. Wenn dieser TRADE-Mann in der Zwischenzeit ins Schloss kommt, ist das Wurmloch verschlossen. Bingo.«

»Das wäre super. Funktioniert aber nicht. Wegen der Zeitverschiebung.«

»Zeitverschiebung?«

»Es gibt immer einen Zeitsprung, wenn ich von einem Universum ins andere reise. Ich komme fünf Stunden vor meinem Start an oder zwei Tage später. Es ist vollkommen willkürlich und man kann es nicht steuern.«

Er runzelte die Stirn. »Davon hast du mir noch gar nichts erzählt.«

»Es war ja bisher auch nicht wichtig.«

»Hm.« Er kratzte sich nachdenklich am Kopf. »Das macht das mit der Rückreise natürlich schwierig.«

Ve seufzte.

»Warum gibt es diese Zeitverschiebung?«, fragte Ben. »Ich muss mir das noch mal anschauen.«

»Meinst du, dass du den Effekt ausschalten kannst?«

Er zuckte mit den Schultern.

Danach vergrub er sich wieder in den Unterlagen und Ve ging ins Bett. Obwohl sie immer noch total aufgekratzt war, schlief sie sofort ein und träumte von Finn, dem anderen Finn, der nicht berühmt war, aber dafür im Reinen mit sich selbst. Er und Ve saßen auf einer Blumenwiese, um sie herum flatterten Schmetterlinge.

»Ich hab dich so vermisst«, sagte Finn. »Jetzt darfst du mich nie mehr allein lassen.«

»Nie mehr«, beteuerte Ve.

Finn lächelte glücklich und rief: »Ich glaub, ich hab's!«

Aber es war natürlich nicht Finn, der das gerufen hatte, sondern Ben, der vor Ves Bett stand und sie geweckt hatte. Sein Gesicht war ganz rot vor Aufregung.

»Die Sache ist gar nicht so kompliziert. Dein Vater hat die Zeitverschiebung bewusst eingebaut, vielleicht wollte er verhindern, dass ihm jemand in die Parallelwelt folgt. Auf jeden Fall lässt sich das Ganze leicht anpassen. Man muss nur zwei Parameter vertauschen und vor dem Neustart die Diode mit der Versorgungsspannung ausschalten. Dann fließt der Strom über Drain nach Source und die Raum-Zeit-Krümmung …«

»Hör auf, Ben!« Ve hob die Hand. Ein Teil von ihr saß immer noch mit Finn auf der Wiese. Was für ein schöner Traum. Wie schade, dass sie aufgewacht war. »Ich verstehe kein Wort.«

»Ist ja auch egal«, sagte Ben. »Aber ich glaube, es funktioniert.«

»Bist du dir sicher?«

»Nicht ganz.« Nun wirkte er plötzlich betreten. »Ich befürchte, wir müssen es einfach ausprobieren.«

Sie wussten beide, was das bedeutete. Wenn es nicht funktionierte, müsste Ve für immer in der anderen Welt bleiben. Und ihre Mutter wäre verloren.

Sie schluckte. »Dann tun wir das doch«, sagte sie.

Er brauchte eine knappe Stunde, dann klappte er die Tür des Schaltschranks zu und drehte sich zu Ve um, die in der Ecke des Kellerschachts hockte und vor sich hindöste.

»Okay«, sagte Ben.

Sie sprang auf und war auf einmal hellwach. »Okay?«

»Ich glaub schon. Die Zeitverschiebung müsste jetzt auch weg sein. Aber wie schon gesagt, ich weiß nicht ...«

»Lass es, Ben.« Ve holte tief Luft und straffte die Schultern. »Ich breche auf.«

»Was, jetzt sofort?«

»Worauf sollen wir noch warten?«

Sie drückte auf den linken Knopf. Der Teleporter öffnete sich mit einem leisen Zischen. Ve spürte, wie ihr ein kalter Schauer über den Rücken kroch. Alles in ihr sträubte sich dagegen, die Kabine zu betreten.

»Ich hab mir überlegt, dass es besser wäre, wenn ich reise«, sagte Ben mit belegter Stimme. »Dann kannst du zu deiner Mutter ...«

»Und das Wurmloch bleibt hier offen und unbewacht zurück?«, fragte Ve. »Wenn ich es ausschalte, krieg ich es ganz bestimmt nicht wieder geöffnet.« Sie schüttelte den Kopf. »Nein. Ich muss gehen, es gibt keine andere Möglichkeit.«

Es war wie im Schwimmbad auf dem Zehnmeterbrett, je länger sie zögerte, desto schwerer wurde es. Sie musste den entscheidenden Schritt nach vorn machen. Den Schritt, nach dem es kein Zurück mehr gab.

»Wie lange brauchst du?«, fragte Ben.

Sie runzelte die Stirn. »Gib mir drei Tage.« Sie warf einen Blick auf die Uhr. »In der Nacht zum Donnerstag stellst du das Ding wieder an. Um Mitternacht.«

»Du meinst, das reicht?«

»Ich hoffe es.« Sie kramte ihr Handy aus der Hosentasche und reichte es ihm. »Hier. Falls Mum anruft. Oder das Krankenhaus.« Sie schluckte und senkte die Augen.

»Viel Glück, Ve.«

Sie umarmte ihn, nur kurz und schnell, weil sie Angst hatte, dass er sie nicht mehr loslassen würde. »Danke, Ben. Das hast du toll gemacht.«

»Ich danke dir auch.«

»Wofür?«

»Dass du zu mir gekommen bist. Dass wir uns kennengelernt haben.« Er lachte verlegen.

»Wir sehen uns wieder«, sagte sie. »Donnerstag. Um Mitternacht.«

»Donnerstag. Um Mitternacht«, wiederholte er.

Ein Schritt, dann stand sie im Teleporter und schloss die Tür von innen.

Sie atmete noch einmal tief durch, streckte die Hand aus und drückte den rechten Knopf.

Sofort begann das helle Summen und die Wände setzten sich in Bewegung.

Die ersten Sekunden waren die schwersten. Noch konnte sie die Maschine stoppen, wenn sie den Knopf erneut drückte.

Aber sie durfte nicht schwach werden.

Sie dachte an ihre Mutter, die auf der Intensivstation um ihr Leben kämpfte, und das half.

»Wir schaffen das, Mum!« Ve hörte ihre eigene Stimme nicht mehr, weil sich das Summen zu einem ohrenbetäubenden Kreischen gesteigert hatte. Die Wände waren jetzt nur noch wenige Zentimeter von ihr entfernt, der Boden hob sich, die Decke senkte sich herab. Sie fiel auf die Knie, dabei war es vollkommen egal, ob sie kniete oder stand oder lag, sie würde unweigerlich zerquetscht werden.

Nun begann sich der Raum zu drehen, erst rotierten die Wände um sie herum, dann drehte sich alles wie die Schleuder in einer kaputten Waschmaschine. Es wurde enger und immer enger, die Decke presste gegen ihren Schädel, die Wände gegen ihre Schultern. Der Boden schob sie gnadenlos nach oben.

Und dann setzten die Schmerzen ein.

Ihr Körper wurde auseinandergerissen, sie zerfiel in einzelne Glieder, Zellen, Moleküle.

Sie verlor sich selbst in Zeit und Raum.

Teil 2

1

Dann war alles vorbei, genauso plötzlich, wie es begonnen hatte.

Ve lag auf dem Boden der Kabine, sie fühlte sich benommen, aber die Schmerzen waren verflogen. Über ihr leuchtete die runde Lampe genau wie vorher. Aber es war eine andere Lampe in einer anderen Welt.

Ein tiefer Atemzug, dann richtete Ve sich auf und öffnete die Tür.

Auf den ersten Blick wirkte der Vorraum unverändert. Die Leuchtstoffröhren unter der Decke, die ein kaltes, grelles Licht verbreiteten. Die Wendeltreppe aus Stahl, die nach oben führte. Aber natürlich war Ben nicht hier. Und es gab eine zweite Stahltür, gegenüber dem Treppenaufgang. Der Aufzug, der aus dem Schloss hinunter ins TRADE-Labor führte.

Sie hatte es geschafft, sie war wieder zurück in der anderen Welt. Sie spürte ein erwartungsvolles Kribbeln im Bauch. Die Beklemmung, unter der sie in den letzten Tagen gelitten hatte, war weg. Der erste Schritt war getan, sie war angekommen. Gleich würde sie Nicky wiedersehen. Und die Kopie ihrer Mutter. Die bis jetzt noch keine Ahnung hatte, dass es überhaupt ein Paralleluniversum gab. Wie die andere Karla wohl reagieren würde, wenn Ve ihr erzählte, was sie von ihr wollte?

Vielleicht war zur Abwechslung mal alles viel einfacher als gedacht. Vielleicht würde sie sofort einwilligen, Ve zu begleiten, wenn sie hörte, wie schlecht es ihrer Doppelgängerin ging.

Auf den Stahlstufen der Treppe lag Staub, genau wie auf dem Handlauf.

Vermutlich war keiner mehr hier unten gewesen, seit Ve damals zurückgereist war. Joachim Wandler war wohl immer noch verschwunden.

Ves Herz schlug schneller, während sie durch den großen Kellerraum zu der Treppe ging, die nach oben ins Schloss führte. Als sie die obere Tür erreicht hatte, legte sie die Hand auf den Türgriff und hielt die Luft an, während sie die Klinke nach unten drückte. Diesmal blieb das Quietschen aus, die Tür öffnete sich lautlos. Ve schlüpfte in den Flur. Durch das Fenster an der Treppe schien die Sonne, die Strahlen fielen auf das Ölgemälde über dem Treppenaufgang, das die Doppelgängerin ihrer Mum zeigte. Eine üppige blonde Frau in einem dunkelblauen Samtkleid.

Auch sonst war alles beim Alten. Der Kronleuchter an der Decke, der rote Teppich auf den Treppenstufen, der glänzende Marmorboden.

Von irgendwoher erklangen Gelächter und helle Stimmen.

Ve schlich über den Flur in die Vorhalle. Die Stimmen kamen aus dem Salon, dessen Tür nur angelehnt war.

»Weißt du schon, was du anziehst?«, fragte eine Mädchenstimme, die Ve nicht kannte.

»Irgendwas ganz Normales«, erwiderte eine andere. »Jeans. Ein T-Shirt. Bloß kein Kleid.«

»Cool.«

Auf Zehenspitzen näherte sich Ve dem Raum. Sie verbarg sich hinter der halb geöffneten Tür und spähte ins Wohnzimmer, das so ganz anders aussah als sein Pendant in der anderen Welt. Die Wände waren blendend weiß gestrichen, das Eichenparkett schimmerte frisch poliert. Eine zierliche chinesische Vase auf dem Kaminsims war mit bunten Tulpen und Narzissen gefüllt. Davor stand ein samtbezogener Sessel, auf dem ein schwarzer Kater lag und schlief.

Aber Ves Aufmerksamkeit galt den beiden Mädchen, die auf dem Sofa saßen. Eins von ihnen war groß, dunkelhaarig und ziemlich kräftig. Das andere sah aus wie eine wunderschöne Porzellanpuppe: ein zartes schmales

Gesicht mit dunkelblauen Kulleraugen, umgeben von seidenweichem blondem Haar, das bis auf den Rücken fiel.

»Bist du schon sehr aufgeregt?«, fragte die Dunkelhaarige. »Ich würde sterben vor Lampenfieber.«

»Wird schon werden«, sagte die Blonde, die Ve total vertraut vorkam. Aber sie konnte sich nicht erinnern, woher sie sie kannte.

»Na klar«, sagte die andere. »Du bist ja ein Profi.«

»Wo bleibt eigentlich Nicky?« Die Porzellanpuppe blickte suchend zur Tür. Leider hatte Ve sich inzwischen ziemlich weit aus der Deckung gewagt. Und bevor sie ihren Kopf zurückziehen konnte, hatte die Blonde sie entdeckt. »Da bist du ja! Warum stehst du denn da an der Tür rum?«

»Ich … äh …« Ve wurde gleichzeitig heiß und kalt vor Schreck.

Jetzt hatte auch die Dunkelhaarige sie bemerkt. Sie zog die Brauen zusammen und musterte Ve von oben bis unten. »Sag mal, hast du dich umgezogen?«

»Ich dachte …« Verdammt, wieso war sie nicht vorsichtiger gewesen? Sie war noch keine zehn Minuten in der anderen Welt und steckte schon wieder bis zum Hals in Schwierigkeiten.

»Cooles Top.« Die Porzellanpuppe nickte anerkennend. »Ist das neu?«

Ve schielte an sich herunter. Sie trug ein grünes

T-Shirt mit einem großen glitzernden Stern auf der Brust, das sie vor zwei Wochen in L. A. gekauft hatte.

»Woher hast du das denn?«, fragte die Dunkelhaarige.

»Keine Ahnung. H & M.«

»Woher?«, fragte die Prinzessin.

Noch ein Fehler. H & M gab's in diesem Universum genauso wenig wie Facebook oder Starbucks. »Äh, ich hab es in einem kleinen Laden in München gekauft.«

»Echt? Du musst mir unbedingt die Adresse geben.« Der rote Porzellanpuppenmund verzog sich zu einem niedlichen Lächeln. »Steht dir super!«

»Danke«, murmelte Ve.

»Was ist denn jetzt mit den Getränken?«, fragte die Braunhaarige.

Aus dem Augenwinkel nahm Ve eine Bewegung wahr und als sie den Kopf drehte, sah sie Nicky aus der Küche kommen, ein Tablett in den Händen, auf denen eine Flasche, Gläser und eine Keksdose standen. Glücklicherweise konnten die anderen Mädchen sie nicht sehen.

Aber Nicky bemerkte natürlich ihre Doppelgängerin und fuhr so erschrocken zusammen, dass sie beinahe alles fallen ließ.

»Ganz ruhig.« Ve eilte zu ihr und nahm ihr das Tablett ab. »Keine Panik. Ich bin's nur.«

»Was?«, drang die Stimme der Porzellanpuppe aus dem Wohnzimmer.

»Alles okay«, rief Ve zurück. »Hab nur noch was vergessen!«

»Komm!«, zischte sie Nicky zu, bevor sie mit großen Schritten in die Küche eilte.

»Was machst du denn hier?« Nicky rannte nun ebenfalls in den Raum und schloss die Tür hinter sich. »Wir hatten doch ausgemacht, dass wir das Wurmloch schließen.«

»Es war ja auch zu. Aber nun ist es wieder auf. Das hier ist ein Notfall.«

»Ein Notfall? Was ist denn passiert?«

»Erklär ich dir später. Erst mal müssen wir die Mädels da drüben loswerden.«

»Okay.« Nicky griff nach dem Tablett, das Ve auf den Küchentisch gestellt hatte. Genau wie im Wohnzimmer erinnerte auch in der Küche nichts an die andere Welt. Der Raum sah aus, als hätte man ihn aus einem Trendmagazin für Innenarchitektur ausgeschnitten: teure Elektrogeräte mit Chromfronten, ein riesiger Kühlschrank, bunte Designerstühle und ein Kristallleuchter über dem Tisch. »Ich bring das nur rasch rüber und erzähl ihnen, dass …«

»Das geht nicht.« Ves Blick wanderte über das ausgeleierte Sweatshirt, das ihre Doppelgängerin trug. »Wie willst du ihnen denn erklären, dass du dich schon wieder umgezogen hast? Ich bring ihnen die Getränke. Wer sind die beiden?«

»Alina – das ist die Blonde. Die andere heißt Leonie. Wir müssen zu dritt ein Referat für Bio machen. Und zwar bis morgen.«

»Okay.« Ve nahm das Tablett und machte sich auf den Weg.

»Was willst du denn sagen?«, fragte Nicky nervös.

»Mir fällt schon was ein«, erwiderte Ve.

Die beiden Mädchen hatten die Köpfe über Alinas Handy gebeugt, als Ve zurück in den Salon kam. Sie schauten nicht mal auf, als sie das Tablett auf dem Couchtisch abstellte.

Aus dem Smartphone schepperte ein Popsong, die Köpfe wippten im Takt der Musik. »*I just can't forget you.*« Der Handysound war blechern und verzerrt, deshalb dauerte es eine Weile, bis Ve die Stimme erkannte.

Es war Finn, der da sang. Sie erschrak so, dass ihr das Glas, das sie gerade vom Tablett nehmen wollte, aus der Hand fiel. Es rollte über den Tisch und fiel vor den Füßen der Porzellanpuppe auf den Boden. Zum Glück war es noch leer gewesen.

»Huch!« Alina ließ ihr Handy sinken. »Hast du mich erschreckt!«

»Sorry.« Ve stellte sich hinter sie und versuchte, einen Blick auf das Display zu erhaschen. Es war ein wackeliger Konzertmitschnitt, Finn stand auf einer Holzbühne, spielte Gitarre und sang dazu.

»Das ist von gestern Abend«, erklärte Alina. »Das Konzert im Treff in Miersbach.«

Im Treff in Miersbach. Trotz ihrer Aufregung hätte Ve fast gelacht. In ihrer Welt tourte Finn durch Europa und trat in riesigen Konzertsälen und Hallen auf. Hier spielte er in einem Jugendtreff im nächsten Kuhdorf. Und dennoch liebte sie diesen Finn, viel mehr als seinen Doppelgänger im anderen Universum. Die Stimmen der Mädchen drangen aus weiter Ferne zu ihr durch.

»Der hat vielleicht eine coole Stimme«, schwärmte Leonie. »Ihr seid wie füreinander gemacht.«

In Ves Kopf begann es zu rattern. *Ihr seid wie füreinander gemacht.*

»Jetzt kommt mein Lieblingssong«, sagte Alina verträumt und im selben Moment stimmte Finn *Escape* an. Sein bestes Lied, Ves Lied.

Mechanisch hob sie das Glas wieder auf, stellte es zurück aufs Tablett und füllte es, während sie langsam begriff, was sie gerade gehört hatte. Alina und Finn waren ein Paar.

Und im selben Moment wusste sie auch, an wen Alina sie erinnerte. An Mara, mit der der Finn aus ihrer Welt zusammen gewesen war, als sie ihn vor einer gefühlten Ewigkeit in Winding kennengelernt hatte. Mara mit den seidigen blonden Haaren. Darauf stehst du also, dachte Ve und fuhr sich betroffen durch ihren eigenen kinnlangen Bob.

»Super. Danke schön.« Alina steckte das Handy weg und griff nach ihrem Saftglas. »Wir sollten jetzt anfangen. Ich hab nicht so viel Zeit.«

»Ja, ich hab auch noch was vor.« Leonie zog einen Stapel Papier aus der Tasche.

»Wir müssen das leider verschieben«, sagte Ve.

»Verschieben?« Alinas blaue Augen wurden groß vor Erstaunen. »Spinnst du? Wir müssen heute noch fertig werden.«

»Ich weiß«, sagte Ve. »Aber ich hab gleich noch einen Skype-Termin. Wegen meinem … äh … Chemie-Projekt.«

»Das ist ein Witz, oder?«, sagte Leonie.

»Sorry. Aber ich hab das total vergessen.«

»Dann musst du den Termin eben absagen«, sagte Alina. Ihr Porzellanpuppengesicht war plötzlich eisig.

»Das geht leider nicht, ich hab ihn schon mal verschoben.« Ve zuckte bedauernd mit den Schultern. Dann runzelte sie die Stirn und tat, als ob sie angestrengt nachdächte. »Ich hab eine Idee. Wie wäre es denn, wenn ich das Referat allein vorbereite und jedem von euch seinen Teil zumaile. Dann müsst ihr ihn morgen nur noch vorlesen.«

»Echt?«, fragte Leonie begeistert. Und auch in Alinas Miene herrschte jetzt Tauwetter.

»Okay.« Sie erhob sich mit einem glücklichen Lächeln. »Das passt mir super. Ich hab vor dem Gig noch sooo viel um die Ohren.« Dieser dunkelblaue Kulleraugen-Blick, mit dem sie Ve jetzt anschaute, dieses Lächeln, diese seidigen Haare. Verdammt, warum war sie nur so hübsch?

Die Eifersucht schnürte Ve die Kehle zu. Na gut, sie hatte Finn natürlich ebenfalls betrogen. Aber nicht mit einem Fremden, dachte sie finster. Immerhin hatte sie sich in sein Alter Ego verliebt.

Leonie war ebenfalls aufgestanden. »Dann ist ja alles klar.«

»Druckst du das Ganze auch aus?«, fragte Alina.

»Was?«, fragte Ve, die gar nicht richtig zugehört hatte.

»Ob du das Referat ausdruckst, damit wir es abgeben können?«

»Sicher.«

»Supi!« Alina war schon an der Tür. »Danke, Nicky.«

Leonie folgte ihr hastig. »Na ja. Das mit dem Skype-Termin ist ja jetzt nicht unsere Schuld.«

Ve hätte sie gerne getreten, aber sie beherrschte sich.

Alina warf ihr noch ein letztes Porzellanpuppenlächeln zu, dann fiel die Haustür hinter ihnen ins Schloss.

»Das hast du ja toll hingekriegt«, sagte Nicky, die nun wieder aus der Küche trat. »Jetzt kann ich das blöde Referat allein schreiben. Weißt du, wie viel Arbeit das ist?«

»Anders wäre ich sie nicht losgeworden.«

»Warum bist du hier?«, fragte Nicky. »Und wieso zum Teufel hast du das Buch nicht verbrannt, so wie wir es vereinbart haben? Kannst du mir das mal erklären?«

»Sofort.« Ve schluckte. »Sag mal, diese Alina ist mit Finn zusammen? Stimmt das?«

»Sieht so aus.« Tat Nicky nur so gleichgültig oder war ihr die Sache wirklich egal? Ihr Gesicht zeigte keine Regung. »Bist du deshalb hier? Wegen Finn?«

»Quatsch.« Ve verschränkte die Arme vor der Brust. »Das Ganze ist so lange her. Ich hab schon wieder einen neuen Freund.« Sie musste Nicky ja nicht unbedingt auf die Nase binden, dass sie mit dem anderen Finn zusammen war.

»Dann ist es ja gut. Also, jetzt aber raus mit der Sprache: Warum bist du zurückgekommen?«

»Ich brauche deine Hilfe, Nicky.«

Sie setzten sich ins Wohnzimmer, wo Schrödinger immer noch schlief. Ve erzählte von Karlas Nierenversagen, der Dialyse und der Blutvergiftung. Und wie Ben ihr geholfen hatte, den MTP zu programmieren und das Wurmloch zu öffnen.

»Und danach hat er es wieder geschlossen?«, fragte Nicky.

»Ich denke schon. So haben wir es vereinbart.«

»Du hast also Zeit bis Mittwochnacht. Aber ich hab immer noch nicht verstanden, was du hier willst.«

»Kannst du dir das nicht denken? Meine Mum braucht eine neue Niere, und zwar schnell. Sie verträgt die Blutwäsche nicht.« Ve dachte an ihr kurzes Telefonat mit Dr. Reginatto. Während sie hier saßen und quatschten, kämpfte ihre Mutter in der anderen Welt um ihr Leben.

Vielleicht hatte sie den Kampf auch schon verloren. Das Wohnzimmer verschwamm in den Tränen, die auf einmal Ves Augen füllten. Die Zuversicht, die sie nach ihrer Ankunft empfunden hatte, war weg. Sie spürte nur noch eine große Verzweiflung.

»Deine Mutter ist die Einzige, die meine Mum retten kann«, sagte sie leise.

»Meine Mutter …« Nicky brach mitten im Satz ab und starrte Ve fassungslos an. »Du erwartest, dass sie deiner Mum eine Niere spendet?«, fragte sie schließlich.

»Findest du das so abwegig? Die beiden haben genau die gleichen Gene, man kann also davon ausgehen, dass der Körper von meiner Mum das neue Organ problemlos annimmt. Und deiner Mutter bleibt ja eine gesunde Niere.«

»Aber meine Mutter kennt deine Mum doch gar nicht. Sie weiß überhaupt nichts von eurer Welt.«

»Deshalb bin ich ja hier. Um mit ihr zu reden. Meiner Mum geht es echt schlecht …«

»Meiner auch«, sagte Nicky.

»Was?« Ve riss die Augen auf. »Hat man sie etwa auch vergiftet? Wo steckt sie überhaupt?«

»In einer Klinik. So wie deine Mum. Aber meine Mutter ist nicht von TRADE vergiftet worden. Sie hat das ganz alleine geschafft.«

»Was?«

»Sie macht eine Entziehungskur«, sagte Nicky. »In einer Klinik am Starnberger See.« Sie schenkte sich ein Glas Orangensaft ein und trank es in großen Zügen aus. »Nachdem du weg warst, hat sie sich eine ganze Weile lang zusammengerissen. Es war eine gute Zeit. Manchmal haben wir uns ganz normal unterhalten. Ohne dass eine von uns angefangen hat rumzuschreien. Aber nach Weihnachten hat sie wieder mit dem Trinken begonnen. Beim ersten Mal war es angeblich nur ein Ausrutscher. *Es tut mir so leid, es kommt ganz bestimmt nicht wieder vor.* Zwei Wochen später war alles wieder beim Alten.«

»Aber das ist ja furchtbar«, wisperte Ve. »Warum ist sie wieder schwach geworden? Was ist geschehen?«

»Nichts.« Nicky zog verächtlich ihre Mundwinkel nach unten. »Sie hat's halt nicht gepackt.«

»Aber jetzt macht sie eine Entziehungskur. Das ist doch gut, oder?«

»Es ist nicht die erste. Und es wird auch nicht die letzte sein.«

»Du bist ja optimistisch«, murmelte Ve.

»Jetzt fang doch nicht schon wieder damit an! Du weißt ja gar nicht, wie das ist. Wenn man mit jemandem zusammenlebt, der sich systematisch kaputt macht. Das kannst du nicht ertragen, das ist der totale Horror.«

»Was ist mit deinem Dad?«, fragte Ve. »Hast du irgendwas von ihm gehört?«

»Nichts. Und du von deinem?«

»Auch nichts. Natürlich nicht. Er ist bestimmt in dieser Welt.«

»Aber wo?« Nicky seufzte.

»Und die beiden Marcellas? Was ist aus denen geworden?«

»Sie sind zusammen abgereist, kurz nachdem du gegangen bist. Sie sind in dieses Dorf in der Nähe von Schwerin zurück, in dem Marcella als Altenpflegerin arbeitet.«

»Und dort leben sie zusammen?«

»Nee, leider nicht mehr. Vor ein paar Wochen hab ich einen Brief bekommen. So richtig per Post und mit Marke. Marcella – also die *gute* Marcella – hat mir geschrieben, dass ihre Doppelgängerin bei Nacht und Nebel abgehauen ist.«

»Was? Das kann ja wohl nicht wahr sein! Marcella wollte doch auf sie aufpassen.«

»Was hätte sie denn tun sollen? Sie kann sie ja nicht einsperren oder festbinden. Sie hat mir geschrieben, dass ich mich in Acht nehmen soll, falls sie wieder hier auftaucht oder so.«

»Und wenn sie hier aufkreuzt? Was dann?«

»Marcella meinte, ich müsste mir keine Sorgen machen, das Wurmloch sei ja zu und die Unterlagen weg. Und die andere Marcella hat in diesem Universum keine Freunde und kein Geld und nichts. Sie wollte mich nur informieren.«

»Und? War sie hier?«

»Bis jetzt nicht.«

»Verdammt!« Ve ließ sich nach hinten fallen und starrte auf den riesigen antiken Kronleuchter über ihr, der von der stuckverzierten Decke baumelte. »Die hat uns gerade noch gefehlt.«

»Das ist doch jetzt das kleinste Problem«, sagte Nicky. »Sie kann uns schließlich nichts tun. Im Moment ist das Wurmloch ja zu.«

»Bis Mittwochnacht.« Nun richtete Ve sich wieder auf und sah ihre Doppelgängerin an. »Meinst du, deine Mutter macht es?«

Nicky nagte ratlos an ihrer Unterlippe. »Eine Nierenspende. Für eine wildfremde Frau.«

»Na ja … nicht wirklich wildfremd.«

»Keine Ahnung«, sagte Nicky. »Echt nicht.« Sie zögerte einen Moment lang. »Ehrlich gesagt, weiß ich auch nicht, ob … ich meine, sie hat ziemlich viel getrunken im letzten Jahr …«

»Du meinst, ob ihre Niere überhaupt noch geeignet ist?«

Nicky lächelte traurig.

»Wann kommt sie denn zurück?«, fragte Ve.

»Eigentlich müsste sie schon lange wieder hier sein. Ein Monat Kur war vorgesehen. Aber inzwischen ist sie schon sechs Wochen weg. Sie hat wohl noch verlängert.«

»Und du bist die ganze Zeit allein hier im Schloss? Du bist noch nicht mal volljährig, das geht doch nicht.«

»Warum soll das nicht gehen? Es klappt alles viel besser, seit meine Mutter mich nicht mehr mitten in der Nacht weckt, weil sie auf der Treppe stolpert oder im Flur zusammenbricht. Es gibt eine Haushälterin, die einkauft und sauber macht. Mir geht es super.«

»Hm.« Ve war nicht überzeugt. Nicky wirkte angespannt und nervös. Vielleicht machte sie sich doch mehr Sorgen um ihre Mutter, als sie zugeben wollte. Vielleicht war sie aber auch einfach damit überfordert, dass Ve so plötzlich wieder aufgekreuzt war. »Ich brauch die Adresse von dieser Klinik.«

»Willst du da hinfahren?«

»Natürlich«, sagte Ve. »Was denn sonst? Ist ja zum Glück nicht allzu weit.«

»Wie stellst du dir das vor? Meinst du, sie glaubt dir, wenn du da aus heiterem Himmel aufkreuzt und ihr etwas von einer sterbenskranken Karla in einer anderen Welt erzählst?«

Ve runzelte die Stirn. »Es wäre am besten, wenn du mitkommst. Wenn wir zu zweit sind, muss sie uns glauben.«

Nicky zögerte einen Moment. »Das geht aber nicht.«

»Warum denn nicht? Doch nicht wegen diesem bescheuerten Referat?«

»Quatsch. Das ist doch jetzt vollkommen egal.« Nicky

schüttelte den Kopf. »TRADE darf uns nicht zusammen sehen. Die haben nicht aufgegeben, die beobachten das Schloss die ganze Zeit.«

»Du meinst ...?« Nervös blickte Ve sich um.

Nicky legte ihr beruhigend eine Hand auf den Arm. »Keine Angst. Hier im Schloss gibt es keine Abhörgeräte oder so was. Aber wenn wir jetzt beide nach Starnberg fahren ...«

»Wir nehmen unterschiedliche Züge.«

»Die kriegen das mit. Und sobald sie gemerkt haben, dass es uns im Doppelpack gibt, wissen sie auch, dass das Wurmloch geöffnet wurde.«

Ve ließ sich wieder nach hinten fallen und massierte ihre Schläfen. Warum war das alles bloß so kompliziert? »Okay«, sagte sie langsam. »Du willst hier nicht weg ...«

»Ich *kann* hier nicht weg«, korrigierte Nicky.

»Dann machen wir es über Skype. Wenn ich da bin, ruf ich dich an und dann reden wir zusammen mit Karla.«

»Das könnte funktionieren.«

»Es muss funktionieren.« Ve stand auf. »Dann will ich mal los.«

»Vergiss es!«, sagte Nicky. »Wenn du jetzt losfährst, kommst du mitten in der Nacht an, das bringt überhaupt nichts. Ich such dir eine Verbindung für morgen früh raus.«

»Ich brauche auch ein bisschen Geld.«

»Kein Problem.« Nicky lächelte. »Entspann dich. Wir kriegen das hin.«

»Wenn du das sagst.« Ve lächelte schief.

Nicky stand jetzt ebenfalls auf. »Komm mit nach oben. Ich muss jetzt mit diesem Referat anfangen, sonst wird das nie bis morgen fertig.«

Ve unterdrückte ein Seufzen. Einige Dinge änderten sich ganz offensichtlich nie.

Während Nicky sich in ihre Bio-Unterlagen vertiefte, schnappte sich Ve den Laptop und ging ins Internet. Sie wollte sich einen Eindruck verschaffen, wie sich diese Welt in den letzten Monaten entwickelt hatte.

TRADE war noch größer geworden, um das herauszufinden, musste sie nicht lange recherchieren. Die Fusion mit Credit Suisse war vollzogen. Nachdem TRADE vorher schon die Deutsche Bank geschluckt hatte, kontrollierte der Konzern nun endgültig den internationalen Finanzmarkt.

Aber auch in allen anderen Bereichen breitete sich *die Krake*, wie Finn die Unternehmensgruppe einmal genannt hatte, immer weiter aus. Sie dominierten im Nahrungs-, Verkehrs- und Kommunikationssektor, vor Kurzem hatte TRADE sogar eine eigene private Universität gegründet. »Gruselig«, murmelte Ve.

Es gab allerdings auch gute Nachrichten. Die Alphabetisierungskampagne, die der TRADE-Konzern in Lateinamerika gestartet hatte, war inzwischen auf den afrikanischen Kontinent ausgeweitet worden. Die Berichte auf den Onlineportalen unabhängiger Zeitungen waren allesamt positiv. TRADE investierte in Schulen, bildete Lehrer aus und stellte Lehrmaterialien zur Verfügung. Und die Maßnahmen zeigten überall Wirkung, durch das Projekt stieg der Lebensstandard in den betroffenen Regionen deutlich und die Armut wurde vermindert.

Ve fand nur einen einzigen kritischen Bericht zu dieser Kampagne. Ein politischer Blogger schrieb, dass TRADE andere Bildungsträger rigoros verdrängte. In einigen armen Ländern gab es keine staatlichen Schulen mehr, TRADE hatte den gesamten Bildungsmarkt übernommen.

Sie suchte nach Informationen über die Aktivistengruppe Fair World, die sich dem Kampf gegen TRADE verschworen hatte. Seit letztem Sommer waren die Protestaktionen von Fair World noch drastischer und spektakulärer geworden. In Frankreich hatten die Worlder einen Firmenhubschrauber von TRADE entführt. Mitten in den Pyrenäen hatten sie den Piloten zu einer Notlandung gezwungen und den Hubschrauber in die Luft gejagt. Bis heute waren die Entführer nicht gefasst worden.

Andere Aktivisten hatten in Italien ein Versuchsfeld abgeerntet, auf dem TRADE Genmais angebaut hatte, sie hatten die Maiskolben rot eingefärbt und vor die TRADE-Niederlassung in Rom gekippt. Auch sie hatte man nicht geschnappt.

Nirgends fanden sich Informationen über die Struktur der Organisation, es gab keine Mitgliederlisten oder gar einen Sprecher. Die wenigen Bilder von Fair-World-Leuten, die Ve im letzten Sommer noch gefunden hatte, waren inzwischen fast alle gelöscht worden.

Sie googelte »Marcella Sartorius« und fand nur den Link zu einer Frankfurter Werbeagentur, Marcellas altem Arbeitgeber. Abgesehen davon gab es online keine Infos über sie. Das war wenig überraschend. Die Marcella aus dieser Welt – die auf ihrer Seite stand – war schon vor Jahren untergetaucht. Sie wusste, dass TRADE sie beobachtete, und war sehr darauf bedacht, keine digitalen Spuren zu hinterlassen. Und ihre hinterhältige Doppelgängerin mied die Öffentlichkeit natürlich ebenfalls. Wieder fragte Ve sich, wo sie jetzt wohl steckte. Ob sie mit dem Konzern Kontakt aufgenommen hatte?

Zum Schluss gab Ve »Finn Werfel« in die Google-Suchleiste ein. Obwohl sie es eigentlich gar nicht wollte. Finn war jetzt mit Alina zusammen, er war absolut tabu. Sie durfte ihn nicht treffen, er durfte nicht einmal erfahren, dass sie hier war.

Die ersten Links führten zu Myway.com – einem Videoportal, vergleichbar mit YouTube in ihrer Welt. Es gab mehrere Filme von Finn. Ve stellte den Ton aus, bevor sie den ersten Clip öffnete. Nicky saß nur wenige Meter von ihr entfernt am Schreibtisch, sie brauchte nicht mitzubekommen, dass Ve Finns Videos ansah.

Der Mitschnitt war in einem kleinen Club aufgenommen worden. Finn saß direkt neben der Theke auf einem Barhocker, über seine Gitarre gebeugt. Seine schlanken, kraftvollen Finger glitten über das Griffbrett, er hielt die Augen geschlossen, während sich sein Mund bewegte. Obwohl Ve seine Stimme nicht hören konnte, spürte sie die Leidenschaft, mit der er spielte und sang. Eine Intensität, die sie bei dem anderen Finn – *ihrem* Finn – nie erlebt hatte.

Der Auftritt hatte am 21. März stattgefunden. Im Infokasten unter dem Video standen weitere Termine: *Meindelfingen (30.3.), Miersbach (2.4.), Winding (3.4.)*

Heute war der 3. April. Finn trat heute Abend irgendwo in Winding auf.

Bevor sich Ves schlechtes Gewissen melden konnte, hatte sie seinen Namen und das Datum schon ins Google-Suchfeld eingetippt. Eine Sekunde später wusste sie Bescheid. »Jugendzentrum Rote Zora, Am Ziegelbach 3, 20 Uhr.«

Ein Blick auf die Uhr. Viertel nach acht. Das Konzert hatte gerade begonnen.

3

Es war kurz nach halb neun, als Ve auf Nickys Fahrrad den Berg hinunterschoss. »Ich bin todmüde«, hatte sie ihrer Doppelgängerin erzählt. »Dieser verdammte Übergang macht einen echt fertig.«

Nachdem Nicky ihr ein Nachthemd geliehen hatte, hatte Ve sich ins Gästezimmer zurückgezogen. Sie hatte nicht gelogen, sie war wirklich ziemlich fertig. Wenn sie sich ins Bett gelegt hätte, wäre sie vermutlich sofort eingeschlafen. Aber sie legte sich nicht hin. Sie stellte sich ans offene Fenster, atmete die kühle, klare Bergluft ein und kämpfte mit sich. Ihr Kopf kämpfte gegen ihr Herz.

Vergiss ihn!, sagte ihr Kopf. Geh schlafen, ruh dich aus! Du brauchst morgen deine ganze Kraft.

Ich will ihn doch nur einmal sehen, sagte ihr Herz. Ich

muss ja gar nicht mit ihm reden. Ich schleich mich heimlich in den Club, er wird mich gar nicht bemerken.

Du machst dich nur unglücklich, sagte ihr Kopf, aber Ve hörte nicht auf ihn. Sie schlich sich auf Socken aus dem Raum und die Treppe hinunter. Nicky war so in ihre Unterlagen vertieft, sie bekam nichts mit.

Zum Glück war ihr Fahrrad nicht abgeschlossen. Und diesmal funktionierte sogar das Licht. Ve musste nur darauf achten, dass sie bei ihrem Höllentempo nicht durch eine der Wurzeln, die über den Weg wuchsen, zu Fall kam. Oder gegen einen Baum raste.

Am Ende des kleinen Wäldchens verwandelte sich der Schotterweg in eine geteerte Straße. Sie schoss durch das Neubauviertel, in dem der andere Ben wohnte, und durch die Fußgängerzone. Die Schaufenster waren hell erleuchtet, aber es waren kaum Menschen unterwegs.

Die Rote Zora lag hinter dem Bahnhof. Eine neonpinke Gitarre hing schräg über dem Eingang.

»Da hast du Pech«, sagte der Türsteher. »Alles voll.«

»Ach komm, bitte.« Sie sah ihn flehend an. »Ich zahl auch gern mehr. Eine Spende für den Club.« Sie winkte mit einem Zwanzig-Euro-Schein, den sie aus der anderen Welt mitgebracht hatte. Hoffentlich fiel der Unterschied nicht auf.

Der Typ kämpfte mit sich. »Also gut«, knurrte er schließlich und drückte ihr einen Stempel auf die Hand. »Aber erzähl es bloß nicht weiter.«

Der Konzertsaal war ziemlich klein und proppenvoll. Zumindest auf lokaler Ebene hatte Finn es ganz offensichtlich zu einiger Berühmtheit gebracht, das Publikum war mit Feuer und Flamme bei der Sache. Als Ve den Raum betrat, hatte Finn gerade einen Song beendet und der Saal tobte.

Bei den Konzerten des anderen Finn in den großen Hallen und Stadien jubelten die Leute auch. Aber hier war es anders. Echter. Direkter. »Geil, Alter!«, brüllte neben Ve ein vollbärtiger Typ im Karohemd und prostete mit seiner Bierflasche Richtung Bühne. Finn hob sein Bierglas und prostete zurück.

»Danke, Mann!«

Ve senkte hastig den Kopf und suchte Deckung hinter einem anderen Kerl. Dabei war das Versteckspiel gar nicht nötig. Wenn Finn sie in der Dunkelheit überhaupt bemerkte, würde er sie für Nicky halten.

Jetzt stimmte er den nächsten Song an. Ve sackten fast die Knie weg, als sie die ersten Takte hörte.

»*You can run and you can hide, but you can't escape*«, sang Finn. Seine Stimme war so zärtlich und warm, sie streichelte Ve, sie ging ihr unter die Haut. Er sang für sie, nur für sie.

Ihre Beine zitterten jetzt so, dass sie sich gerne gesetzt hätte, aber natürlich gab es hier keine Stühle mehr. Die Leute standen bis zur Tür.

Schließlich fand sie wenigstens einen Platz an der

Wand. Sie lehnte sich mit dem Rücken an die Holzvertäfelung und spürte, wie sie langsam ruhiger wurde. Es war gut, hier zu stehen und Finn zu hören. Und ihn spielen zu sehen. Er sah genauso aus wie sein Doppelgänger in der anderen Welt und dennoch hätte sie die beiden keine Sekunde lang verwechselt.

Ve schloss die Augen. Sie war so froh, dass sie hergekommen war. Was auch immer in den nächsten Tagen geschehen würde, dieses Konzert würde ihr die Kraft geben, alles durchzustehen. Doch als das Lied endete und sie die Augen wieder öffnete, versetzte ihr die Realität einen Schlag in die Magengrube.

In der ersten Reihe, direkt vor Finn, stand Alina und hörte zu. Ihr seidenweiches Haar glänzte im Scheinwerferlicht, ihr Gesicht strahlte so sehr, dass Ve den Blick senken musste.

Alina und Finn. Finn und Alina.

Das war die Wirklichkeit.

Und Ve gehörte nicht in diese Welt.

Als er die Zugabe spielte, verließ sie den Club. Sie spürte eine bleierne Erschöpfung, aber sie wusste, dass sie noch nicht zurück ins Schloss konnte. Sie musste erst zur Ruhe kommen.

Sie radelte ein paar Minuten lang ziellos durch die Gegend, bis sie das Schild sah: *Stadtpark, 500 m.* Da wusste sie, wo sie hinwollte.

Das schmiedeeiserne Tor am Eingang war unverschlossen, wie beim letzten Mal, als sie mit Finn hier gewesen war. Sie versteckte ihr Fahrrad hinter einem Busch am Eingang und ging zu Fuß weiter. Laternen tauchten die Wege in ein goldgelbes Licht.

Es dauerte eine Weile, bis sie die Bank Nummer 9 wiederfand. Sie stand einsam und verlassen am Ufer des kleinen Sees. Das Fair-World-Graffito war inzwischen entfernt worden, die Bank war frisch gestrichen.

Die Wasseroberfläche schimmerte im Mondlicht wie silberne Seide. Genau wie beim letzten Mal saßen auch jetzt zwei Enten am Ufer. Vielleicht waren es dieselben wie damals.

Die Laterne, die neben der Parkbank stand, war kaputt. Umso besser, Ve brauchte kein Licht. Sie ließ sich auf die Bank sinken, zog die Beine an die Brust und schlang die Arme um die Knie.

In der Dunkelheit quakten zwei Frösche, dann gurrten ein paar verliebte Tauben. Nur Ve war ganz allein.

Nach einer Weile fielen ihr die Augen zu. Sie träumte von Finn, der in der Roten Zora stand und *Escape* sang. Doch dann brach er mitten im Lied ab, stellte die Gitarre weg und verließ die Bühne. In der ersten Reihe stand Alina, ein erwartungsvolles Lächeln im Gesicht. Aber Finn beachtete sie gar nicht und ging auf Ve zu, die nicht mehr an der Wand lehnte, sondern auf einer Parkbank saß.

»Du bist zurückgekommen«, flüsterte Finn. »Ich wusste es. Ich wusste es, dass wir uns wiedersehen.«

»Ich hab dich so vermisst«, murmelte Ve.

Er küsste ihre Stirn, ihre Nase, ihre Wangen, ihre Augen, die sie immer noch geschlossen hielt. Und dann ihren Mund.

Und sie erwiderte seinen Kuss.

Ihre Körper passten so gut zusammen.

»Ich liebe dich«, wisperte Ve.

Dann schlug sie die Augen auf und er war wirklich da. Er saß neben ihr, hielt sie fest und küsste sie.

»Finn!« Sie machte sich los und fuhr erschrocken zurück. »Wo kommst du denn her?«

»Das war eigentlich mein Satz«, sagte Finn.

Es war total unwirklich, aber es war kein Traum. Er war hier. Der richtige, der wahre Finn. Sie hatte ihn so vermisst.

Einen winzigen Moment lang überlegte sie, ob sie ihm vorspielen sollte, dass sie Nicky war. Aber es hatte keinen Sinn, er hatte sie längst erkannt.

»Woran hast du es gemerkt?«, fragte sie.

Er lachte leise, während er sie wieder an sich zog. »Ich hab dich reinkommen sehen und wusste sofort Bescheid.«

»Du hast *Escape* für mich gesungen.«

»Warum bist du zurückgekommen?«, fragte Finn.

»Meine Mutter ist schwer krank.« Sie gab ihm eine Kurzversion der Ereignisse. »Ich muss morgen nach

Starnberg. Und dann wieder zurück in die andere Welt. Ich wollte dich nur kurz sehen. Ohne dass du mich bemerkst.«

»So hast du dir das gedacht.«

»Du bist jetzt mit Alina zusammen.«

Er zögerte einen Moment lang. »Du bist ja ganz schön gut informiert.«

»Ich hab sie heute Nachmittag sogar kennengelernt. Sie war im Schloss.« Ve schluckte. »Sie ist echt hübsch.«

Er schwieg, während er ihr Haar streichelte. »Es tut mir leid.«

»Das muss dir nicht leidtun. Wir haben beide geglaubt, dass wir uns nie mehr wiedersehen würden.«

»Aber jetzt bist du da.«

»Ich werde aber auch wieder gehen, Finn.« Erneut löste sie sich aus seiner Umarmung und sah ihn an. »Am Mittwoch um Mitternacht öffnet sich das Wurmloch zum letzten Mal. Dann werde ich verschwinden.«

»Das sind drei Tage. Drei ganze Tage.« Seine Hand griff nach ihr. Er zog sie wieder an sich und sie wehrte sich nicht. Sie schaffte es nicht, es war einfach viel zu schön, ihn zu spüren.

Sie hatten nur diese eine Nacht. Morgen würde Ve in die Kurklinik fahren, in der die andere Karla ihre Entziehungskur machte. Und danach würde sie Finn nie wiedersehen.

Aber jetzt war jetzt.

Irgendwann schliefen sie auf der Parkbank ein, aneinandergelehnt, ineinander versunken. Als sie wieder aufwachten, war ihnen kalt. Ve spürte jeden einzelnen Knochen in ihrem Körper. Sie fühlte sich dennoch unbeschreiblich glücklich.

Sie gähnte. »Ich muss zurück ins Schloss.« Über den Bäumen am anderen Seeufer begann sich der Himmel bereits zu verfärben. In einer Stunde wäre es hell.

»Ich bring dich hin«, murmelte Finn.

»Musst du nicht. Ich hab Nickys Fahrrad dabei.«

Er begleitete sie trotzdem. Mit der einen Hand schob sie das Rad, die andere hielt die seine. Mit jedem Schritt näherten sie sich dem Punkt, an dem sie sich wieder trennen mussten.

Nur nicht dran denken. Im Wald wachten die Vögel auf und begrüßten zwitschernd den Morgen. Eine Blindschleiche huschte über den Weg.

Jetzt war jetzt.

»Wann geht dein Zug?«, fragte er, als sie die Schlossmauer erreicht hatten.

»Ich weiß es noch nicht. Nicky wollte mir die Verbindung raussuchen.«

»Der erste Zug nach Starnberg«, sagte er. »Ich komm zum Bahnhof.«

»Nein«, sagte sie schnell. »Bitte nicht. Ich hasse Abschiede an Bahnhöfen. Erspar mir das.«

Er schwieg. War er gekränkt?

»Nicht böse sein, Finn.« Auf einmal hatte sie Tränen in den Augen.

»Ich bin dir nicht böse. Nur traurig.«

»Mach's gut, Finn.«

Eine letzte Umarmung, ein letzter Kuss, ein letzter Blick, dann machte sie sich los und ging in großen Schritten auf das Tor zu.

4

Ve schlich sich nach oben ins Gästezimmer, die Schuhe in der Hand. Nickys Nachthemd lag auf dem Stuhl, aber sie war zu müde, um sich umzuziehen. Sie ließ sich aufs Bett fallen und war eingeschlafen, bevor ihr Kopf das Kissen richtig berührte.

Grelles Sonnenlicht weckte sie auf. Ein Strahl fiel durchs offene Fenster direkt in ihr Gesicht und kitzelte sie in der Nase, so dass sie niesen musste.

»Gesundheit!«, sagte Nicky.

Ve schrie erschrocken auf, als etwas Großes, Dunkles vom Nachttisch auf ihr Bett plumpste und auf ihrer Brust landete. Sie griff danach und fühlte weiches, dickes Fell.

»Schrödinger!« Sie lachte erleichtert. Der schwarze Kater machte es sich schnurrend auf ihrer Decke bequem. »Du bist ja schon wach.«

»Und wie.« Nicky verzog das Gesicht. »Er war schon Mäuse fangen. Eine davon hat er mit in die Küche gebracht, lebend wohlgemerkt. Da ist sie immer noch, ich hab sie nicht erwischt. Und Schrödinger hat das Interesse verloren, als er gemerkt hat, dass wir Besuch haben.«

»Du Süßer.« Ve kraulte den Kater hinter den Ohren. »Du bist noch ein bisschen dicker geworden seit letztem Sommer. Hast wohl zu viele Mäuse gefressen.«

»Wenn er sie mal fressen würde. Aber er steht mehr auf Hühnchen und Thunfisch aus der Dose«, sagte Nicky. »Du solltest jetzt aufstehen. Dein Zug geht in einer Stunde.«

»Wie komm ich denn zum Bahnhof?«

»Taxi ist schon bestellt.«

Eine heiße Dusche. Das war jetzt wichtiger als Frühstück. Ve reckte ihr Gesicht in den Wasserstrahl und versuchte, nicht an Finn zu denken. Sie musste sich auf das konzentrieren, was vor ihr lag. Starnberg. Die Kurklinik. Die andere Karla.

Sie stieg aus der Dusche und trocknete sich ab.

Nicky hatte Frühstück gemacht, aber es war kaum noch Zeit zum Essen. Ve trank hastig eine Tasse Kaffee im Stehen, dann klingelte der Taxifahrer.

Bevor sie sich verabschiedeten, reichte Nicky Ve einen Rucksack. »Waschzeug, Geld, Proviant, ist alles drin. Und ein paar Klamotten, auch wenn es nicht dein Style ist. Ach so.« Sie kramte ein Handy aus ihrer Jackentasche und reichte es Ve. »Hier. Für alle Fälle. Meine Nummer ist eingespeichert. Und die von meiner Mutter.«

»Danke«, sagte Ve. »Ich meld mich bei dir, sobald ich angekommen bin.«

»Viel Glück!«

Im Regionalzug nach München schlief Ve direkt wieder ein, den Kopf an die Fensterscheibe gelehnt. Diesmal träumte sie nicht, sie war zu erschöpft dazu.

Als sie die Augen wieder aufschlug, ratterte der Zug durch die Vororte von München. In wenigen Minuten wären sie am Hauptbahnhof. In Winding war das Abteil fast leer gewesen, jetzt war es voller Leute. Ihr gegenüber saß ein junger Mann und las Zeitung.

Sie lehnte den Kopf wieder an die Fensterscheibe und starrte nach draußen. Die Erinnerung an die letzte Nacht wallte in ihr hoch, es tat so weh, dass sie scharf einatmete. Vielleicht war es doch verkehrt gewesen, Finn wiederzusehen. Jetzt fühlte sie sich noch elender als zuvor.

»Na? Wachst du langsam auf?«

Die Stimme kannte sie doch!

Der Typ ihr gegenüber hatte seine Zeitung sinken lassen. Es war Finn.

»W-w-was?« Sie setzte sich aufrecht hin und fuhr sich mit beiden Händen durch die Haare. »Das gibt's doch nicht!«

»Was hast du denn gedacht? Dass ich dich einfach so

alleine losziehen lasse? Ich hab mir heute freigenommen.«

»Im Coffeeshop?«

»Da jobbe ich schon lange nicht mehr. Ich arbeite jetzt bei einem Landschaftsgärtner.«

»Woher wusstest du, welchen Zug ich nehme?«

»Die erste Verbindung nach Starnberg. Das war ja nun nicht so schwierig.«

Diese blauen Augen, umgeben von einem grünen Ring. Und dieses Lächeln, das ihr Herz zum Flattern brachte.

Alina, dachte Ve. Was ist mit Alina? Aber sie fragte nicht nach, sie wollte es gar nicht wissen.

Am Hauptbahnhof in München kaufte Finn zwei Kaffees, bevor sie in den Zug nach Starnberg stiegen. Ve packte den Proviant aus, den Nicky ihr mitgegeben hatte.

»Wir haben noch nie zusammen gefrühstückt«, sagte Finn.

»Wir haben so viele Dinge noch nicht getan«, erwiderte Ve und dachte daran, wie oft sie mit dem anderen Finn gefrühstückt hatte. Wie ähnlich sich die beiden waren. Die Art, wie sie tranken und in ein Brötchen bissen und ein Ei pellten. Und dennoch lagen Welten zwischen ihnen.

»Was ist?«, fragte Finn, der ihren Blick bemerkt hatte.

»Nichts. Ich bin nur glücklich.«

Er nahm ihre Hand und hielt sie fest, während vor dem Fenster die oberbayrische Landschaft vorbeiglitt.

Die Kurklinik sah aus wie ein Palast. Vom Tor führte ein breiter Kiesweg durch eine gepflegte Parkanlage. In Blumenrabatten blühten makellose Nelken und Primeln, der Rasen leuchtete so grün, als wäre er aus Kunststoff.

Eine geschwungene Steintreppe führte hoch zur marmorgetäfelten Eingangshalle, in der sich die Rezeption befand. Hinter dem Tresen saß eine Dame in einem dunkelblauen Hosenanzug.

»Was kann ich für Sie tun?«

Das Lächeln, mit dem sie Finn und Ve bedachte, wirkte herablassend. Wahrscheinlich hatte sie auf den ersten Blick erkannt, dass die beiden keine Kundschaft für die Privatklinik waren.

»Meine Mutter ist eine Ihrer Patientinnen. Ich möchte sie besuchen«, sagte Ve. »Karla Wandler.«

Die manikürten Finger tippten den Namen in die Computertastatur. Dann ein paar Mausklicks und ein Kopfschütteln.

»Das tut mir leid.«

»Was tut Ihnen leid?«

Die Dame hob die Augenbrauen. »Frau Wandler ist letzte Woche abgereist.«

»Abgereist? Letzte Woche schon? Sind Sie sicher?«

»Wo ist sie denn hin?«, fragte Finn.

Die Dame bedachte ihn mit einem kühlen Blick. »Bedauere. Ich darf leider keine Auskunft geben.«

»Natürlich nicht.« Ves Gedanken rasten. Warum war Karla nicht mehr in der Klinik? Hatte sie die Therapie freiwillig abgebrochen? Oder hatte man sie verschwinden lassen?

»Warum rufen Sie sie nicht an, wenn Sie ihre Tochter sind?«, fragte die Rezeptionsdame spitz.

Natürlich. Auf dem Handy, das Nicky ihr gegeben hatte, war auch Karlas Nummer gespeichert.

»Das mach ich.« Ve zog Finn aus der Empfangshalle. Draußen schien die Sonne, und sie hatte den Eindruck, dass es mindestens um zehn Grad wärmer war als in der eisgekühlten Rezeption.

»Willst du sie wirklich anrufen?«, fragte Finn.

»Warum nicht? Ich geb mich natürlich als Nicky aus.«

Er nickte stumm, während sie die Nummer aufrief.

»Hallo?«

Die Stimme, die sich am anderen Ende meldete, klang genau wie die von ihrer Mum. Ve musste schlucken.

»Wer ist denn da?«, fragte Karla.

»Ich bin's. Nicky.«

»Nicky! Na, das ist ja … Ist was passiert?«

»Nee, was soll denn passiert sein?«

»Ich dachte nur …« Wahrscheinlich hatte Nicky sich kein einziges Mal gemeldet, seit Karla hier war.

»Ich wollt dich mal besuchen«, sagte Ve.

»Du wolltest … was?« Freude hörte sich allerdings anders an. Karla klang verwirrt, fast bestürzt.

»Dich besuchen. Ich hoffe, es passt dir«, sagte Ve.

»Natürlich, ich meine, das ist ja wunderbar.« So langsam fand Karla ihre Fassung wieder. »Wann wolltest du denn kommen?«

»Ich bin schon da«, sagte Ve.

»Wo?«

»Hier in der Kurklinik in Starnberg. Ich wollte dich überraschen. Aber gerade haben sie mir mitgeteilt, dass du gar nicht mehr hier wohnst.«

»Na so was.« Karla lachte nervös. »Da bist du einfach … na, so eine Überraschung. Ja, ich bin umgezogen. Ich wohne jetzt im Hotel Splendid. Es liegt an der Uferpromenade, direkt am See.«

»Na super«, sagte Ve. »Dann mach ich mich mal auf den Weg. Bis nachher.«

»Bis nachher.« Karla klang, als würde sie gleich ohnmächtig.

»Warum ist sie umgezogen?«, fragte Ve, als sie aufgelegt hatte.

»Vielleicht war die Therapie beendet.«

»Aber dann hätte sie doch auch wieder zurück nach Winding fahren können. Nicky ist schließlich die ganze Zeit allein.«

»Ich glaube nicht, dass sich die beiden sehr vermissen.« Damit hatte Finn auch wieder recht.

»Trotzdem. Dass sie von einem Hotel ins andere zieht, ist doch komisch.«

»Vielleicht wollte sie noch ein paar Tage Urlaub machen. Das andere Hotel ist bestimmt billiger als diese Luxusklinik.«

Ve lachte. »Geld spielt für Karla keine Rolle.«

»Woher hat sie eigentlich die ganze Kohle? Ihr Mann hat bei TRADE gut verdient, das ist mir klar. Aber nun ist er seit Monaten verschwunden. Die zahlen ihm doch bestimmt schon lange kein Gehalt mehr.«

»Nicky hat mir erzählt, dass er an TRADE beteiligt ist. Die Aktien werfen Gewinn ohne Ende ab.«

Finn verzog das Gesicht. »Widerlich.«

»Apropos widerlich«, sagte Ve. »Was machen unsere gemeinsamen Freunde, die Worlder?«

Er zuckte mit den Schultern. »Keine Ahnung. Im Moment halt ich mich da zurück.«

»Und warum?«

»Sebastian und ich verstehen uns nicht mehr so gut. Das hat letzten Sommer schon angefangen und ist seitdem nicht besser geworden. Er wird irgendwie immer radikaler.«

»Was heißt das konkret?«

»Dass er im Kampf gegen TRADE mehr Druck ausüben will.«

»Und wie soll das aussehen? Will er Bomben werfen? Menschen entführen?«

»Zum Beispiel.«

»Gefällt mir nicht.«

»Mir auch nicht. Obwohl ich mich frage, ob er nicht vielleicht doch recht hat. Vielleicht ist Gewalt wirklich das einzige Mittel, mit dem man was gegen TRADE ausrichten kann.«

»Gewalt ist immer verkehrt«, sagte Ve. »Und mit Terror schafft man keine bessere Welt. Das hat noch nie funktioniert.«

Finn setzte sich auf eine Bank am See und Ve ging auf das Hotel Splendid zu, das seinem Namen alle Ehre machte. Es sah noch beeindruckender aus als die Kurklinik. Gepflegte Blumenrabatten und Buchsbaumhecken säumten den Weg zum Eingangsportal, das von einem dicken Mann in roter Livree bewacht wurde.

Ve erwartete, dass er sie gar nicht erst passieren lassen würde, aber er grüßte nur freundlich und ließ sie eintreten. Es gab auch keinen Grund, sie aufzuhalten, an der Rezeption wachten nämlich vier Hotelangestellte in dunkelblauer Uniform darüber, dass sich kein Unbefugter ihren Gästen näherte. Und überall standen Bedienstete. Wenn Ve versucht hätte, sich ohne ihre Erlaubnis den Fahrstühlen zu nähern, hätte man sie bestimmt sofort niedergerungen und abgeführt.

»Ich möchte zu Karla Wandler«, sagte Ve zu einer der Empfangsdamen.

»Sie sind die Tochter!« Die Frau lächelte so beglückt, als ob sie gerade eben alle ihre Weihnachtsgeschenke bekommen hätte. »Frau Wandler erwartet Sie schon im Garten.«

Sie führte Ve durch einen langen Wandelgang mit Gewölbedecke in eine traumhafte Gartenanlage, die direkt an den See grenzte. Aus unsichtbaren Lautsprechern klimperte Klaviermusik. Die Hotelgäste, die an den kleinen runden Tischchen saßen und Tee oder Cocktails tranken, sahen alle so aus, als ob sie sich in ihrem ganzen Leben noch nie auch nur ein Frühstücksei gekocht hätten.

»Nicky!« Karla saß unter einer Palme, die aus einem riesigen Terrakottatopf wuchs, und winkte ihr zu. »Na, das ist ja vielleicht eine Überraschung!«

Jetzt stand sie auf und umarmte Ve. Ihre weichen runden Arme um Ves Hals fühlten sich ganz anders an als die von Ves durchtrainierter Mum. Aber die Art, wie Karla sie festhielt und ihr Haar küsste, erinnerte Ve so an ihre Mutter, dass ihr einen Augenblick vor lauter Sehnsucht ganz schwindlig wurde.

»Ich kann es gar nicht glauben, dass du mich hier besuchst«, sagte Karla.

»Ich bin mit Freunden ein paar Tage in der Gegend«, sagte Ve. »Da dachte ich, ich schau mal vorbei.«

Sie wartete darauf, dass Karla nachfragte, wie die

Freunde hießen, wo sie wohnten und warum sie morgen nicht zur Schule mussten. Diese Fragen hätte ihre Mum jetzt gestellt. Aber Karla nickte nur geistesabwesend.

»Das ist wunderbar. Was möchtest du trinken? Hast du Hunger?«

Es war seltsam, dachte Ve. Finn hatte gestern Abend sofort gemerkt, dass sie nicht Nicky war, obwohl es in dem Club so dunkel gewesen war. Aber Nickys Mutter schien überhaupt nichts aufzufallen.

»Was trinkst du denn?«, fragte sie zurück.

»Jasmintee.«

»Das nehme ich auch.«

Eine Kellnerin, die aussah wie ein Model, servierte den Tee. Auf dem See glitt ein weißes Segelboot vorbei, darum herum flatterten Möwen. Ve kam sich vor wie in einem Werbespot für Vitaminpillen oder Schonkaffee. Die meisten Gäste im Hotelgarten waren um einiges älter als ihre Mutter, nur die Hotelangestellten waren jung.

»Warum bist du aus der Kurklinik ausgezogen?«, fragte sie Karla. »Hast du deine Therapie abgebrochen?«

»Der stationäre Aufenthalt war beendet. Ich werde jetzt ambulant betreut. Mir geht's auch schon sehr viel besser.« Karla wischte sich die Haare aus dem Gesicht. »Seit ich hier bin, hab ich überhaupt nichts getrunken. Ich meine, keinen Alkohol.« Sie lachte nervös.

»Super«, sagte Ve. »Hoffentlich bleibt das auch so.«

Karla seufzte. »Ich weiß, dass du kein Vertrauen mehr

in mich hast. Ich bin so oft rückfällig geworden. Aber dieses Mal werde ich es schaffen, ich bin mir ganz sicher.«

»Ich glaube an dich«, sagte Ve. Das war eine glatte Lüge und Karla schien das auch zu merken, ihr Lächeln flackerte plötzlich wie eine Kerze im Luftzug.

»Wie lange willst du denn noch hier bleiben?«, wechselte Ve das Thema.

Karla räusperte sich. »Ich hätte dir natürlich Bescheid sagen sollen, dass ich nicht mehr in der Kurklinik wohne. Aber ich dachte…« Sie brach ab und griff nach ihrer Teetasse, als wollte sie sich daran festhalten.

Was für ein Eiertanz. Ve fragte sich, wann Nicky und ihre Mutter verlernt hatten, richtig miteinander zu reden. Entweder sie schlichen wie Katzen um den heißen Brei herum oder sie brüllten sich an. Eine normale Unterhaltung schien unmöglich zu sein.

»Ich dachte, du interessierst dich ohnehin nicht dafür«, fuhr die Doppelgängerin ihrer Mutter jetzt fort.

Wahrscheinlich hätte Nicky jetzt zugestimmt. Ihr war es wirklich total egal, was ihre Mutter machte.

Es klappt alles viel besser ohne sie.

Aber mir ist es nicht egal, dachte Ve. Ich brauche dich, ich weiß nur nicht, wie ich es dir sagen soll. Ob sie gleich mit der Wahrheit herausrücken oder lieber abwarten sollte? Wenn die ganze Geschichte nur nicht so verrückt geklungen hätte! *Ich komme aus einem Paralleluniver-*

sum und meine Mutter braucht deine Niere. Würdest du sie bitte spenden?

Aber morgen klingt es genauso verrückt wie heute, dachte Ve. Die Sache wird nicht einfacher, wenn ich sie rausschiebe. Mir läuft nur die Zeit davon.

Sie holte tief Luft und öffnete den Mund, aber bevor sie etwas sagen konnte, bemerkte sie Karlas Blick. Sie schaute über Ves Schulter zu dem Säulengang, durch den man den Garten betrat. Ihr Gesicht hatte auf einmal alle Unsicherheit und Nervosität verloren, sie strahlte eine solche Freude aus, wie Ve es noch nie gesehen hatte. Bei ihrer eigenen Mutter nicht und bei dieser Karla schon gar nicht.

Sie drehte sich unwillkürlich um, folgte Karlas Blick und sah einen Mann in einem hellen Anzug, der jetzt auf sie zukam. Er war groß, schlank und nicht mehr ganz jung. Seine Haare wurden an den Schläfen grau und seine Nase war ein bisschen schief, als hätte er sie sich einmal gebrochen. Das war das einzig Auffällige an ihm. Ansonsten wirkte er so normal, dass Ve ihn bestimmt übersehen hätte, wenn Karla ihn nicht so verzückt angestarrt hätte.

»Ich muss dir etwas sagen«, flüsterte Karla. »Ich hab jemanden kennengelernt.«

Jetzt hatte er ihren Tisch erreicht. Er lächelte Ve so offen und freundlich an, dass sie unwillkürlich zurücklächelte. Obwohl sie den Kerl gleichzeitig aus ganzem Herzen verfluchte. Karla war verliebt, das war ja wohl sonnenklar. Und der Typ erwiderte ihre Gefühle, das war ebenso offensichtlich.

Es würde verdammt schwer werden, Karla davon zu überzeugen, ihren Lover zu verlassen, um in einem anderen Universum das Leben einer Frau zu retten, die ihr völlig gleichgültig war.

»Das ist Gunter«, sagte Karla.

Der Mann zögerte einen Moment, wahrscheinlich hätte er Karla gerne geküsst, aber in Ves Gegenwart traute er sich nicht. Also legte er ihr nur die Hand auf die Schulter und drückte sie zärtlich.

»Und das ist meine Tochter Nicky.«

»Sehr angenehm«, sagte Gunter und reichte Ve die Hand. »Ich freu mich wirklich.«

»Setz dich zu uns.« Karla deutete auf einen freien Stuhl. »Was möchtest du trinken?«

»Ich will euch nicht stören.«

»Du störst doch nicht.«

Gunter warf Ve einen unsicheren Blick zu. Ein bisschen schüchtern, ein bisschen forschend, ein bisschen amüsiert, alles zusammen. »Ich weiß nicht ...«

»Für mich ist es okay.« Ve zuckte mit den Schultern. Was blieb ihr auch anderes übrig?

Er bestellte ein Wasser, dann räusperte er sich ein bisschen nervös und wusste ganz offensichtlich nicht, was er sagen sollte. Seine Unsicherheit machte ihn noch sympathischer. Ve hätte ihm trotzdem ohne Zögern ihren heißen Tee über die Hose gekippt, wenn ihn das für immer vertrieben hätte. Verdammt, verdammt, verdammt! Warum musste der Kerl ausgerechnet jetzt in Karlas Leben auftauchen? Die Situation war vorher schon schwierig gewesen, nun war sie absolut kompliziert.

»Du bist also Nicky«, begann Gunter schließlich. »Ich habe schon viel von dir gehört.«

Abschreckung ist meine einzige Chance, dachte Ve.

»Echt?«, fragte sie. »Ich hab noch gar nichts von Ihnen gehört. Woher kennen Sie meine Mutter denn? Waren Sie auch in der Entzugsklinik?«

Karla schnappte hörbar nach Luft.

Gunter lachte.

»Genau.« Er nahm das Wasserglas entgegen, das die Kellnerin gerade brachte, und begutachtete die klare Flüssigkeit wie ein Weinliebhaber seinen Rotwein. »Ich bin seit Jahren Alkoholiker. Und ich war schon zum dritten Mal in der Kurklinik. Die vorigen Therapien haben nichts genützt, ich bin immer wieder rückfällig geworden.«

Nun sah er sie an. Seine Ehrlichkeit war wirklich entwaffnend.

»Aber diesmal ist alles anders.« Jetzt wanderte sein Blick zu Karla. Er hatte leuchtend grüne Augen, durchzogen von winzigen goldfarbenen Sprenkeln. Darin lag eine große Zärtlichkeit und die gleiche Freude, die auch Karla ausstrahlte. Ves Herz zog sich schmerzhaft zusammen. Bitte nicht!, dachte sie. Nicht jetzt!

»Diesmal ist alles anders«, wiederholte Karla leise.

»Ich glaub, ich spinne!«, rief Ve und versuchte, eine Empörung in ihre Stimme zu legen, die sie gar nicht empfand. »Hast du vergessen, dass Papa verschwunden ist? Wie kannst du ihm das antun?«

»Nein.« Karla riss sich von Gunters Anblick los und sah Ve an. »Ich habe das nicht vergessen, Nicky. Aber er hat mich vergessen, befürchte ich. Und zwar schon vor langer Zeit.«

»Er ist doch nicht freiwillig verschwunden«, sagte Ve. »Oder glaubst du das?«

Karla seufzte und blickte auf den See hinaus. Zwei Schwäne glitten Seite an Seite hinter den Zweigen einer Trauerweide hervor. Ihr weißes Gefieder leuchtete auf dem dunkelblauen Wasser.

»Du bist kein kleines Kind mehr, Nicky. Du weißt doch Bescheid. Dein Vater und ich verstehen uns nicht. Wir haben nebeneinanderher gelebt, er hat sein Leben geführt und ich meines. Oder vielmehr: keines. Ich hab mich gelangweilt und mich selbst bemitleidet und immer mehr getrunken. Damit ist jetzt Schluss, ein für alle Mal.« Sie schenkte sich Tee nach und trank einen großen Schluck. »Wenn Joachim wiederauftaucht, bin ich froh und erleichtert, das sag ich nicht nur, das stimmt wirklich. Aber das ändert nichts an der Tatsache, dass unsere Ehe am Ende ist.«

»Wenn Papa wiederkommt, verlässt du ihn?«

Ein winziges Zögern. Dann nickte Karla.

Im Grunde hätte Ve ihr am liebsten gratuliert. Es war die einzig richtige Entscheidung. Dass Karla sich dazu entschloss, ihr eigenes Leben zu leben, ihren eigenen Weg zu gehen.

Aber das neue Selbstbewusstsein, der neue Lebensmut machte für sie selbst alles nur noch schwerer. Wie sollte sie Karla überzeugen, sie in die andere Welt zu begleiten, wenn sie in dieser gerade ihr Herz verloren hatte?

Karla sah die Verzweiflung in ihrem Gesicht und verstand sie falsch. »Es tut mir so leid, Nicky.« Sie legte ihre Hand auf die von Ve. »Ich weiß, dass du deinen Vater schrecklich vermisst.«

»Das ist doch gar nicht das Thema.« Ve zog ihre Hand weg. Sie durfte jetzt nicht weich werden. Sie musste sich auf ihr Ziel konzentrieren. »Merkt ihr denn nicht, dass ihr beide total auf dem Holzweg seid? Ihr seid wie Ertrinkende, die sich aneinander festklammern. Ihr werdet zusammen untergehen. Allein habt ihr vielleicht noch eine Chance, euch zu retten, aber zu zweit …«

»Das stimmt nicht, Nicky.« Nun unterbrach Gunter sie. »Und du musst auch nicht glauben, dass wir uns kopflos und ohne nachzudenken in diese Beziehung gestürzt haben. Wir sind beide noch in Behandlung und haben uns auch mit unseren Therapeuten beraten …«

»Und die waren einverstanden? Na, dann ist ja alles in Butter.«

Karla wurde rot vor Ärger. Sie öffnete schon den Mund, um Ve zurechtzuweisen, aber Gunter war schneller.

»Lass nur, Karla«, sagte er ruhig. »Nicky hat ja recht. Es gibt keine Garantie, dass das mit uns gut geht.« Er zögerte. »Es fühlt sich nur richtig gut an. Und glaub mir, Nicky.« Seine warmen grünen Augen musterten sie nachdenklich. »Es ist Jahre her, dass sich bei mir irgendwas gut angefühlt hat. Du musst also verstehen, dass ich diese Chance nutzen möchte.«

Er stand auf. »Ich lasse euch mal allein. Das Wetter ist herrlich, ich werde ein bisschen spazieren gehen. Wie wäre es denn, wenn wir heute Abend zusammen essen? Das würde mich freuen.«

»Auf jeden Fall«, sagte Karla, bevor Ve etwas entgegnen konnte.

Da lächelte er, beugte sich zu ihr herab und küsste sie.

5

»Ich glaube, deine Taktik ist falsch«, sagte Finn. Er holte zwei Coladosen aus seinem Rucksack, reichte Ve eine davon und öffnete die andere selbst.

Sie saßen auf einer Bank an der Uferpromenade, in sicherer Entfernung zum Hotel Splendid. Vor ihnen rannten Jogger vorbei, dazwischen marschierten Rentner in bunter Funktionskleidung und übergewichtige Frauen mit Walkingstöcken. Auf dem See glitten weiße Segelboote hin und her.

»Was meinst du damit?«, fragte Ve.

»Du wirst sie nicht dazu bewegen, diesen Gunter aufzugeben, nur weil du zickig und unfreundlich zu ihm bist. Damit erreichst du gar nichts, außer dass du sie sauer machst.«

»Was soll ich denn sonst tun?«

»Lern ihn erst mal kennen. Vielleicht ist die Situation ja einfacher, als sie jetzt scheint. Ich meine, vielleicht können wir diesen Gunter ja irgendwie auf unsere Seite ziehen.«

»Wie stellst du dir das denn vor?«

»So genau weiß ich das auch noch nicht.« Finn nahm einen Schluck Cola. »Dieser Typ scheint ja ganz sympathisch zu sein. Aber offensichtlich gab es in seinem Leben irgendwas, das ihn total aus der Bahn geworfen hat. Vielleicht eine Scheidung oder eine Krise. Ganz ohne Grund wird man doch nicht zum Alkoholiker.«

»Na ja. Karlas Leben ist eigentlich perfekt. Und trotzdem trinkt sie.«

»Perfekt? Sie hat einen Mann, der sie nicht liebt, eine Tochter, die sie nicht braucht, und überhaupt keine Aufgabe im Leben.«

»Stimmt auch wieder. Aber zurück zu Gunter. Was hat seine Lebenskrise mit unserem Problem zu tun?«

»Ich könnte mir vorstellen, dass er mehr Verständnis für die Situation deiner Mum hat, wenn er selbst schon mal am Abgrund gestanden hat«, sagte Finn. »Wenn er weiß, wie sich das anfühlt, wenn einem der Boden unter den Füßen weggezogen wird.«

»Aber er liebt Karla. Es wird ihm nicht gefallen, wenn sie in eine Parallelwelt abhaut, um ihr Leben für eine Fremde aufs Spiel zu setzen.«

»Es würde ihm aber auch nicht gefallen, wenn ihr das

Schicksal ihrer Doppelgängerin vollkommen gleichgültig wäre. Eine Nierentransplantation ist sicherlich riskant, aber wenn man dadurch ein anderes Menschenleben retten kann …«

»Du meinst also, dass ich netter zu Gunter sein soll.« Ve runzelte die Stirn.

»Genau. Und versuch, so viel wie möglich über ihn rauszukriegen. Erst mal die grundlegenden Dinge: Wie heißt er mit Nachnamen, wo wohnt er, was macht er beruflich. Die Infos gibst du an mich weiter, ich guck dann, was ich noch über ihn rausfinde.«

»Hm.«

»Keine Ahnung, ob das was bringt.« Finn zuckte mit den Schultern. »Aber es ist unsere einzige Chance. Ohne Gunter erreichen wir gar nichts, wir müssen ihn für uns gewinnen.«

Ve nickte. »Okay. Macht Sinn.« Sie blinzelte in die Sonne. »Und jetzt? Ich treff mich erst wieder um sechs mit den beiden. Bis dahin haben wir Zeit.«

»Wir sollten uns ein Zimmer suchen. Falls du nicht auf der Parkbank übernachten willst.«

»Wäre doch romantisch.« Sie lehnte ihren Kopf an seine Schulter.

»Und vor allem billiger. Die Preise hier sind haarsträubend. Ein Doppelzimmer ab 150 Euro. Und das in der Vorsaison.«

»Das ist kein Problem. Ich hab Nickys Kreditkarte.«

»TRADE sei Dank.« Finn verzog das Gesicht.

»Hast du ein Problem damit? Ist doch gut, wenn die das Zimmer bezahlen.«

»So kann man es natürlich auch sehen.« Er stand auf. »Da hinten hab ich eine nette kleine Pension gesehen. Vielleicht ist da noch was frei.«

Gunter Geldinger war einfach perfekt. Ein charmanter, witziger, bescheidener, supersympathischer Mann. Ein Mann, den Ves Mum keines Blickes gewürdigt hätte, da war sich Ve vollkommen sicher. Ihre Mutter stand auf Alphatypen. Alle Freunde, die sie in den letzten Jahren gehabt hatte, waren erfolgreich und selbstbewusst gewesen. Sie machten eine Menge Geld, obwohl Karla das wirklich nicht nötig hatte, sie verdiente ja selbst genug. Aber sie fuhr nun mal auf Entscheider ab. Und daran waren die Beziehungen dann auch früher oder später gescheitert.

Karla Wandler bestimmte nämlich selbst gerne. Also gab es ständig Streit, und am Ende beendeten die Typen die Beziehung oder Karla warf sie raus. Und weinte sich danach wochenlang die Augen aus.

»Ich möchte bloß mal wissen, wie du dich jemals auf Dad einlassen konntest«, hatte Ve einmal zu ihr gesagt. »Er passt doch überhaupt nicht in dein Beuteschema.«

»Als wir uns kennenlernten, war er ganz anders als heute«, hatte ihre Mum geantwortet. »Voller Ehrgeiz. Und er wusste genau, was er wollte.«

Aber dann hatte das Leben eine andere Wendung für Joachim Wandler genommen. Er hatte seinen Job verloren und war zu einem verschrobenen, einsamen Wissenschaftler geworden.

Ganz im Gegensatz zu seinem Alter Ego in dieser Welt, der eine große Karriere gemacht hatte, bis er auf rätselhafte Weise verschwunden war. Seine Ehe war darüber allerdings ebenfalls in die Brüche gegangen. Und nun weinte seine Frau ihm keine Träne mehr nach, sondern hatte sich Hals über Kopf in einen anderen verliebt.

»Sie passen perfekt zueinander«, flüsterte Ve in ihr Handy. Nach der Vorspeise hatte sie sich in den Waschraum verzogen und Finn angerufen. »Und sie sind so verliebt!«

»Was weißt du über ihn?«, fragte Finn. »Wir brauchen mehr Infos.«

»Er wohnt in Nürnberg«, sagte Ve. »Und arbeitet in der Erwachsenenbildung. Ich versuch noch mehr rauszukriegen, aber es ist ein bisschen schwierig. Er darf ja nicht merken, dass ich ihn ausfrage.«

»Hat er Familie? Kinder?«

»Nicht dass ich wüsste.«

»Gunter Geldinger, Nürnberg. Erwachsenenbildung«, wiederholte Finn. »Ich google das mal, vielleicht bringt es uns ja weiter. Wie ist das Essen?«

»Super. Ich wünschte, du wärest hier.«

»Ich auch«, sagte er sehnsüchtig. »Ich hab mir gerade

eine Pizza reingezogen, die war total versalzen und verbrannt.«

Ve hörte ein Geräusch vor ihrer Toilettenkabine. Vielleicht war es Karla, die nachschauen wollte, wo sie blieb. Unsinn, dachte sie dann. Karla würde jede Minute genießen, die sie mit ihrem Gunter allein war. Wahrscheinlich hatte sie gar nicht bemerkt, dass Ve ziemlich lange wegblieb.

»Ich muss aufhören«, flüsterte sie trotzdem. »Ich meld mich später noch mal.«

Als sie die Kabine verließ, fiel die Tür zum Gang gerade zu. Wer immer hier gewesen war, hatte den Waschraum verlassen.

Ve wusch sich die Hände und lief zurück in den Speisesaal.

Das Essen war wirklich hervorragend, dennoch hätte sie die Lasagne mit Steinpilzen und Gorgonzola-Chardonnay-Sauce gerne gegen eine verbrannte Pizza eingetauscht, wenn sie sie mit Finn hätte essen können. Gunter war total nett und Karla schien sehr erleichtert, dass die Stimmung zwischen ihrer Tochter und ihrem Freund auf einmal so entspannt war. Aber es war offensichtlich, dass die beiden am liebsten allein gewesen wären.

Und Ve sehnte sich nach Finn.

Der Nachmittag war wie im Flug vergangen. Nachdem sie ein Zimmer gefunden hatten, waren sie am See entlang spaziert, bis sie eine kleine Bucht erreichten. Im Sommer tummelten sich hier wahrscheinlich Hunderte von Badegästen, aber heute war alles menschenleer. Das Wasser war viel zu kalt, um schwimmen zu gehen.

Sie setzten sich auf einen Baumstamm. Ve lehnte sich an Finn und hörte ihn leise summen. Eine Melodie, die sie nicht kannte. Vielleicht ein neues Stück.

Dieser Moment, dachte Ve, ist vielleicht der glücklichste in meinem ganzen Leben. Der Gedanke war erschreckend und schön zugleich.

»Was ist eigentlich aus dem anderen Finn geworden?«, fragte Finn. »Ist er immer noch so erfolgreich mit seiner Musik? Oder ist er inzwischen von der Bildfläche verschwunden?«

»Das … äh … weiß ich gar nicht so genau«, log Ve. »Ich hab seine Karriere nicht mehr verfolgt.« Die blödeste aller blöden Antworten.

»Was?« Er beugte sich ein Stück nach vorn und sah ihr ins Gesicht. »Das glaub ich dir nicht.«

Sie wurde prompt knallrot. Das schlechte Gewissen in Person.

»Nein«, sagte Finn tonlos. »Nein. Sag, dass das nicht wahr ist.«

Sie schwieg. Das war auch eine Antwort.

Finn schloss die Augen und schwieg ebenfalls.

»Ich war mir absolut sicher, dass ich dich nie wiedersehen würde«, versuchte Ve sich zu verteidigen. »Und

Finn hat mich so an dich erinnert. Nur deshalb hab ich mich auf ihn eingelassen.«

»Ich könnte diesen Typen umbringen«, murmelte Finn.

»Finn! Du sprichst quasi über dich selbst. Außerdem hast du auch eine neue Freundin, wenn ich dich daran erinnern darf.«

»Das mit Alina ist doch was ganz anderes.«

»Allerdings«, sagte Ve finster.

»Was soll das heißen – allerdings? Wär es dir lieber gewesen, wenn ich was mit Nicky angefangen hätte?«

»Mir wäre es am liebsten, wenn du gar keine Freundin hättest«, sagte Ve. »Es tut weh.«

»Geht mir genauso.«

»Alina ist eine richtige ... Prinzessin. Mit langen blonden Haaren. Du stehst auf lange blonde Haare, oder?«

»Lass das doch jetzt!«, sagte Finn.

»Okay. Aber das gilt dann auch für den anderen Finn.«

Finn schwieg ein paar Sekunden lang verdrossen.

»Du hast meine erste Frage noch nicht beantwortet«, sagte er dann. »Mein Doppelgänger hat's wirklich geschafft. Er ist berühmt, oder?«

»Er macht eine Menge Kohle mit seiner Musik. Aber er ist total unzufrieden. Weil alle ihm reinreden. Er darf nicht mal bestimmen, welche Songs auf sein neues Album kommen. Sein Manager, die Produktionsfirma, irgendwelche Journalisten und Blogger – alle haben mehr zu sagen als er selbst.«

»Aber wenn er so erfolgreich ist, dann kann er die Typen doch zum Teufel jagen! Warum nimmt er nicht einfach die Stücke auf, die ihm gefallen?«

»Weil er glaubt, dass er sofort untergeht, wenn ihn diese Leute nicht mehr supporten. *Wer nicht auf der Mainstream-Welle mitschwimmt, geht unter,* sagt er.«

»Das sehe ich anders. Wenn man auf Dauer Erfolg haben will, muss man sich von der Masse abheben und sein eigenes Ding machen. Sonst hat man keine Chance.«

»Genau meine Meinung. Vielleicht solltest du mal in die andere Welt reisen und deinem Doppelgänger den Kopf zurechtrücken. Mir glaubt er nämlich nicht.«

Finn zögerte einen Moment. »Weiß er von mir?«, fragte er dann.

»Bis vor Kurzem wusste er gar nichts. Aber als meine Mutter so krank wurde, hab ich mit ihm geredet. Ich hab ihm von dem Teleporter und von der Parallelwelt erzählt. Aber von dir hab ich nichts erzählt.« Sie schluckte. »Er hat mir geholfen, hierher zurückzukommen.«

»Und wenn du wieder in der anderen Welt bist – wie geht es dann weiter zwischen euch?«

Ve seufzte. »Keine Ahnung. Weißt du, was aus dir und Alina wird? Vielleicht heiratet ihr nächstes Jahr und sie kriegt ein Kind nach dem anderen. Nur zu, ich werd nichts davon mitbekommen, ich bin ja in einer anderen Welt.«

»Wir sind so dumm«, sagte Finn leise.

»Was?« Nun hob Ve den Kopf und sah ihn an.

»Wir haben nur drei Tage. Danach ist es vorbei, du gehst und ich bleibe hier und das war's. Vermutlich für immer. Und jetzt sitzen wir hier und streiten uns, wer von uns mit wem was machen will. Das ist dumm.«

»Das ist absolut bescheuert.« Ve hatte plötzlich Tränen in den Augen. Weil Finn sie daran erinnert hatte, wie wenig Zeit ihnen blieb. Sie ließ sich von dem Baumstamm ins Gras gleiten und legte ihren Kopf auf seine Knie. Seine Finger fuhren über ihre Haut und streichelten das Schmetterlingstattoo auf ihrer Schulter. Sie glitten durch ihre Haare, berührten ihre Wangen, ihre Lippen, ihre geschlossenen Lider. Dann beugte Finn sich vor, umfasste ihr Gesicht mit seinen Händen und küsste ihre Tränen weg.

»Wie soll ich jemals wieder ohne dich sein?«, fragte er. »Kannst du mir das mal erklären?«

»Ich weiß es ja selbst nicht«, flüsterte sie zurück.

Aber jetzt saß Ve mit Karla und ihrem neuen Liebhaber im Drei-Sterne-Restaurant im Hotel Splendid. Der Hauptgang war inzwischen beendet, die Kellnerin räumte die leeren Teller ab. »Darf es noch was zu trinken sein?«

»Noch eine Flasche Wasser«, sagte Gunter. »Und du, Nicky?«

»Wasser ist gut«, erwiderte sie und fragte sich, ob Karla und Gunter am liebsten einen Cognac bestellt hätten.

»Und die Dessertkarte, bitte«, sagte Gunter.

Das Essen war fast beendet und Ve hatte noch so gut wie gar nichts über Gunter herausgefunden. Auf ihre Fragen zu seinem Leben hatte er meist mit einer Gegenfrage geantwortet. Er wollte alles über sie wissen, ihr Sternzeichen, ihre Hobbies und was ihre Lieblingsfächer in der Schule waren.

»Physik und Chemie?« Er zog beeindruckt die Brauen hoch. »Ich war in diesen Fächern immer eine totale Niete.«

Zum Glück, sonst hätte er sie jetzt womöglich in ein naturwissenschaftliches Fachgespräch verwickelt. Dann wäre ihm schnell aufgefallen, dass Ve keine Ahnung davon hatte.

»Willst du denn später Physik studieren?«, fragte Gunter.

»Ich denke schon«, sagte sie. Und bevor er weiterfragen konnte, fügte sie schnell hinzu: »Und du? Was hast du studiert?«

»Anglistik und Politik. Aber das ist hundert Jahre her. Ich kann mich kaum mehr an mein Studium erinnern.«

»Was hast du nach der Uni gemacht?«

»Ich wollte eigentlich Lehrer werden, aber dann hab ich festgestellt, dass ich nicht mein Leben lang zur Schule gehen will. Also hab ich in allen möglichen Jobs gearbeitet.«

»Was denn zum Beispiel?«

Er lachte. »Ich war Eisverkäufer, Vertreter für Bügeleisen und hab am Telefon Versicherungen verkauft. Oder hab es zumindest versucht. Was man halt so macht, wenn man nichts richtig kann.«

»Und wo arbeitest du jetzt?«

»Ich gebe Kurse an der Volkshochschule. Englisch für Anfänger und Fortgeschrittene.«

»Aha.«

»Nichts Aufregendes.«

»Du bist bestimmt ein guter Lehrer«, sagte Karla mit verliebtem Lächeln.

»Ich geb mein Bestes.« Er legte seine Hand auf Karlas. Dabei rutschte der Ärmel seines Hemds ein bisschen zurück und enthüllte eine Narbe. Es sah aus, als ob er eine Tätowierung hätte entfernen lassen.

»Ich weiß«, flüsterte Karla.

Gunter riss seinen Blick von ihr los und wandte sich wieder Ve zu. »Was möchtest du zum Nachtisch, Nicky?«

»Gar nichts. Ich hab viel zu viel gegessen, ich platze gleich.« Sie trank ihr Glas aus. »Ich glaub, ich muss dann auch langsam los. Die anderen wollen ja auch noch was von mir haben.«

»Natürlich, deine Freunde warten ja auf dich«, sagte Karla. »Vielen Dank, dass du mit uns gegessen hast. Es war ein wunderschöner Abend.« Die Erleichterung, dass das Essen überstanden war, stand ihr ins Gesicht geschrieben.

Ve war genauso erleichtert. Viel hatte sie nicht über Gunter herausgefunden, aber es war auch nicht wichtig, dachte sie. Es war eine Schnapsidee von Finn, ihn auf ihre Seite ziehen zu wollen.

Ve musste allein mit Karla reden. Sie durfte das Gespräch nicht länger aufschieben, die Zeit drängte.

Sie stand auf. »Ich komm morgen Vormittag noch mal vorbei. Es gibt nämlich etwas, worüber ich mit dir sprechen muss.«

»Worum geht es denn?« Karla wirkte sofort alarmiert.

»Eigentlich haben Gunter und ich eine Bootsfahrt über den See gebucht. Du kannst uns natürlich gerne begleiten, wenn du möchtest …«

Oh Gott, nur das nicht!

»Wann fahrt ihr denn los?«

»Erst gegen Mittag«, sagte Gunter.

»Dann komm ich vorher«, schlug Ve vor. »Um zehn?«

»Da bin ich aber gespannt«, sagte Karla.

Das kannst du auch sein, dachte Ve.

6

Finn hatte Kerzen und eine Flasche Wein besorgt, aber die Gläser vergessen. Nun saßen sie im Kerzenschein auf dem kleinen Balkon ihres Hotelzimmers und tranken den Wein aus Zahnputzbechern.

Es war ein milder Frühlingsabend, die Laternen an der Uferpromenade des Sees leuchteten wie eine lange Lichterkette, die jemand in die Bäume gehängt hatte. Am Himmel funkelten die Sterne.

»Ich hab diesen Typen gegoogelt«, sagte Finn. »Gunter Geldinger, Nürnberg, Volkshochschule.«

»Und?«

»Fehlanzeige. Das Programm ist online, aber da gibt es keinen Dozenten, der so heißt.«

»Glaubst du, dass er mich angelogen hat?«

Finn zuckte mit den Schultern. »Vielleicht hat er früher mal an der Volkshochschule Kurse gegeben, aber dann haben sie ihn rausgeworfen, weil er zu viel getrunken hat? Es könnte ja sein, dass er das Karla gegenüber nicht zugeben wollte.«

»Wäre möglich.« Ve trank einen Schluck Wein. Es war ein billiger Weißwein aus dem Supermarkt, ihre Mutter hätte angeekelt das Gesicht verzogen. Ve fand ihn köstlich. Aber zusammen mit Finn in einer Sternennacht hätte ihr vermutlich alles geschmeckt.

»Mir ist noch was Seltsames aufgefallen«, sagte Finn.

»Und was?«

»An der Volkshochschule Nürnberg unterrichtet ein Stefan Goldmann Englisch für Anfänger und Fortgeschrittene. Und über diesen Goldmann findet man einiges im Netz. Er schreibt nämlich nebenher Kriminalromane und hat eine eigene Homepage. In seiner Vita habe ich gelesen, dass er eigentlich vorgehabt habe, Lehrer zu werden, aber dann doch nicht sein Leben lang zur Schule gehen wollte. Und stattdessen hat er als Eisverkäufer, Vertreter für Wasserkocher und als Telefonbroker gearbeitet.«

»Was? Das klingt ja fast wie bei Gunter.«

»Es ist, als ob Gunter sich die Identität von diesem Stefan Goldmann geborgt hätte. Das wäre für ihn einfacher, als sich eine komplett neue Geschichte auszudenken, weil er sich dabei nicht so leicht in Widersprüche verwickeln würde.«

»Aber warum sollte er sich für einen anderen ausgeben?«, fragte Ve erschrocken.

»Weil er etwas zu verbergen hat.«

»Und was? Seine gescheiterte Existenz? Karla weiß doch, dass er ein Alkoholproblem hat. Außerdem: Wenn er seinen Lebenslauf schon von einem anderen klaut, warum dann nicht von einem erfolgreichen Typen? Warum nimmt er ausgerechnet einen Volkshochschullehrer, der früher Bügeleisen verkauft hat?«

»Weil deine Mutter nicht auf der Suche nach Erfolgstypen war, sondern eher nach dem Gegenteil. Einen Erfolgsmann hatte sie ja schon.« Finn verschränkte die Arme vor der Brust. »Ich frage mich überhaupt, wie ein Volkshochschullehrer diese schicke Entzugsklinik bezahlen kann. Angeblich war er ja schon mehrmals da. Und dann das Hotel. Teurer geht's ja wohl nicht.«

»Glaubst du, er ist ein Heiratsschwindler?«

»Sieht alles danach aus, oder?« Finn starrte gedankenverloren in den Sternenhimmel. »Karla hat eine Menge Kohle.«

»Das wäre eine Katastrophe für sie!«

»Vielleicht ist es ja auch falscher Alarm und Gunter liebt Karla wirklich. Und hat seinen Lebenslauf nur ein bisschen … umgestaltet, um seine Chancen zu verbessern.«

»Es gefällt mir trotzdem nicht.«

»Mir auch nicht.«

»Egal, ich werde morgen mit Karla reden und ihr alles erklären«, sagte Ve.

»Hältst du das für eine gute Idee?« Finn nahm einen Schluck Wein und blickte nachdenklich in den Nachthimmel. »Wenn du ihr von dem Wurmloch erzählst, wird sie mit Gunter darüber reden. Und wir können ihn überhaupt nicht einschätzen.«

»Ich kann sie bitten, das Ganze für sich zu behalten.«

Finn lachte. »Das wird nicht funktionieren. Karla ist verliebt.«

Ve stand auf und trat an die Balkonbrüstung. Die Sterne funkelten und strahlten, sie schienen ihr zuzublinzeln. Als ob sich der Himmel über sie lustig machte.

In Los Angeles war es jetzt früher Nachmittag. Vielleicht kämpfte ihre Mutter immer noch um ihr Leben. Vielleicht war sie auch aufgewacht und fragte sich, warum Ve sich nicht bei ihr meldete. Und machte sich Sorgen, obwohl sie doch alle ihre Kräfte zum Gesundwerden brauchte.

Und ich bin immer noch keinen Schritt weiter, dachte Ve. Warum musste Karla sich ausgerechnet jetzt in diesen seltsamen Typen verlieben?

Finn war hinter sie getreten. Er massierte ihre Schultern, dann vergrub er sein Gesicht in ihrem Haar. »Keine Angst, Ve«, murmelte er. »Das wird schon.«

»Aber wie?«, fragte Ve.

»Erzähl Karla doch einfach mal von deinen Bedenken

wegen Gunter. Vielleicht hat sie selbst ja auch schon Verdacht geschöpft.«

»Ich weiß nicht. Liebe macht blind. Das hast du doch gerade selbst gesagt.«

»Aber Karla ist nicht dumm. Sie weiß, dass sie das ideale Opfer für Heiratsschwindler wäre.«

»Also gut. Ich rede mit ihr darüber.«

»Und ich nehme morgen früh mit diesem Goldmann Kontakt auf. Wenn meine Vermutung stimmt und er und Gunter sich kennen, dann kann er mir vielleicht weiterhelfen.« Er zögerte. »Womöglich ist Gunters Name auch falsch. Ich brauche eine möglichst genaue Beschreibung von ihm.«

»Er ist ziemlich groß und dunkelhaarig. Graue Schläfen, grüne Augen. Und die Nase ist ein bisschen schief.« Dann fiel ihr die Narbe auf dem Unterarm wieder ein.

»Das ist gut. Das könnte uns weiterhelfen«, erklärte Finn.

In diesem Moment hörte Ve ein leises Scharren, als ob ein Stuhl über den Boden kratzte. Danach war alles wieder still. Sie warf einen alarmierten Blick über die Brüstung. Unter ihnen befand sich noch ein Balkon, aber er war leer. Die Balkontür stand jedoch halb offen und im Zimmer brannte Licht.

»Da war jemand«, wisperte sie.

»Na und?«, sagte Finn. »Wir sind nicht die einzigen Gäste im Haus.«

Ve fragte sich, ob die Person unter ihnen ihr Gespräch belauscht hatte. Sie hatten sich nicht sehr laut unterhalten, aber die Entfernung zwischen den beiden Balkonen betrug nur wenige Meter und die Nacht war so still.

»Ich glaube, nun siehst du wirklich Gespenster.« Finn drehte sich zu ihr um und strich ihr die Haare aus dem Gesicht. Seine Fingerspitzen waren weich und warm. Die sanfte Berührung brachte Ves Haut zum Kribbeln. Sie spürte ein Ziehen in ihrem Bauch, so stark, dass es ein bisschen wehtat.

Er nahm ihr Gesicht in beide Hände und im selben Moment verflogen alle Gedanken an Gunter Geldinger, an Karla, sie vergaß sogar ihre kranke Mutter.

»Lass uns reingehen«, flüsterte Finn. »Heute Nacht können wir nichts mehr tun.«

»Gar nichts mehr?«, fragte Ve.

»Vielleicht fällt mir doch noch was ein«, sagte Finn leise und küsste sie.

Karla lachte.

Ve hatte eine ganze Weile gebraucht, bis sie endlich die richtigen Worte gefunden hatte. Aber jetzt war es heraus, dass sie Gunter für einen Betrüger und Heiratsschwindler hielt und Karla für sein Opfer. Und anstatt sie zurechtzuweisen, die Beherrschung zu verlieren oder in Tränen auszubrechen, fing Karla an zu lachen.

»Natürlich ist die Starnberger Kurklinik viel zu teuer

für Leute wie Gunter. Und dieses exklusive Hotel hier erst recht.« Karla lächelte Ve an. Heute waren sie die einzigen Gäste im Garten der Hotelanlage, die übrigen Tische waren leer. Der Tag hatte kühl begonnen, über dem See lag dichter weißer Nebel.

Karla hatte sich eine flauschige Decke über die Knie gelegt und hielt sich an ihrem dampfenden Teeglas fest.

Ve trank eine Cola. Sie brauchte keinen Tee, ihr war kein bisschen kalt, sie schwitzte vor Nervosität.

»Ich war am Anfang auch felsenfest überzeugt davon, dass Gunter ein Heiratsschwindler ist. Und dass er sich nur deshalb in die Klinik hat einweisen lassen, um sich eine reiche Witwe oder eine frustrierte Ehefrau zu angeln, die er dann nach Strich und Faden ausnehmen kann«, sagte Karla.

»Und warum hast du deine Meinung geändert?«

»Weil ich inzwischen weiß, dass er geerbt hat.«

»Geerbt?«

»Sein Vater ist voriges Jahr gestorben. Hubertus Geldinger. Anlagen- und Maschinenbau.«

»Sagt mir nichts.«

»Die Firma ist der internationale Marktführer. Sehr bekannt. Gunter hat sich nie gut mit seinem Vater verstanden, der immer wollte, dass er in seine Fußstapfen tritt.«

»Aber dann hat ihm der Alte doch sein ganzes Vermögen hinterlassen.«

»Nicht alles, nur einen Pflichtteil. Aber das allein waren schon mehrere Millionen. Und mit einem Schlag hatte Gunter für den Rest seines Lebens ausgesorgt.«

»Und trotzdem unterrichtet er an der Volkshochschule? Das glaubst du doch wohl selbst nicht!«

»Macht er ja nur noch hin und wieder. Aus reinem Vergnügen.« Karla lächelte. »Gunter hängt seinen Reichtum nicht gerne an die große Glocke. Kann man ja verstehen, oder?«

Konnte man. Das würde auch erklären, warum sein Name in keinem aktuellen Volkshochschulprogramm auftauchte.

»Wer bezahlt sein Hotelzimmer hier?«, fragte Ve dennoch.

»Er selbst. Genauso wie gestern das Abendessen. Wenn Gunter mich um Geld bitten würde, würden bei mir alle Alarmglocken klingeln.« Karla schüttelte den Kopf. »Nicht, dass ich es mir nicht leisten könnte, ihn auszuhalten. Aber die Vorstellung, dass mich ein Mann nur wegen meinem Geld will, ist zu scheußlich.«

»Wie lange kennt ihr euch schon?«, fragte Ve.

»Seit meinem ersten Tag in der Kurklinik. Also ungefähr sechs Wochen.«

Sechs Wochen hatte Gunter alles selbst gezahlt. Man konnte nur hoffen, dass er das Ganze nicht als Investition in seine goldene Zukunft mit Karla betrachtete.

»Du musst dir keine Sorgen machen«, sagte Karla.

»Ich bin ein großes Mädchen. Ich kann auf mich aufpassen.«

»Ich dachte nur ...«

»Ich weiß. Es wirkt alles zu schön, um wahr zu sein.« Karla lächelte. »Es ist aber wahr.«

Ves Handy klingelte. Sie warf einen schnellen Blick auf das Display. Finn. Wahrscheinlich hatte er genau das herausgefunden, was Karla ihr soeben erzählt hatte. Gunter war ein reicher Firmenerbe und verfügte über sein eigenes Vermögen.

»Geh ruhig ran«, sagte Karla.

»Hat sich erledigt.« Ve drückte den Anruf weg. Sie würde später mit Finn reden.

»War es das, was du mir sagen wolltest?«, fragte Karla.

»Noch nicht ganz.« Ve holte tief Luft. Jetzt gab es kein Zurück mehr. »Wahrscheinlich wirst du mich gleich für verrückt halten«, begann sie. »Aber du musst mir versprechen, dass du dir die Geschichte anhörst, ohne mich zu unterbrechen.«

Sie hatte vorhin an der Rezeption nachgefragt, ob es einen Computer mit Internetverbindung gab, den sie benutzen konnten. Danach hatte sie Nicky eine SMS geschickt, dass sie sich zum Skypen bereithalten sollte. Wenn Karla sie beide gleichzeitig sah, Nicky und Ve, dann musste sie ihnen ihre Geschichte abnehmen. Die große Frage blieb allerdings, ob sie sich danach auch davon überzeugen ließ, ihrem kranken Alter Ego zu helfen.

»Schieß los!« Karla lächelte, amüsiert und gespannt zugleich.

»Also.« Ein letzter Schluck Cola. Ve holte tief Luft. »Ich bin in Wirklichkeit gar nicht ....«

Dideldideldideldidel! Ihr Handy. Schon wieder Finn.

»Warum telefonierst du nicht einfach in aller Ruhe?«, schlug Karla vor. »Und dann reden wir später. Gunter und ich sind nämlich gleich verabredet, die Bootstour. Und ich muss mich noch fertig machen.«

Ve drückte den Anruf weg und stellte den Ton aus. »Das ist nichts Wichtiges.« Sie schloss kurz die Augen und versuchte sich zu konzentrieren. Sie dachte an ihre Mutter, an das erschöpfte Lächeln, mit dem sie sich vor ein paar Tagen von Ve verabschiedet hatte. *Die Chancen auf eine Transplantation sind nicht so gut,* hörte sie sie wieder sagen.

Keine Umschweife mehr, dachte Ve.

»Ich bin gar nicht Nicky«, sagte sie mit fester Stimme. »Nicky ist in Winding, im Schloss.«

Karlas Lächeln verschwand.

»Ich komme ...« ... aus einer Parallelwelt, wollte Ve gerade sagen, aber nun trat eine der hübschen jungen Kellnerinnen an ihren Tisch.

»Frau Wandler?«, fragte sie.

»Was gibt's?«, fragte Karla.

»Nicky Wandler?«

»Das bin ich«, sagte Ve.

»Ich dachte, Nicky ist in Winding«, bemerkte Karla spöttisch.

»Ich … ach, ist ja auch egal. Was ist denn los?«, fragte Ve die Kellnerin.

»Ein Anruf, an der Rezeption. Es ist wohl wichtig.«

»Da hast du ja wirklich einen hartnäckigen Verehrer.« Karla erhob sich. »Ich mach dir einen Vorschlag. Du klärst das jetzt und danach kommst du hoch in mein Zimmer. Nummer 371. Dann kann ich mich nämlich schon mal fertig machen.«

»Aber das ist … also gut. Bis gleich.« Wütend folgte Ve der Kellnerin. Finn würde etwas zu hören bekommen.

»Hast du es ihr schon erzählt?«, fragte er atemlos, anstelle einer Begrüßung.

»Noch nicht. Du hast mich ja ständig unterbrochen.«

»Gut«, sagte Finn. »Ich hab was Neues über Gunter rausgefunden.«

»Weiß ich doch schon längst. Er ist der Sohn von Hubertus Geldinger und hat das Firmenvermögen geerbt.«

»Was? Nein, Quatsch. Er heißt gar nicht Gunter Geldinger, sondern Gernot Frenzel.«

»Wie bitte?«

»Ich hab gerade mit seinem Freund Goldmann telefoniert. Hab mich als ein Restaurantbesitzer ausgegeben und erzählt, dass ein Gast seinen Geldbeutel bei uns vergessen hätte. Es wäre eine Menge Bargeld darin gewesen und ein Zettel mit Goldmanns Namen und Telefonnummer. Und dann hab ich ihm Geldinger oder vielmehr Frenzel beschrieben und als ich die schiefe Nase und die Narbe am Handgelenk erwähnt habe, hat er ihn sofort erkannt.«

»Und?« Ves Herz begann schneller zu schlagen. »Lass mich raten. Er ist doch kein reicher Firmenerbe?«

»Nicht ganz. Er ist Polizist.«

»Polizist? Das gibt's doch nicht!«

»Goldmann und Frenzel waren Schulkameraden, sie haben zusammen Abi gemacht. Dann ist Frenzel zur Polizei. Früher seien sie eng befreundet gewesen, aber in den letzten Jahren hätten sie sich aus den Augen verloren, sagte Goldmann. Und dass er auch nicht wisse, wo Frenzel jetzt wohne. Danach hab ich Frenzel gegoogelt. Er ist vor vier Jahren bei der Polizei ausgestiegen und arbeitet seitdem für … na, rate mal!«

»TRADE«, sagte Ve.

»Genau.«

»Oh Mann«, murmelte Ve. Sie versuchte sich ins Gedächtnis zu rufen, was sie Karla bisher alles verraten hatte. *Ich bin gar nicht Nicky,* hatte sie gesagt. *Die richtige Nicky ist in Winding, im Schloss.* Dann waren sie zum Glück unterbrochen worden.

»Das ist noch nicht alles«, fuhr Finn fort. »Jetzt kommt der absolute Hammer. Ich war gerade an der Rezeption bei uns in der Pension. Ich wollte wissen, wer das Zimmer unter uns gemietet hat. Du hattest doch gestern Nacht schon ein komisches Gefühl.« Er räusperte sich. »Die wollten mir natürlich nichts verraten, Datenschutz und so. Aber als der Pförtner kurz weg war, hab ich einen Blick in den Computer geworfen.«

»Und? Nun lass dir doch nicht jedes Wort aus der Nase ziehen!«

»M. Sartorius«, sagte Finn.

»Marcella«, flüsterte Ve. Ihr war plötzlich eiskalt. Welche der beiden Marcellas in ihrem Hotel abgestiegen war, war ja wohl keine Frage. Aber was hatte sie gestern Nacht gehört? Wusste sie, dass Ve das Wurmloch wieder geöffnet hatte, oder hielt sie sie für Nicky?

»Warum ist sie hier?«, murmelte Ve.

»Das werd ich sie gleich selbst fragen«, erklärte Finn. »Ich geh jetzt da runter und stell sie zur Rede.«

»Spinnst du?«, schrie Ve so laut, dass die Empfangsdame erschrocken zusammenzuckte und Ve einen vorwurfsvollen Blick zuwarf. »Das ist keine gute Idee«, zischte sie. »Marcella geht über Leichen! Hast du das schon vergessen? Ich komm jetzt erst mal zu dir.«

Sie rannte den ganzen Weg bis zu ihrer Pension und flog die Treppen hoch. Was wollte Marcella in Starnberg? Steckte sie mit Geldinger alias Frenzel unter einer Decke?

Atemlos stürzte sie in ihr Zimmer. Finn tigerte vor dem Bett auf und ab.

»Das macht alles überhaupt keinen Sinn«, sagte er jetzt. »Was will Frenzel von Karla? Und warum ist Marcella hier?«

»Vermutlich arbeitet sie mit TRADE zusammen.« Ve ließ sich aufs Bett sinken. »Sie hat Gunter auf Karla angesetzt.«

»Gernot«, korrigierte Finn.

»Gernot.« Ve nickte. »Er soll in Erfahrung bringen, ob Karla was von ihrem Mann gehört hat.«

»Aber das ist Quatsch. Marcella weiß genau, dass Joachim sich nicht bei Karla melden würde. Er würde eher mit Nicky Kontakt aufnehmen als mit ihr.«

Ve runzelte die Stirn. »Vielleicht gehen sie ja auch davon aus, dass …« Weiter kam sie nicht, weil sie ein Pochen an der Tür unterbrach.

Ve und Finn wechselten einen alarmierten Blick.

»Ja?«, rief Ve schließlich. »Wer ist denn da?«

»Ich bin's«, erwiderte eine Frauenstimme. »Kann ich reinkommen?«

7

Marcella hatte sich seit dem letzten Sommer nicht verändert. Ihr dunkles Haar, das sie zu einem Zopf gebunden hatte, war von grauen Strähnen durchzogen. Sie war schlank und durchtrainiert und wie immer von Kopf bis Fuß in Schwarz gekleidet – eine schwarze Bluse über schwarzen Jeans. Ihr Blick war klar und warm. Vertrauenerweckend. Aber man durfte ihr nicht trauen.

»Hi«, sagte sie einfach, als wären sie verabredet gewesen. Sie schloss die Tür hinter sich, lehnte sich mit dem Rücken an die Wand und betrachtete Ve und Finn.

»Was willst du?«, fragte Finn feindselig.

»Mit euch reden. Was sonst.« Marcella seufzte. »Keine Sorge, ich bin die Marcella aus dieser Welt. Die gegen TRADE arbeitet.«

Ve und Finn lachten gleichzeitig auf.

»Klar«, sagte Finn.

»Warum bist du hier?«, fragte Ve.

»Um euch vor diesem Typen zu warnen, der jetzt mit Karla zusammen ist.« Marcella sah sie eindringlich an. »Er ist gefährlich.«

»Was du nicht sagst«, meinte Ve.

»TRADE hat ihn auf sie angesetzt, da bin ich mir absolut sicher«, fuhr Marcella fort, als hätte sie die Ironie in Ves Stimme nicht gehört.

Sie liefert ihn aus, dachte Ve. Aber warum? Hatte Marcella gemerkt, dass sie Gunters wahre Identität bereits aufgedeckt hatten?

Marcella lächelte müde. »Ich weiß, ihr traut mir nicht, und glaubt mir, ich kann euch gut verstehen. Ich wäre sogar enttäuscht, wenn es anders wäre. Aber ich habe Beweise, dass Geldinger ein TRADE-Mann ist. Er arbeitet im Konzern direkt mit Fischer zusammen. Und nun soll er Karla ausspionieren.«

»Und du? Was hast du mit der Sache zu tun?«, fragte Ve. »Was machst du überhaupt hier?«

»Ich hab dir ja geschrieben, dass Alice vor ein paar Wochen plötzlich verschwunden ist«, begann Marcella.

»Alice?«, fragte Ve. »Wer ist das denn?«

Marcella lachte. »Die andere Marcella. Wir haben uns doch als Schwestern ausgegeben, da brauchten wir auch zwei unterschiedliche Vornamen. Alice ist unser zweiter Name, also haben wir den genommen.«

»Okay. Alice war also auf einmal weg.«

Marcella nickte. »Als ich von der Arbeit nach Hause gekommen bin, war sie nicht mehr da. Sie hat alles Bargeld mitgenommen, das sie finden konnte, meinen Schmuck und Klamotten. Und meinen Laptop. Ich hab mir am Anfang nicht allzu viele Sorgen gemacht. Ich meine, was sollte sie schon groß machen? Die Geschichte mit dem Teleporter und dem Wurmloch, durch das sie aus einem anderen Universum angereist ist, würde ihr keiner abnehmen. TRADE schon gar nicht, bei denen gelte ich ja als Verräterin. Und der MTP ist ausgeschaltet, sie kann also auch nichts beweisen.«

»Aber dann?«, fragte Finn.

Marcella nickte. »Aber dann bekam ich dieses Schreiben von einer Onlinebank. Sie haben mir irgendwelche Fonds angeboten – ein Exklusivangebot für die Kunden unseres Hauses, blablabla. Ich kannte die Bank überhaupt nicht und wollte den Brief wegwerfen. Aber im letzten Moment wurde ich misstrauisch. Und nahm Kontakt mit der Bank auf. Und tatsächlich: Jemand hatte vor wenigen Wochen in meinem Namen ein Onlinekonto eröffnet.«

»Deine Doppelgängerin«, sagte Ve.

»Wer sonst? Es hat eine Weile gedauert, bis ich Zugriff auf das Konto hatte. Ich hatte ja keine Informationen und kannte die Codes nicht. Aber am Ende hab ich die Auszüge bekommen. Das Konto war inzwischen wieder gekündigt worden, aber Alice hatte davor mehrere Tausend Euro überwiesen bekommen.«

»Von wem?«

»Firma Scherer & Sohn. Das ist eine Briefkastenfirma, ich hab das recherchiert. Das Unternehmen gibt es nicht.«

»Das Geld war von TRADE«, sagte Ve.

Marcella zuckte müde mit den Schultern. »Kurz bevor Alice verschwunden ist, hat sie einen Flug nach München gebucht. Ich hab ein paar Tage später eine Rechnung von einem Reisebüro bekommen.«

»Die TRADE-Zentrale ist in München«, sagte Ve. »Das ist doch kein Zufall.«

»Das war auch mein erster Gedanke. Ich wollte wissen, was Alice plant, und hab versucht rauszubekommen, mit wem sie in den letzten Wochen Kontakt hatte. Aber sie war natürlich viel zu clever, um Spuren zu hinterlassen. Ich hätte keine Chance gehabt, wenn Frau Till nicht gewesen wäre.«

»Wer ist denn Frau Till?«, fragte Ve.

»Die CIA von unserem Dorf.« Marcella grinste. »Frau Till arbeitet in der Post. Oder vielmehr in einem kleinen Laden, in dem neben Zeitschriften, Süßigkeiten und Schreibzeug auch Briefmarken verkauft und Pakete angenommen werden. Und sie ist die neugierigste Person der Welt. Sie kriegt einfach alles mit.«

»Frau Till hat dir erzählt, wo Alice hin ist?«, fragte Ve.

»Mehr oder weniger. Alice hat ja nicht gearbeitet,

während sie bei mir gewohnt hat, also haben wir den Leuten erzählt, dass sie Frührentnerin ist. Frau Till hätte natürlich zu gerne gewusst, woher sie kommt und was sie früher gemacht hat. Und ich habe ihre Neugierde ausgenutzt. Ich hab ihr erzählt, dass Alice unter starken Depressionen litte und plötzlich verschwunden sei und dass ich mir die größten Sorgen machte. Ob ihr irgendetwas an meiner Schwester aufgefallen sei. Da erzählte sie mir, dass Alice ein paar Tage vor ihrem Verschwinden einen Expressbrief aufgegeben habe. An einen gewissen Gunter Geldinger, den Namen hatte sie sich gemerkt. Und den Ort wusste sie ebenfalls noch.«

»Starnberg«, sagte Ve.

»Ganz genau.«

»Was war in dem Umschlag?«, fragte Finn.

»Das konnte mir Frau Till natürlich nicht sagen. Sie hat den Brief ja nicht geöffnet, auch wenn sie die Post zu gerne lesen würde. Aber ich hatte nun einen Anhaltspunkt: Gunter Geldinger in Starnberg.«

»Da bist du einfach hergefahren. Und wie hast du ihn hier gefunden?«

»Gar nicht. An meinem zweiten Tag in Starnberg bin ich Karla begegnet. Sie ging an der Uferpromenade spazieren. Ich hab sie gesehen, aber sie hat mich nicht bemerkt, ihre ganze Aufmerksamkeit gehörte dem Mann, mit dem sie unterwegs war. Ich wusste sofort, dass das Geldinger war.«

»Und seine wahre Identität? Wie hast du die rausbekommen?«

»Dass er Gernot Frenzel heißt und als Sicherheitsmann bei TRADE arbeitet? Ich bin in sein Hotelzimmer eingestiegen und hab einen Ausweis mit seinem richtigen Namen gefunden. Der Rest war dann ein Kinderspiel, ich hab einfach bei TRADE angerufen und nach seiner Durchwahl gefragt, da wusste ich Bescheid. Frenzel ist kein besonders wichtiger Mann bei TRADE. Ich denke mal, Fischer hat ihn ausgewählt, weil er wusste, dass er Karla gefallen würde.«

»Er ist sehr nett«, sagte Ve. »Ich bin auch auf ihn reingefallen.«

»Mistkerl«, sagte Finn.

»Wie alle bei TRADE.« Marcella verschränkte die Arme vor der Brust. »So. Jetzt wisst ihr Bescheid.«

»Aber ob deine Geschichte stimmt, wissen wir nicht«, sagte Finn. »Kannst du uns irgendwie beweisen, dass du die Marcella aus dieser Welt bist und nicht die Doppelgängerin?«

Marcella zuckte mit den Schultern. »Wie denn?«

»Wenn Marcella für TRADE arbeiten würde, hätte sie Frenzel nicht verraten«, gab Ve zu bedenken.

»Wir hatten ihn aber vorher schon enttarnt«, sagte Finn.

»Echt?«, fragte Marcella. »Wie?«

»Wir sind eben auch nicht blöd«, sagte Finn.

»Das hab ich auch nie behauptet.« Marcella sah sie nachdenklich an. »Warum seid ihr hier? Um Karla zu überwachen?«

Ve zögerte. Die beiden Marcellas glichen sich wie ein Ei dem anderen, sie waren äußerlich nicht zu unterscheiden. Bei ihrem letzten Besuch in der Parallelwelt wäre ihnen das fast zum Verhängnis geworden. Konnten sie dieser Marcella vertrauen? Sowohl ihr Bauchgefühl als auch ihr gesunder Menschenverstand sagten Ja.

Erst jetzt fiel ihr auf, dass sich Marcellas Gesichtsausdruck verändert hatte. Sie starrte ungläubig, fast entsetzt, auf Ves Schulter. Ve folgte ihrem Blick und zog hastig das T-Shirt hoch, das ein Stück über ihre Schulter gerutscht war. Aber natürlich war es zu spät. Marcella hatte die Tätowierung mit dem Schmetterling längst gesehen.

Das Tattoo, das nur Ve trug – Nicky nicht.

»Bist du etwa ...?« Marcella fielen fast die Augen aus dem Kopf. »Das gibt's doch nicht!«

Ve zögerte einen Moment. Dann nickte sie.

»Ve?«

Noch ein Nicken. »Wir haben das Wurmloch noch mal geöffnet.«

»Wir hatten doch vereinbart, dass der MTP ausgeschaltet wird. Und dass du das Buch verbrennst.«

»Ich weiß. Aber es musste sein.« Sie erzählte, warum sie hier war.

»Großer Gott.« Marcella war ganz blass geworden. »TRADE darf das auf gar keinen Fall erfahren.«

»Natürlich nicht.«

»Wir müssen supervorsichtig sein«, sagte Marcella. »Wenn Frenzel mitkriegt, dass der Teleporter funktioniert, ist alles aus. Du musst mit Karla reden und sie vor ihm warnen, Ve.«

»Hast du eine Ahnung, warum TRADE ihn überhaupt auf sie angesetzt hat?«, fragte Finn. »Ich meine, Karla weiß doch gar nichts von dem Wurmloch.«

»Das verstehe ich auch nicht. Aber die werden ihre Gründe haben.«

»Es wird furchtbar für Karla, wenn sie die Wahrheit erfährt«, sagte Ve. »Hoffentlich fängt sie nicht sofort wieder an zu trinken.«

»Du weißt es doch schon ein paar Tage, Marcella«, sagte Finn. »Warum hast du nicht schon längst mit ihr gesprochen?«

»Machst du Witze?« Marcella lachte ungläubig. »Karla und ich haben uns nie besonders gut verstanden. Da war mal was zwischen Joachim und mir ... Schnee von gestern, aber sie nimmt mir die Sache immer noch übel. Ich glaube, es ist besser, wenn Ve mit ihr redet.«

»Das glaube ich allerdings auch«, sagte Ve, auch wenn sich alles in ihr gegen dieses Gespräch sträubte. Zum ersten Mal seit langer Zeit war Karla glücklich. Und nun musste ausgerechnet Ve sie enttäuschen.

Sie stand auf. »Ich beeile mich lieber. Karla und Gernot wollten doch heute diese Bootstour machen, wir müssen sie unbedingt erwischen, bevor sie an Bord gehen.«

Vom Deck des Ausflugsdampfers dudelte fröhliche Akkordeonmusik. Auf der Gangway, die vom Landungssteg hoch zur Reling führte, stand ein Steward in blauer Uniform und begrüßte die Gäste mit einem Tablett voller Sektgläser.

Als Ve an der Anlegestelle ankam, überreichte er einem älteren Paar gerade die letzten beiden Gläser.

»Möchtest du auch noch mitfahren?«, fragte er Ve.

»Nein. Aber ich muss ganz dringend mit Frau Wandler sprechen. Sie ist bestimmt schon an Bord. Können Sie ihr Bescheid sagen, dass ihre Tochter hier ist? Es ist total wichtig, wirklich …« Ihre Stimme brach. Weil sie so schnell gelaufen war und weil sie solche Angst vor dem Gespräch hatte. Auf einmal fühlte sie sich schwindlig, sie musste sich am Geländer der Gangway festhalten, um nicht zu schwanken.

Der Steward warf ihr einen besorgten Blick zu. »Du bist ja ganz blass. Also gut. Warte hier. Ich sehe mal, was ich machen kann.«

Ein paar Minuten später kam Karla zu ihr herunter.

»Ich hoffe, es ist wirklich wichtig, Nicky.« Sie warf einen entschuldigenden Blick nach oben zur Reling, wo der Steward stand. Neben ihm tauchte jetzt Gunter alias

Gernot auf und winkte Ve zu. »Die halten hier den ganzen Betrieb für uns auf.«

»Hör zu!« Ve räusperte sich nervös. »Du musst den Bootstrip leider absagen.«

»Jetzt reicht's aber!«, rief Karla wütend. »Ich hab die ganze Zeit im Hotel auf dich gewartet, aber du hattest ja wohl was Wichtigeres zu tun. Und jetzt kreuzt du hier auf und willst, dass wir alles canceln? Du träumst wohl! Wenn du mir unbedingt was sagen willst, dann raus mit der Sprache! Ansonsten verschieben wir es eben auf heute Abend.«

»Ich … äh …« Zu Ves Unbehagen setzte sich nun auch Gunter alias Gernot in Bewegung und kam zu ihnen herunter. Er hob entschuldigend die Hände. »Ich störe euch nur ungern, aber die wollen jetzt wirklich ablegen. Wenn du nicht an Bord kommst, Karla, dann …«

»Ich komme.« Karla drehte sich abrupt um. »Bis heute Abend, Nicky.«

»Halt, warte!« Ve atmete tief ein, dann stürzte sie sich in den nächsten Satz wie ein Fallschirmspringer aus dem Flieger. »Gunter lügt dich an. Er heißt in Wirklichkeit Gernot Frenzel und arbeitet in der Sicherheitsabteilung bei TRADE. Die haben ihn auf dich angesetzt, weil sie rauskriegen wollen, wo Papa steckt.«

»Nicky!« Karla Wandler lachte laut und ungläubig. »Wenn das irgendwie witzig sein soll …« Sie unterbrach sich. Ihr Blick wanderte von Ve zu Frenzel.

»Du glaubst das doch wohl nicht etwa?«, fragte er gekränkt. »Karla, ich ...« Auch er brach mitten im Satz ab.

»Das Theater können Sie sich sparen!«, rief Ve. »Ich kann nämlich alles beweisen.« Im selben Moment begann ihr Handy zu klingeln, es war zum Verrücktwerden. Sie wollte den Anruf wegdrücken, aber stattdessen nahm sie ihn versehentlich an.

»Hier ist Nicky«, hörte sie die Stimme ihrer Doppelgängerin. »Gut, dass ich dich erreiche ...«

»Jetzt passt es aber gar nicht«, sagte Ve. »Ich ruf dich zurück.«

»Halt, warte!« Nickys Stimme gellte so laut durch den Hörer, dass Ve fast ihr Handy fallen ließ. »Marcella ist gerade hier aufgekreuzt. Das Blöde ist nur, dass ich nicht weiß, ob es die gute oder die böse Version ist.«

»Was?« Ve spürte, wie ihr der Schweiß ausbrach. Frenzel war nur wenige Meter von ihr entfernt, er verstand sicher jedes Wort. »Es ist die ... böse Version. Die gute ist hier bei uns. Du darfst ihr nicht vertrauen ...«

»Sie müssen sich jetzt wirklich entscheiden!« Der Steward war ebenfalls von Bord gegangen, er stand hinter Frenzel auf der Gangway und machte ein finsteres Gesicht. »Entweder Sie kommen an Bord oder Sie bleiben hier. Wir müssen ablegen.«

»Wir kommen«, erklärte Karla. »Bis heute Abend, Nicky.«

»Du darfst nicht gehen!«, schrie Ve. »Ich schwör dir, ich sag die Wahrheit. Gunter Geldinger ist ein Betrüger!«

»Jetzt reicht's aber!« Nun verlor auch Frenzel die Beherrschung. »Ich lass mir ja einiges gefallen, aber das geht zu weit.«

»Wir können nicht ablegen, solange die Gangway nicht frei ist!«, brüllte der Steward. »Bitte gehen Sie an Land!«

»Was ist denn bei dir los?«, fragte Nicky am Telefon. »Und was soll ich mit Marcella machen?«

»Du musst sie erst mal einsperren.« Ve senkte ihre Stimme zu einem Flüstern, dabei stand Frenzel immer noch direkt neben ihr und hörte alles. Ganz im Gegensatz zu Nicky.

»Kannst du nicht lauter sprechen?«, rief sie. »Ich hör dich so schlecht.«

»Sperr sie ein!«, zischte Ve.

»Wie bitte?«, fragte Karla. »Sag mal, spinnst du, Nicky?«

Die Reling war inzwischen voller Menschen, die neugierig zu ihnen herunterstarrten, und von hinten drängten weitere Fahrgäste heran und reckten die Köpfe. Ein zweiter Steward bahnte sich einen Weg durch die Menge zur Gangway. »Was ist hier los? Gibt es ein Problem?«

»Schon geklärt.« Karla warf ihm ein charmantes Lächeln zu.

»Ich meld mich gleich wieder, ja?« Obwohl Nicky protestierte, beendete Ve das Gespräch.

»Ich schlage vor, wir beruhigen uns alle.« Gunter Geldinger alias Gernot Frenzel hob beide Arme. »Karla, ich glaube, es ist wirklich das Beste, wenn wir erst mal hierbleiben und die Sache klären.«

»Auf keinen Fall! Ich habe mich so auf die Dampferfahrt gefreut, das lass ich mir doch jetzt nicht kaputt machen. Wir fahren natürlich mit. Wir reden heute Abend, Nicky. Und dann möchte ich, dass du dich bei Gunter entschuldigst.« Karla ergriff Gernot Frenzels Arm und zog ihn zurück an Bord. Ihr Gesicht war kreideweiß, nur auf ihren Wangen leuchteten zwei kreisrunde Flecken. Frenzel war ihr Lebensglück, der Fels, auf den sie ihre Zukunft bauen wollte. Gegen ihre Verliebtheit hatte Ve keine Chance.

Der Ausflugsdampfer hatte abgelegt und schipperte davon. Einige Passagiere glotzten immer noch zur Uferpromenade herüber, sie wirkten enttäuscht, dass die Auseinandersetzung ohne Blutvergießen zu Ende gegangen war.

Ve hatte Finn angerufen, nun standen er und Marcella neben ihr.

»Ich hab's vermasselt«, erklärte Ve. »Karla hat mir kein Wort geglaubt.«

»Das stand zu befürchten.« Marcella seufzte. »Auf jeden Fall weiß Frenzel jetzt, dass wir wissen, wer er wirklich ist.«

»Hoffentlich weiß er nicht noch mehr.« Ve erzählte von Nickys Anruf. »Er hat alles gehört, was ich zu ihr gesagt habe. Und wenn er eins und eins zusammenzählt, kommt er vielleicht auf die richtige Lösung.«

»Auf jeden Fall ist Alice in Winding«, sagte Finn. »Ich hoffe, Nicky schafft es, sie festzusetzen.«

»Ich frag mich, was Frenzel jetzt vorhat«, murmelte Marcella, aber nun begann Ves Handy wieder zu klingeln. Es war Nicky.

»Du wolltest dich doch melden«, sagte sie sauer, als Ve das Gespräch annahm.

»Ich hab's noch nicht geschafft. Hier war die Hölle los.«

»Ich glaub, ich spinne. Was glaubst du, was *hier* los ist? Ich bin total fertig!«

»Was ist mit Alice – ich meine, Marcella? Wo ist sie jetzt?«

»Ich hab sie im Keller eingeschlossen. War gar nicht so einfach, sie da runter zu locken. Na ja, jetzt sitzt sie fest. Hoffentlich habe ich auch die Richtige eingesperrt.«

»Hundertpro. Ihre Doppelgängerin steht gerade neben mir.«

»Du musst sofort zurückkommen«, sagte Nicky. »Wir müssen gemeinsam überlegen, wie wir weitermachen. Wir können Marcella ja nicht ewig gefangen halten.«

Ve seufzte. »Wir haben hier leider ein Problem. Deine Mutter ...«

»Was ist mit ihr?«

»Sie hat sich verliebt.«

»Wie bitte? In wen?«

»In einen Betrüger. Aber eigentlich steckt TRADE dahinter.« Ve erzählte Nicky von Gunter Geldinger und wie sie herausgefunden hatten, wer er wirklich war. Ihre Doppelgängerin hörte schweigend zu, bis Ve zum ersten Mal Finn erwähnte.

»Finn? Was macht der denn bei dir?«

»Er hilft mir.« Ve spürte, dass sie rot wurde, aber das konnte Nicky zum Glück nicht sehen.

Schweigen am anderen Ende der Leitung.

»Bist du noch dran?«, fragte Ve.

»Natürlich.« Sie hörte, wie Nicky tief einatmete. »Okay. Und weiter?«

»Nichts weiter. Ich hab versucht, deiner Mutter die Augen zu öffnen, aber sie will die Wahrheit nicht sehen. Sie wollte nicht mal diese blöde Dampferfahrt absagen, um die Sache zu klären.«

»Du hast Karla mit diesem Typen an Bord gehen lassen? Sag mal, bist du bescheuert?« Nickys Stimme war schrill vor Empörung. »Das kann doch wohl nicht wahr sein!«

»Was hätte ich denn tun sollen? Ich konnte sie ja schlecht festhalten!«

»Und jetzt?«, fragte Nicky nach einer Pause. »Was machen wir jetzt?«

Ves Gedanken rasten. »Ich muss erst mal nachdenken«, sagte sie. »Ich meld mich gleich wieder.«

Nachdem sie aufgelegt hatte, sah sie Marcella und Finn ratlos an. »Irgendwelche Vorschläge?«

»Kaffee«, sagte Marcella. »Erst mal Kaffee.«

»Gute Idee«, meinte Finn. »Da drüben ist ein Café.«

Die Kellnerin hatte gerade die Tassen serviert, als Ves Handy wieder losbimmelte. **Unbekannter Teilnehmer**, verkündete das Display.

Ve nahm ab. »Hallo?«

»Ich bin's.« Das war Frenzels Stimme. Die allerdings kaum wiederzuerkennen war, weil er nicht mehr sanft und freundlich klang, sondern sehr ungeduldig. »Wenn ihr Karla wiedersehen wollt, bekomm ich die Unterlagen.«

»Welche Unterlagen?« Ve hatte Mühe, ihre eigene Stimme zu verstehen, weil ihr Herz so laut schlug. »Woher haben Sie überhaupt meine Nummer?«

Er ging auf keine der beiden Fragen ein, es war auch gar nicht nötig. Sie wusste genau, dass er von den Aufzeichnungen ihres Vaters sprach. Und ihre Telefonnummer hatte er natürlich von Karla. Ve hatte ihr schließlich ihre neue Handynummer gegeben.

»Morgen erhältst du genaue Informationen zur Übergabe.«

»Ich weiß gar nicht, wovon Sie reden!«, rief Ve.

»Das weißt du sehr gut, Ve.«

Ve. Nicht Nicky. Er wusste Bescheid. Er wusste alles.

»Ich will mit Karla sprechen!« Sie versuchte vergeblich, ihrer Stimme einen festen Klang zu geben.

Frenzel ignorierte auch diese Bemerkung. »Du fährst jetzt zurück nach Winding. Ich melde mich morgen. Wenn ihr nicht liefert, stirbt Karla.«

8

»Er wird sie umbringen, wenn wir ihm das Buch nicht geben.« Ves Hände zitterten so, dass sie Mühe hatte, ihr Handy zurück in die Jacke zu schieben.

»Wir dürfen ihm die Unterlagen nicht überlassen!«, sagte Finn. »Du weißt doch, was die vorhaben. Die richten alles zugrunde, wenn sie Zugriff auf das Wurmloch haben.«

»Wenn wir nicht liefern, stirbt Karla.«

»Vielleicht blufft er.«

»Das glaube ich nicht.« Marcella sah verzweifelt aus. »Verdammt, verdammt, verdammt!«

»Jetzt ist alles aus.« Ve schlug die Hände vors Gesicht.

»Unsinn!«, sagte Marcella. »Noch ist nichts verloren.«

»Für meine Mum schon. Heute ist bereits Dienstag. Morgen Nacht muss ich wieder zurück.«

»Aber noch bist du hier«, sagte Marcella. »Und so schnell geben wir nicht auf. Der Kampf hat gerade erst begonnen.«

»Warum rufen wir nicht einfach die Polizei?«, fragte Finn. »Wir müssen ja gar nichts von TRADE und dem Wurmloch erzählen. Karla wurde entführt. Und wir wissen sogar, von wem.«

»Ich wette mit dir, dass Karla überhaupt keine Ahnung hat, in welcher Gefahr sie schwebt«, sagte Marcella. »Wahrscheinlich ist Frenzel mit ihr bei irgendeinem Zwischenstopp von Bord gegangen und jetzt sitzen sie in einem schnuckeligen kleinen Hotel und trinken Sekt.«

»Wasser«, korrigierte Ve. »Abgesehen davon hast du vermutlich recht. Aber selbst wenn Frenzel Karla in ein finsteres Verlies gesteckt hätte, würde sie sich einreden, dass er es aus ehrlicher Liebe zu ihr getan hat.«

»Und wenn die Polizei käme, um sie zu befreien, würde sie sie wieder wegschicken«, ergänzte Marcella. »Nein, das können wir uns sparen.«

»Was machen wir dann?«, fragte Finn.

Marcella stand auf. »Wir fahren zurück nach Winding. Hier können wir nichts mehr tun.«

»Na, das habt ihr ja super hingekriegt«, sagte Nicky anstelle einer Begrüßung, als sie ihnen die Tür öffnete.

»Können wir vielleicht erst mal reinkommen?«, fragte Ve.

Nicky drehte sich wortlos um und marschierte in die Küche. »Ich kann es echt nicht fassen. Du kreuzt hier auf und zwei Tage später ist meine Mutter entführt und wir haben eine Leiche im Keller.«

»Eine Leiche?«, fragte Finn alarmiert. »Du meinst doch nicht etwa …?«

»Nein, natürlich nicht. Ich hab zwischendurch mal kurz die Tür aufgeschlossen und ein paar Lebensmittel und Wasserflaschen in den Keller geworfen. Marcella ist gut versorgt.«

»Sie nennt sich jetzt Alice«, sagte Ve. »Das ist ihr zweiter Vorname. Macht die Sache ein bisschen einfacher.«

»Dann eben Alice«, sagte Nicky. »Meinetwegen.«

»Wieso bist du eigentlich nicht in der Schule?«, fragte Finn Nicky.

»Hab mich heute Morgen krank gemeldet, weil ich darauf gehofft habe, was von euch zu hören. Und das war auch gut so. Sonst hätte ich Marcella … also, Alice … überhaupt nicht erwischt.«

Sie nahmen an dem großen Tisch in der Küche Platz. Marcella erzählte Nicky, wie sie nach Starnberg gekommen war und was sich in den letzten Stunden zugetragen hatte. Ve dachte währenddessen an Alice, die im Keller festsaß. Oder auch nicht.

»Der Aufzug!«, fiel ihr plötzlich ein. »Vielleicht hat sie sich schon längst übers Labor abgesetzt!«

»Für wie doof hältst du mich?«, fragte Nicky. »Der Aufzug ist tot. Ich hab durchgesetzt, dass TRADE ihn abschaltet. Jetzt, wo Papa verschwunden ist, brauchen wir keinen Zugang mehr zum Labor. Und mir gefiel der Gedanke überhaupt nicht, dass die einfach so bei uns reinspazieren können, wann immer es ihnen passt.«

»Und darauf haben die sich eingelassen?«

»Natürlich nicht einfach so.« Nicky verdrehte die Augen. »Ich musste einen Anwalt einschalten, der richtig Druck gemacht hat, bis die endlich eingeknickt sind. Glücklicherweise gehört das Schloss Papa und TRADE hat keinen Anspruch darauf.«

»Sehr gut«, sagte Marcella. Dann warf sie einen wachsamen Blick zur Decke. »Und alles andere hast du auch gecheckt?«

»Du meinst, ob die uns hier drin abhören?« Nicky lachte. »Keine Sorge, ich überprüf das regelmäßig, hier im Schloss ist alles clean.«

»Bist du sicher? Die moderne Abhörtechnik ist winzig, die Mikrofone sind kaum zu sehen. Ich würde …«

»Glaub mir, hier ist nichts. Ich rieche eine Wanze inzwischen auf hundert Meter. Du kannst dir nicht vorstellen, was wir hier schon alles gefunden haben.« Sie ging zum Küchenschrank und zog eine der Schubladen auf, die bis oben hin mit Knopfzellen, Sticks, Kabeln und Mikrokameras gefüllt war. »Hier. Such dir was aus, das Zeug ist bestimmt eine Menge wert.«

»Das hast du alles im Schloss entdeckt?«, fragte Finn ungläubig.

»Nicht schlecht, oder?« Nicky lachte. »Ben hat eine Art Wünschelrute für Abhörgeräte gebaut, damit spürt man die Dinger im Nullkommanichts auf. Ich werf den Apparat alle paar Tage an. Am Anfang hab ich immer was gefunden, aber inzwischen scheint TRADE resigniert zu haben. Ben hat mir auch geholfen, die Wanzen unschädlich zu machen.«

»Wahnsinn.« Marcella nahm ein winziges Mikrofon aus der Schublade und drehte es gedankenverloren hin und her.

»Das kannst du laut sagen«, sagte Nicky.

»Deshalb haben sie Frenzel auf deine Mutter angesetzt«, sagte Finn.

Die anderen drei musterten ihn verständnislos.

»Was?«, fragte Nicky. »Wovon sprichst du denn jetzt?«

»Denk doch mal nach! Erst hast du TRADE gezwungen, den Aufzug auszuschalten. Und dann hast du auch noch die Wanzen entfernt. Plötzlich hatte TRADE keine Chance mehr nachzuvollziehen, was im Schloss abging. Sie wissen aber inzwischen, dass der Teleporter funktioniert. Sie brauchten jemanden, der hier ein- und ausgeht und es sofort mitkriegt, wenn das Wurmloch wieder geöffnet wird.«

»Frenzel sollte sozusagen ihr V-Mann im Schloss werden.« Ve konnte nicht mehr still sitzen. Sie sprang auf und ging in der Küche auf und ab.

»Natürlich«, sagte Marcella. »Das macht absolut Sinn.«

Finn wollte noch etwas hinzufügen, als sein Handy zu klingeln begann. Er warf einen Blick auf das Display, bevor er das Gespräch annahm. »Hallo?«

Ve blieb stehen und spitzte die Ohren. Aber natürlich konnte sie nicht hören, wer am anderen Ende war. Sie sah nur, wie Finn kurz die Augen schloss und aufstöhnte. »Scheiße. Oh Mann. Das hab ich total vergessen.«

Er horchte wieder in den Hörer.

»Ich weiß. Tut mir leid. Aber ich kann jetzt nicht weg.« Kurze Pause. »Kann ich grad nicht erklären«, sagte er dann. »Ich meld mich gleich noch mal.«

Danach entschuldigte er sich erneut und legte auf.

»Termin vergessen?«, fragte Nicky.

»Eine Probe«, sagte Finn und starrte unschlüssig auf sein Handy.

»Für morgen?« Nicky lächelte ihn an. Als ob sie und er ein Geheimnis teilten.

Finn zuckte mit den Schultern. Ganz offensichtlich hatte er keine Lust, das Thema zu vertiefen.

»Geh ruhig hin«, sagte Ve. »Wir können im Moment sowieso nichts machen. Ich meine, solange Frenzel sich nicht meldet.«

Sag nein, beschwor sie ihn in Gedanken. *Spinnst du,*

ich kann dich doch jetzt nicht allein lassen. Wegen einer blöden Probe.

Aber Finn nagte nur an der Innenseite seiner Wange und runzelte die Stirn.

»Sicher?«, fragte er dann.

Ves Herz rutschte eine Etage tiefer. »Klar«, sagte sie und zwang ein aufmunterndes Lächeln in ihr Gesicht.

Er nickte und griff nach seiner Jacke, die er über die Stuhllehne gehängt hatte.

»Es dauert nicht lang«, sagte er. »Ich bin so schnell wie möglich zurück.« Auf dem Weg zur Tür wählte er eine Nummer auf seinem Handy. »Ich komm doch«, sagte er. »Bin in fünf Minuten da.«

Er winkte Ve noch einmal kurz zu, dann verhallten seine Schritte im Flur. Mit einem Knall fiel die Haustür ins Schloss. Das Geräusch fühlte sich an wie eine Ohrfeige.

»Da waren es nur noch drei«, sagte Nicky und ging zum Kühlschrank. Sie holte sich einen Joghurt heraus. »Will sonst noch jemand einen?«

»Nein, danke«, sagte Marcella.

»Du, Ve?«

»Was?«

»Joghurt?«, fragte Nicky.

Ve schüttelte den Kopf. Karla war entführt worden und Ves Mum kämpfte um ihr Leben. Aber Finn ging zu seiner verdammten Probe, als ob das irgendwie wichtig wäre. Er hatte sich nicht einmal richtig von Ve verabschiedet.

Er ist genau wie der andere Finn, dachte Ve. Wenn es darauf ankommt, kann man sich nicht auf ihn verlassen.

»Wir müssen mehr über diesen Frenzel wissen.« Nicky begann in aller Seelenruhe, ihren Joghurt zu löffeln. »Wo wohnt er, wer sind seine Freunde, wo könnte er Karla verstecken?«

»Er muss sie doch gar nicht verstecken.« Mit Mühe riss Ve ihre Gedanken von Finn los und konzentrierte sich wieder auf das drängendere Problem. »Karla würde ihm freiwillig bis ans Ende der Welt folgen. Sie könnten überall und nirgends sein.«

»Er wollte, dass ihr zurück nach Winding fahrt«, sagte Nicky. »Das deutet doch darauf hin, dass die Übergabe irgendwo hier stattfinden soll.«

»Vielleicht will er auch nur, dass wir das glauben«, meinte Ve.

Nicky ging nicht darauf ein. »Aber wie hätte Frenzel Karla davon überzeugen können, diesen Ausflugsdampfer zu verlassen und Hals über Kopf aus Starnberg abzureisen?«, murmelte sie. »Nach allem, was vorher passiert ist. Sie weiß, dass du mit ihr reden wolltest. Sie muss davon ausgehen, dass du immer noch in Starnberg auf sie wartest.«

»Vielleicht hat er sie ja doch irgendwie unter Druck gesetzt«, sagte Marcella.

Nicky kratzte ihren Joghurtbecher aus, leckte den Löffel ab und warf den Becher in den Müll. »Wisst ihr was?«, verkündete sie dann. »Ich gehe jetzt zur Polizei. Die sollen sich um die Sache kümmern.«

»Das hat doch keinen Zweck«, sagte Marcella. »Die Polizei wird davon ausgehen, dass deine Mutter für ein paar Tage mit ihrem Liebhaber untergetaucht ist. Die starten bestimmt keine Großfahndung nach ihr.«

»Aber sie werden Frenzel mit Sicherheit überprüfen. Vielleicht finden sie ja was. Schaden tut eine Anzeige bestimmt nicht.«

»Und wenn sie ins Schloss kommen?«, fragte Marcella. »Wir haben eine Gefangene im Keller, vergiss das nicht.«

»Warum sollte die Polizei unseren Keller durchsuchen?«

Marcella zuckte mit den Schultern.

Nicky stand auf. »Ich fahr da jetzt hin.«

»Und wie?«, fragte Ve. »Mit dem Fahrrad?«

»Mit meinem Roller.«

»Seit wann hast du einen Roller?«

»Seit ich ihn mir gekauft habe«, erwiderte Nicky trocken. Sie schnappte sich einen Schlüssel, der auf dem Kühlschrank lag. »Wir sehen uns später.«

»Kannst du mich mit zum Bahnhof nehmen?«, fragte Marcella.

»Wo willst du denn hin?«

»Nach München. Ich will mich da noch mal umhören. Ich schau mir Frenzels Wohnung an, spreche mit seinen Nachbarn und versuche, irgendwas über ihn rauszukriegen. Wahrscheinlich bringt es nicht viel, aber es ist besser, als hier nur untätig rumzusitzen.«

»Keine schlechte Idee«, sagte Ve. »Soll ich mitkommen?«

»Willst du auch noch mit auf den Roller?«, fragte Nicky. »Das wird dann ein bisschen eng.«

Marcella lachte. »Ich glaub, es ist besser, wenn ich allein fahre. Eine Person ist unauffälliger als zwei. Ich übernachte bei einer alten Bekannten und morgen nehme ich mir einen Mietwagen und komme wieder zurück. Dann sind wir flexibler. Falls irgendwas ist, könnt ihr mich jederzeit auf dem Handy erreichen.«

»Du hältst hier die Stellung, Ve. Und geh bloß nicht in den Keller«, sagte Nicky.

Kurz darauf schlug die Haustür noch einmal zu und Ve war allein.

Die antike Küchenuhr neben dem Kühlschrank tickte. Ve streichelte Schrödinger, der in die Küche spaziert und auf ihren Schoß gesprungen war, als ob er gespürt hätte, wie allein sie sich fühlte.

Finn war inzwischen eine Dreiviertelstunde weg. *Es dauert nicht lang*, hatte er gesagt. Was bedeutete das? Eine Stunde oder zwei oder drei?

Warum war ihm die Probe so wichtig? Und warum hatte Nicky vorhin so komisch gelächelt?

Schrödinger streckte sich behaglich und schnurrte.

Es war bescheuert, jetzt über Finn nachzudenken. Sie musste sich auf Gernot Frenzel konzentrieren. Wo steckte er? Das war die einzig wichtige Frage. Vielleicht lag Nicky ja richtig, und er und Karla hielten sich wirklich ganz in der Nähe auf. Wenn es ihnen gelingen würde, sie zu finden und Karla zu befreien, dann hätte Ve noch eine winzige Chance, auch ihre eigene Mutter zu retten.

Man müsste sein Handy orten, dachte Ve. Doch als Frenzel sie vorhin angerufen hatte, hatte er seine Nummer unterdrückt. Und bestimmt war er so clever gewesen, Karlas Handy auszuschalten. Aber vielleicht konnte man es ja trotzdem orten.

Ben, dachte Ve plötzlich. Wer sich mit der Entwicklung von Wanzenscannern und der Programmierung eines Teleporters auskannte, für den musste eine Handy-Ortung doch ein Kinderspiel sein.

Schrödinger schnurrte nicht mehr, sein Bauch hob und senkte sich in gleichmäßigem Wechsel. Er war eingeschlafen. Ve hob ihn behutsam hoch und verfrachtete ihn auf die Küchenbank. Als sie ihn ablegte, öffnete er die Augen und sah sie vorwurfsvoll an. »Sorry, Schrödinger, aber ich muss los«, flüsterte Ve.

Der Kater gähnte und schloss die Augen.

Diesmal dachte Ve daran, ihre Schuhe auszuziehen, bevor sie den Hausflur der Seilers betrat. Wenn es eine Weltmeisterschaft der Hausfrauen gäbe, dann hätte Bennys Mutter die Goldmedaille verdient. Ihr Haus blinkte und blitzte vor Sauberkeit, wahrscheinlich bearbeitete sie die Fugen zwischen den Fliesen regelmäßig mit einer Zahnbürste.

»Ben ist oben.« Frau Seiler starrte misstrauisch auf Ves Socken.

»Alles klar.« Sie huschte auf Zehenspitzen zur Treppe, bevor Frau Seiler auf die Idee kam, ihre Füße zu desinfizieren.

Bens Augen leuchteten auf, als sie sein Zimmer betrat. »Hi, Nicky!«

Dieses glückliche Lächeln. Alles deutete darauf hin, dass er immer noch bis über beide Ohren in ihre Doppelgängerin verliebt war. Ob Nicky sein Flehen inzwischen erhört hatte? Zu Ves Erleichterung begrüßte Ben sie nicht mit einem Kuss, sondern umarmte sie nur kurz. »Geht's dir wieder besser? Ich hab dich in Mathe vermisst.«

Richtig. Nicky hatte sich ja krankgemeldet. »Ich bin fast schon wieder fit. Aber ich brauch deine Hilfe.«

»Was gibt's?«

»Kannst du das Handy meiner Mutter orten?«

»Wozu das denn? Hat sie es verloren?«

»Vielleicht ist es auch geklaut worden. Sie war in München und als sie zurückkam, war das Handy weg.«

»Ich dachte, sie ist in Starnberg?«

»Sie hat einen Ausflug nach München gemacht. Jetzt ist sie wieder in Starnberg.«

»Wenn der Dieb nicht ganz bescheuert ist, hat er es ausgeschaltet.« Ben runzelte die Stirn.

»Ist das ein Problem?«

»Hast du die Nummer?«

»Natürlich.«

Ben nahm vor seinem Computer Platz, öffnete ein Programm und tippte die Zahlen ein, die Ve ihm diktierte.

»Wir müssen zuerst mal die IMEI-Nummer rauskriegen. Das ist nicht ganz einfach, wenn man das Handy nicht zur Hand hat. Was für ein Smartphone hat deine Mutter denn?«

»Äh – keine Ahnung.«

»Du weißt nicht, mit welchem Handy deine Mutter telefoniert?« Er sah sie ungläubig an.

»Ich hab da nie drauf geachtet. Ist das wichtig?«

»Es wäre hilfreich.«

»Und jetzt?«

»Vielleicht reicht die Nummer ja aus.« Ben rief ein neues Fenster auf und begann in großer Geschwindigkeit zu tippen, eine Mischung aus Zahlen, Buchstaben und Zeichen, die für Ve überhaupt keinen Sinn ergaben. Sie hätte ihn gerne gefragt, was er vorhatte, aber vermutlich hätte sie die Antwort ohnehin nicht verstanden. Irgendwann schnalzte er mit der Zunge und lächelte triumphierend.

»927843011072825«, sagte er.

»Ist das diese IMEI-Nummer?«

»Genau.«

Und wozu brauchte er die Nummer nun? Nicky hätte die Antwort vermutlich gekannt, also sparte Ve sich auch diese Frage. Ben hatte inzwischen wieder eine neue Seite geöffnet.

»Und? Klappt es?«, fragte Ve.

»Ich versuche, den Stack-Vlog zu definieren«, sagte Ben. »Aber dazu brauche ich den Tag-Code. Und das ist gar nicht so einfach.«

»Kann ich mir vorstellen«, murmelte Ve.

Bens Finger flogen über die Tastatur.

»Mist«, sagte er dann.

»Was – Mist?«

Keine Antwort. Bens Nase berührte fast den Bildschirm. Die Tastatur klickte. Ve hielt den Atem an. Auf dem Screen öffnete sich ein neues Fenster. Eine Weltkarte. Hatte er es geschafft?

Ben gab ein paar Zeichen in die Suchleiste am unteren Bildschirmrand ein und drückte die Return-Taste.

»Jetzt müsste es eigentlich kommen«, murmelte er.

»Siehst du was?«, fragte Ve und starrte auf die Karte.

Ben schüttelte den Kopf, ohne den Blick vom Bildschirm zu wenden.

»Irgendwie funktioniert das nicht. Vielleicht stimmt die IMEI-Nummer doch nicht.« Nun drehte er sich zu Ve um und sah sie an.

»Keine Ahnung.« Sie zuckte hilflos mit den Schultern.

Er klickte die Karte wieder weg und tippte noch ein paar Befehle in seinen Computer, aber nach zehn Minuten gab er achselzuckend auf. »Nee. Vielleicht ist das Handy in einem Funkloch.« Er zog die Stirn kraus. »Wir können nur hoffen, dass er es noch mal anschaltet, um zu telefonieren.«

»Das ist ziemlich unwahrscheinlich.«

»Stimmt. Aber vermutlich hätte das Ganze eh nichts gebracht.«

»Wieso? Wenn ich weiß, wo das Handy ist, haben wir den Dieb doch.«

»Das ist nicht so einfach. Nehmen wir mal an, der Typ hält sich in München auf. Mit etwas Glück können wir herausfinden, in welchem Haus er sich gerade befindet. Aber was willst du dann machen?«

»Gar nichts. Ich geh zur Polizei und die kümmern sich um den Rest.«

»Okay. Dann gehen die da rein und fragen alle Bewohner, ob sie ein geklautes Handy haben. Aber wenn keiner so blöd ist, das Ding freiwillig rauszurücken, können sie wieder abziehen. Die dürfen doch nicht auf einen vagen Verdacht hin mehrere Wohnungen durchsuchen.«

»Stimmt.« Ve kaute an ihrer Unterlippe.

»Wart ihr denn schon bei der Polizei?«, erkundigte sich Ben.

Nicky ist gerade da, hätte Ve fast geantwortet. Im letzten Moment konnte sie sich noch bremsen.

»Ja, aber die haben uns keine Hoffnungen gemacht. Mama ist sich ja nicht mal sicher, ob das Handy geklaut worden ist.«

»Vielleicht ist es wirklich besser, wenn sie das Ganze schnell vergisst und ein neues Handy kauft.«

»Sicher. Aber wenn du was findest ...«

»Meld ich mich. Ist doch klar.«

Sie stand auf und warf ihm eine Kusshand zu. »Ich muss los.«

»Wir sehen uns ja morgen«, sagte Ben.

»Ach so. Ich weiß noch nicht genau, ob ich wieder in die Schule komme. Ich fühl mich immer noch ein bisschen ...« Sie hustete. Sehr überzeugend.

»Aber das Konzert willst du doch wohl nicht ausfallen lassen?«

»Das Konzert?«

»Du hast doch nicht vergessen, die Karten zu kaufen?« Ben wirkte plötzlich sehr besorgt. »Die Veranstaltung ist ausverkauft, wenn du keine Tickets reserviert hast, kriegen wir auch keine mehr.«

»Keine Sorge. Ich hab natürlich daran gedacht.«

»Dann ist es ja gut. Wie viel kriegst du für die Karte?«

Keine Ahnung. Aber das war mit Sicherheit die falsche

Antwort. »Ich lad dich ein«, erklärte Ve. »Als kleinen Dank für deine Detektivarbeit.«

»Hat doch nichts gebracht.«

»Der Wille zählt.«

»Danke. Kannst jederzeit wiederkommen.« Er warf ihr einen verliebten Blick zu.

Ich weiß, dachte Ve.

Auf dem Rückweg zum Schloss kam sie an sieben oder acht Fair-World-Graffitis vorbei, die auf Häuserwänden und Garagentoren prangten. Für die Hausbesitzer in der Neubausiedlung waren die Sprühereien bestimmt ein Albtraum. Auf diese Weise machten sich die Worlder keine neuen Freunde.

Sie werden immer radikaler, hatte Finn gesagt. Und dass er sich von den Worldern zurückgezogen hatte, weil ihm deren Ansichten und Methoden zu extrem geworden waren.

Vielleicht hat Alina darauf bestanden, dass Finn bei Fair World aussteigt, dachte Ve. Der sanften Prinzessin waren die Öko-Aktivisten mit ihrer radikalen Einstellung bestimmt zutiefst suspekt.

Genau wie mir, dachte Ve. Im letzten Sommer hatte sie mit Finns Freund Sebastian, der die Fair-World-Gruppe in Winding leitete, keine guten Erfahrungen gemacht. Dabei war es ausgerechnet Sebastian zu verdanken, dass sie und Finn zusammengekommen waren.

Aber das war Vergangenheit, genau wie auch ihre Liebe bald schon wieder Vergangenheit wäre. Die Zukunft hieß Alina. Das wusste Ve genauso gut wie Finn.

Und ihre eigene Zukunft, wie sah die aus? In ein paar Tagen würde sie den anderen Finn wiedersehen, der fertig und genervt aus den Staaten zurückkommen würde.

Die behandeln mich wie einen Hampelmann, hörte sie ihn jammern. *Ich verliere meine Seele in diesem Scheißbusiness.*

Und sie? Was würde sie darauf antworten.

»Es ist aus«, murmelte Ve.

Das war die einzig richtige Antwort. Es war aus, ihre Beziehung war vorüber. Ganz egal, ob der Finn in diesem Universum seiner Alina die ewige Treue schwor oder nicht, Ve würde sich von seinem Doppelgänger trennen, sobald sie wieder zurück wäre.

Es erschreckte Ve ein bisschen, wie leicht ihr dieser Entschluss fiel.

Er war immer nur ein Ersatz gewesen.

Sie hatte keine Ahnung, wie er reagieren würde. Es spielte auch keine Rolle. Sie hatten keine Zukunft miteinander.

Ve hatte ihm von Anfang an etwas vorgemacht. Und sich selbst auch.

Nicky war schon wieder zurück und öffnete Ve die Tür. »Wo warst du denn?«, fragte sie. »Ich hab mir schon Sorgen gemacht. Kannst du mir nicht wenigstens einen Zettel hinlegen, wenn du aus dem Haus gehst?«

»Sorry, hab ich vergessen. Ich war bei Ben.«

»Bitte? Wieso …?«

»Ich dachte, er könnte vielleicht Karlas Handy für uns orten. Aber es hat nicht geklappt.«

»Ich find das echt nicht okay«, sagte Nicky.

»Was?«

»Dass du einfach so mein Leben … übernimmst. Ich meine, Ben ist mein Freund. Und er weiß nicht, dass es uns doppelt gibt.« Nicky hatte sich schon wieder abgewendet, jetzt blieb sie abrupt stehen. »Oder hast du ihm alles erzählt?«

»Natürlich nicht!«, sagte Ve. »Ich hab mich für dich ausgegeben.«

»Siehst du? Ich finde, du kannst mich fragen, bevor du so was machst. Stell dir mal vor, ich hätte ihn in dem Moment angerufen oder wäre auch vorbeigekommen. Wie hätten wir ihm das erklärt?«

»Tut mir leid, du hast ja recht.« Ve zögerte. »Aber uns läuft die Zeit davon. Deine Mutter ist in Gefahr und meine …« Sie unterbrach sich, weil sie eine Frauenstimme hörte, die durch die Kellertür in den Flur drang.

»Nicky? Hörst du mich, Nicky?«

Alice.

»Ich muss mit dir reden. Bitte, hör mir zu.«

Nicky runzelte die Stirn. »So geht das schon die ganze Zeit. Ich frage mich ...«

»Nein«, sagte Ve. »Wir dürfen ihr nicht vertrauen. Vermutlich ist sie bewaffnet und wartet nur darauf, dass wir so blöd sind, die Tür zu öffnen.«

»Quatsch. Wenn sie eine Pistole hätte, hätte sie das Schloss aufgeschossen.«

»Trotzdem. Wir dürfen sie nicht freilassen.«

»Und wenn wir uns täuschen?«, fragte Nicky leise. »Wenn die Marcella, die ihr aus Starnberg mitgebracht habt, in Wirklichkeit Alice ist? Und die gute Version sitzt im Keller fest?«

»Alice hätte uns nicht geholfen«, sagte Ve. »Sie hat Frenzel ausgeliefert. Das ist der Beweis, dass sie nicht mit TRADE unter einer Decke steckt.«

»Stimmt auch wieder.« Nicky drehte sich um und lief die Treppe hoch zu ihrem Zimmer.

Ve folgte ihr. »Wie war's bei der Polizei?«

»Genau wie erwartet. Sie nehmen die Sache nicht ernst. Karla ist eine erwachsene Frau, wenn sie mit ihrem Liebhaber allein sein will, ist das ihr gutes Recht, blablabla. Sie haben mir angeboten, dass jemand vom Jugendamt ins Schloss kommt und nach mir sieht.« Nicky lachte spöttisch.

»Hast du ihnen denn nicht erzählt, dass Frenzel einen falschen Namen verwendet und seinen Lebenslauf gefälscht hat?«

»Natürlich. Aber das Zimmer im Splendid wurde unter dem Namen Gunter Geldinger angemietet. Wir können nicht beweisen, dass das in Wahrheit Gernot Frenzel war.«

»Das hat die Polizei überprüft?«

»Das hab ich gerade eben selbst überprüft.«

»Hä? Wie hast du das denn gemacht?«

»Ich hab mich in das System des Hotels eingehackt. War nicht allzu schwierig, die Firewall, die die benutzen, ist ein Witz.«

»Trotzdem. Wow!«

»Ben ist nicht der Einzige, der mit einem Computer umgehen kann.« Nicky runzelte die Stirn. »Na ja, das mit der Handy-Ortung hätte ich nicht geschafft.«

»Er ja auch nicht«, sagte Ve. »Ihr seid beide Genies. Jedenfalls verglichen mit mir.«

Sie wartete auf einen herablassenden Kommentar von Nicky, aber ihre Doppelgängerin lächelte nur schwach.

»Frenzel hat bei der Anmeldung also einen falschen Ausweis benutzt«, murmelte Ve. »Das beweist doch, dass die Sache von langer Hand geplant war.«

»Ich frag mich, warum er sich noch nicht gemeldet hat«, sagte Nicky.

»Vielleicht ahnt er, dass ich das Buch nicht mitgebracht habe, und hofft, dass ich es in der Zwischenzeit schon mal besorge.«

»Denkst du darüber nach?«

»Worüber?« Ve riss entgeistert die Augen auf. »Dass ich das Buch hole und ihm überlasse? Bist du verrückt? Das wäre das Ende!«

Jetzt kam Schrödinger ins Zimmer spaziert. Einen Moment lang blickte er ratlos von Ve zu Nicky und wieder zu Ve, dann entschied er sich für Nicky und sprang mit einem Satz auf ihren Arm. Sie ließ sich auf dem Schreibtischstuhl nieder und begann, den Kater zu kraulen.

»Wie machen wir jetzt weiter?«, fragte sie. »Wir müssen doch irgendwas tun.«

Bevor Ve antworten konnte, piepste ihr Handy. Eine SMS.

»Vielleicht ist er das«, murmelte sie.

Aber die Nachricht war von Finn.

Bin jetzt zu Hause und zieh mich schnell um. Soll ich danach hoch ins schloss kommen oder kommst du in die stadt?

»Und?«, fragte Nicky.

»Von Finn.«

»Ist er fertig mit der Probe?«

Als Ve den Kopf hob, sah sie wieder dieses seltsame Lächeln in Nickys Gesicht. Ein bisschen verächtlich, ein bisschen mitleidig.

Die Unsicherheit und die Zweifel, die sie die ganze Zeit gespürt hatte, ballten sich zusammen und wurden zu Wut.

»Was soll das eigentlich, kannst du mir das mal erklären?«, zischte sie wütend.

Nicky zog die Brauen hoch. »Was denn?«, fragte sie unschuldig.

»Dieses blöde Grinsen. Vorhin schon und jetzt wieder. Was ist mit Finn? Stimmt irgendwas nicht?«

Nicky zuckte mit den Schultern. »Ich weiß ja nicht, was er dir erzählt hat.«

»Bitte?« Ves Stimme zitterte jetzt vor Wut.

»Alina und er …«

»… sind ein Paar«, sagte Ve scharf. »Das weiß ich bereits.«

»Sie haben morgen ihr erstes gemeinsames Konzert. Alina singt, Finn begleitet sie. Hat er dir das nicht gesagt?«

»Alina singt?« Ve dachte wieder an die Unterhaltung zwischen Alina und Leonie, die sie nach ihrer Ankunft am Sonntag belauscht hatte.

Bist du schon sehr aufgeregt?, hatte Leonie Alina gefragt. *Ich würde sterben vor Lampenfieber.*

»So haben sie sich kennengelernt«, sagte Nicky. »Sie waren bei einem Casting in München und wurden beide nicht genommen. Ich schätze mal, so was verbindet.«

»Bei was für einem Casting?«, fragte Ve. »*Germany's New Popstar?*«

»Was soll das denn sein?« Nicky kraulte Schrödinger hinter den Ohren. Die bernsteinfarbenen Augen des Katers wurden zu schmalen Schlitzen und er streckte sich genießerisch. »Nein, es war für *Sing a Song*.«

Schrödinger schnurrte.

»Alina hat eine gigantische Stimme«, sagte Nicky, die das Ganze wirklich zu genießen schien. »Du solltest sie mal hören.«

»Und du wirst sie hören.« Jetzt erinnerte sich Ve wieder an die Tickets, von denen Ben gesprochen hatte. »Du gehst zusammen mit Ben zum Konzert.«

»Alle gehen dahin«, sagte Nicky. »Finn und Alina sind die Sensation hier in der Gegend. Ich glaub, die kommen noch ganz groß raus.« Dieses leise Lächeln in Nickys Gesicht, während sie den schnurrenden Kater streichelte. Es war so gemein.

»Dir macht es so richtig Spaß, mich zu quälen«, sagte Ve leise.

Das Lächeln verschwand aus Nickys Gesicht, als hätte es jemand ausgeknipst. Sie setzte Schrödinger zu Boden, der sofort auf Ve zusteuerte. Als die keine Anstalten machte, ihn auf den Schoß zu nehmen, begann er enttäuscht, sich zu putzen.

»Ich find das total unmöglich, was du machst«, sagte Nicky. »Am Sonntag hast du mir erzählt, dass dir Finn total egal ist. Und dass du in deiner Welt einen neuen Freund hast. Und dann nutzt du die erstbeste Möglichkeit und wirfst dich Finn an den Hals.«

»Ich hab mich ihm nicht an den Hals geworfen.«

»Du warst Sonntagabend in der Roten Zora«, sagte Nicky. »Meinst du, ich hab das nicht mitbekommen?«

»Ich wollte ihn nur sehen. Ehrlich, ich schwör's. Aber dann …«

»Hat er dich ganz zufällig eben doch entdeckt. Und alles war genau wie früher.« Nickys Stimme triefte vor falschem Mitgefühl. »Du Arme. Damit konnte wirklich keiner rechnen.«

»Ich hab dich angelogen. Und mich selbst auch. Natürlich liebe ich ihn noch. Ich hab ihn nie vergessen.«

»Aber er hatte dich vergessen.« Nickys Augen glitzerten auf einmal vor Zorn. »Als du im letzten Sommer verschwunden bist, ging es Finn echt dreckig. Er hing nur noch rum, hat viel zu viel getrunken und seine Gitarre nicht mehr angerührt. Ich hab mir echt Sorgen um ihn gemacht. Wir sind nämlich so was wie Freunde geworden, falls dich das interessiert.«

»Mir ging es auch dreckig«, flüsterte Ve.

»Vor ein paar Wochen ist Alina hierhergezogen.« Nicky redete einfach weiter, als hätte Ve nichts gesagt. »Sie ist in meiner Stufe und total nett. Sie hat mir erzählt, dass sie singt und an dieser Audition in München teilnehmen will. Das hat mich auf die Idee gebracht, Finn ebenfalls dahin zu schicken. Damit er wieder Musik macht. Und weil ich mir schon gedacht habe, dass er und Alina sich mögen würden. Und so war es dann auch.«

»Du hast die beiden miteinander verkuppelt?«, fragte

Ve ungläubig. »Aber du bist doch selbst total ... Ich meine, du kannst mir doch nicht erzählen, dass dir Finn überhaupt nichts mehr bedeutet.«

Nicky, die Ve gerade noch wütend angesehen hatte, senkte den Blick. Dennoch entging Ve nicht, dass sie knallrot wurde. Volltreffer!

»Ich hab sie nicht verkuppelt«, murmelte Nicky.

»Ist doch egal, wie du es nennst. Du hast sie zusammengebracht. Obwohl du selbst in Finn verliebt bist. Wieso machst du so was?«

Jetzt hob Nicky den Kopf und sah Ve an. Ihr Gesicht war immer noch rot und in ihren Augen standen Tränen. »Er liebt mich nicht. Und er wird mich niemals lieben. Es ist genau wie bei mir und Ben. Ben ist verrückt nach mir, aber für mich kommt er nicht infrage. Heute nicht und morgen nicht und nie. Dass wissen wir beide.«

»Ich versteh trotzdem nicht, warum du wolltest, dass Finn und Alina zusammenkommen.«

»Natürlich verstehst du das nicht!«, zischte Nicky. »Weil es dir gar nicht um Finn geht, sondern nur um dich selbst. Ich wollte, dass Finn glücklich ist. Und dass er wieder Musik macht. Und es hat funktioniert. Er hatte endlich angefangen, dich zu vergessen. Und dann tauchst du wieder auf und machst alles kaputt.«

Ve schluckte. Nicky hatte ganz leise gesprochen, aber ihre Worte dröhnten laut in Ves Ohren. *Weil es dir gar nicht um Finn geht, sondern nur um dich selbst.*

»Ich wusste das nicht«, flüsterte sie. »Ich hatte keine Ahnung, dass es ihm so schlecht ging.«

»Aber du wusstest, dass er jetzt mit Alina zusammen ist.«

»Deshalb wollte ich ja auch nicht, dass er mich sieht.«

»Wenn du nicht in die Rote Zora gegangen wärst, hätte er dich ja auch nicht gesehen«, sagte Nicky verächtlich. »Was ist mit deinem Freund in der anderen Welt? Bedeutet er dir gar nichts?«

Ve sah an ihr vorbei aus dem Fenster. Draußen wurde es inzwischen dunkel. »Das ist vorbei«, sagte sie leise.

Nicky stand wortlos auf und verließ das Zimmer.

Als die Tür zufiel, piepste Ves Handy.

Bin geduscht. Was geht?, schrieb Finn.

Ve starrte auf das Handydisplay, bis die Buchstaben vor ihrem Blick verschwammen, weil ihr Tränen in die Augen stiegen. Es muss aufhören, dachte sie. Nicky hat recht. Wir machen uns nur gegenseitig unglücklich.

Schrödinger sprang aufs Bett und legte sich quer über ihre Beine. Seufzend steckte sie das Handy weg.

Nach ein paar Minuten kam Nicky wieder zurück. Sie trug ein Tablett mit zwei dampfenden Teetassen und einem Teller mit belegten Broten.

»Sorry«, sagte sie, ohne Ve anzusehen, während sie das Tablett auf den Schreibtisch stellte. »Das war unmöglich von mir.«

»Schon okay. Stimmt ja alles.«

Nicky reichte ihr den Teller und Ve nahm sich ein Brot. Eigentlich nur, um Nicky zu zeigen, dass sie nicht mehr sauer war. Aber nach dem ersten Biss merkte sie plötzlich, dass sie tatsächlich ziemlich großen Hunger hatte.

»Zurück zu Frenzel«, sagte Nicky und nahm sich ebenfalls ein Sandwich. »Wir brauchen eine Strategie.«

»Was schlägst du vor?«

»Angriff ist die beste Verteidigung.«

»Das sagt Dad auch immer.« Ve musste unwillkürlich grinsen.

»Vielleicht sollten wir TRADE ja direkt angehen«, überlegte Nicky. »Wir kontaktieren Uwe.«

»Uwe Fischer? Was willst du ihn denn fragen?«

Nicky runzelte die Stirn. »Wir sagen ihm, dass wir die Unterlagen nicht haben. Und fragen ihn, was wir machen sollen.«

»Ich weiß nicht ...«

»Damit signalisieren wir ihm, dass wir wissen, wer Frenzel ist. Und wer ihn beauftragt hat.«

»Und dass wir keine Angst haben.« Ve nickte langsam. »Hast du seine Telefonnummer?«

»Nur die von der Arbeit«, sagte Nicky. »Er ist um die Uhrzeit natürlich nicht mehr im Büro. Aber ich weiß, wo er wohnt.«

»Das bringt uns nicht weiter. Oder willst du ihn zu Hause besuchen?«

»Warum nicht? Damit rechnet er am allerwenigsten.«

»Das ist doch viel zu gefährlich.«

Nicky schüttelte den Kopf. »Ich kenn ihn gut. Der wird mir nichts tun. Uwe macht sich nicht selbst die Finger schmutzig, er lässt andere für sich arbeiten.«

»Aber er wohnt in München, oder?«, fragte Ve. »Wie sollen wir dahin kommen?«

»Mit dem Auto. Ich hab einen Führerschein. Eigentlich darf ich nur zusammen mit Mama fahren, aber es ist ja ein Notfall.«

Ve blickte auf die Uhr. »Es ist fast halb neun.«

»Wenn wir jetzt losfahren, sind wir um zehn Uhr da. Wir gehen natürlich nicht beide rein, du bleibst im Wagen. Und hörst mit.« Nicky grinste. »Abhörtechnisch sind wir super ausgestattet.«

»Wir schlagen TRADE mit den eigenen Waffen«, sagte Ve finster und stand auf. »Worauf warten wir noch? Nichts wie los.«

9

Als sie im Auto saßen, klingelte Ves Handy.

»Das ist wieder Finn.«

»Du musst rangehen«, sagte Nicky. »Sonst lässt er nicht locker.«

Ve drückte den Anruf weg und schrieb eine SMS: **Alles okay. Melde mich später bei dir, mach dir keine Sorgen.**

Wo bist du?, schrieb Finn zurück.

Melde mich später, schrieb Ve erneut.

Danach gab er auf.

Nicky fuhr sicher und ruhig. Es war kurz vor zehn, als sie ihr Ziel erreichten. Fischer wohnte in einer der teuersten Gegenden von München, als Mitglied des TRADE-Vorstands verdiente er ja auch ein Vermögen. Hier gab es keine Fair-World-Graffitis und die Straßen waren so sauber, als wäre Frau Seiler gerade mit ihrem Staubsauger vorbeigekommen. Uralte Linden wuchsen über den Bürgersteig, und die eleganten Gründerzeitvillen mit ihren wunderschönen Stuckfassaden wirkten wie neu.

Sie suchten vergeblich nach einem Parkplatz. Schließlich fuhr Nicky rückwärts in eine Einfahrt, die genau gegenüber von Fischers Villa lag. »Du bleibst ja sowieso im Wagen«, sagte sie. »Wenn jemand kommt, fährst du einfach kurz weg.«

»Ich kann nicht fahren«, sagte Ve. »Warum machen wir es nicht einfach so, dass ich reingehe und du hier wartest?«

»Weil ich Uwe kenne, aber du hast ihn noch nie gesehen.«

»Einmal schon.« Ve schauderte, als sie an den Einbruch im Schloss dachte. Das Ganze war erst ein paar Tage her, aber ihr kam es vor wie eine halbe Ewigkeit. »Du kennst ihn auch nicht richtig. Und ich weiß alles, was ich wissen muss.«

Sie diskutierten noch eine Weile, bis Nicky endlich nachgab. »Meinetwegen. Aber nur wenn du mir versprichst, dass du sofort abhaust, wenn die Situation irgendwie brenzlig wird.«

Die Situation ist jetzt schon brenzlig, dachte Ve. »Klar«, sagte sie dennoch.

Sie befestigte das winzige Mikrofon, das Nicky ihr reichte, an ihrem BH. Nicky schob sich Ohrstöpsel in die Ohren.

»Es kann losgehen«, sagte Ve.

Ihre Knie zitterten, als sie die Straße überquerte und auf Fischers Haus zuging. Sie hatte das Gefühl, dass er hinter einem der Fenster stand und sie beobachtete, ohne dass sie ihn sehen konnte. »Quatsch«, murmelte sie leise. Erst dann fiel ihr ein, dass Nicky sie ja hören konnte.

Sie suchte die Klingelschilder aus poliertem Messing nach Fischers Namen ab und fand ihn auf dem zweituntersten Schild. »Dr. Fischer« stand da.

»Hoffentlich ist er zu Hause«, flüsterte Ve und warf einen schnellen Blick über die Straße, zu dem Wagen, der vom Schein einer Laterne beleuchtet wurde. Nicky lächelte ihr zu und hob die Daumen.

Alles klar. Es konnte losgehen.

Das Haus war gesichert wie der Tresorraum einer Bank. Auf Ves Klingeln hatte sich durch die Gegensprechanlage eine Männerstimme gemeldet. Nachdem sie Nickys Namen gesagt hatte, hatte der Mann kommentarlos die Tür aufgedrückt. Nun stand sie in einem mit Marmor gefliesten Vorraum, in dem drei Kameras angebracht waren, die sie von allen Seiten filmten. Der Zugang zum Treppenhaus war durch ein schweres Stahlgitter versperrt.

Ve wartete einen Moment lang schweigend, dann glitt das Stahlgitter auf einer unsichtbaren Schiene lautlos zur Seite. Nachdem sie hindurchgetreten war, schloss es sich ebenso lautlos wieder.

Nicky hatte sie vorgewarnt. Sie hatte Fischer einmal vor Jahren zusammen mit ihrem Vater besucht und wusste, dass Fischer das erste und zweite Stockwerk bewohnte. »Die Wohnung ist der Hammer«, hatte sie auf der Fahrt nach München erzählt.

Der breite Treppenaufgang war mit einem roten Teppich belegt. Das Geländer glitzerte golden, der Handlauf war auf Hochglanz poliert. Als Ve den ersten Stock erreichte, schaffte sie es gerade noch, einen überraschten Aufschrei zu unterdrücken. Fischer erwartete sie in der offenen Wohnungstür. Er war dem Einbrecher, den Ve im Schlosshof gesehen hatte, wie aus dem Gesicht geschnitten. Ein sportlicher, durchtrainierter Typ mit einem attraktiven, erstaunlich sympathischen Gesicht.

»Na, da bin ich aber platt«, erklärte er, während er ihr die Hand entgegenstreckte. »Nicky! Was verschafft mir die Ehre?«

»Kann ich erst mal reinkommen?«

»Aber natürlich.« Er trat ein Stück zur Seite und ließ sie in die Wohnung.

Sie hatte sich fest vorgenommen, sich nicht beeindrucken zu lassen, aber nun schnappte sie doch nach Luft. Der Flur war fast so groß wie ihre ganze Wohnung in L. A., die ja nun ebenfalls nicht klein war. Der Boden war mit einem wunderschönen Mosaik belegt. In der Mitte befand sich eine aus winzigen bunten Steinen geformte Meerjungfrau, die von Fischen, Seeschlangen und Drachen umgeben war. An den Wänden hingen Barockgemälde in schweren Goldrahmen. Die Bildmotive passten zum prachtvollen Boden: Man sah ein Schiff im Sturm, den Meeresgott Poseidon und Nymphen, die am Meeresufer spielten.

Überwältigt von der imposanten Empfangshalle war Ve wie angewurzelt stehengeblieben. Fischer lachte amüsiert, dann durchquerte er den Raum mit großen Schritten und öffnete eine breite Flügeltür am Ende des Flurs.

»Kommst du?«

Erst als sie seinen Blick auffing, wurde ihr bewusst, dass ihr Mund offen stand.

»Klar.« Sie folgte ihm in ein Wohnzimmer, das noch beeindruckender war als der Eingangsbereich. Der Raum war bestimmt vier Meter hoch, Decke und Wände waren mit prachtvollem Stuck verziert. Auf der linken Seite führte eine moderne Stahlkonstruktion mit frei schwingenden Treppenstufen ins nächste Stockwerk. Rechts stand ein riesiges Terrarium, in dem tropische Blattpflanzen wucherten. Um einen kahlen Ast wand sich eine große, grünlich schimmernde Schlange, den starren Blick auf Ve gerichtet, als habe sie sie erwartet.

An der gegenüberliegenden Wand befand sich ein Kamin mit den Ausmaßen eines Fußballtores. Obwohl es ein milder Frühlingsabend war, flackerte ein Feuer darin.

Mit diesem Saal, so kam es Ve vor, wollte Fischer seine Besucher verunsichern und einschüchtern. Aber bei ihr erreichte er damit genau das Gegenteil. In dem riesigen Wohnzimmer erschien der schlanke Mann nämlich selbst klein und irgendwie bedeutungslos. Nur ein Mensch, genau wie Ve.

Sie atmete tief ein und straffte ihre Schultern.

»Das ist wirklich eine Überraschung«, erklärte Fischer, der sie nicht aus den Augen gelassen hatte. »Dass du mich besuchst. Wir haben uns ja ewig nicht gesehen.«

Ve lächelte ihn an und schwieg. Das machte ihn offensichtlich nervös. Sein Adamsapfel wanderte von oben nach unten und er schluckte. »Kann ich dir was anbieten?«

Ve fragte sich, ob Nicky unten im Auto seine Stimme hören konnte. »Danke. Ich möchte nichts.«

»Was kann ich für dich tun?«

Er nahm in einem der teuren Designersessel vor dem Kamin Platz. Offensichtlich hatte er vorhin schon hier gesessen, erkannte Ve, auf dem antiken Tisch stand ein Rotweinglas.

»Bitte, setz dich.« Er wies einladend auf den Sessel neben sich.

Ve zögerte einen Moment lang, dann beschloss sie, stehen zu bleiben.

»Ich will dich gar nicht lange stören«, sagte sie. »Du weißt ja, warum ich hier bin.«

Anstelle einer Antwort zog er fragend die Augenbrauen hoch.

»Wo ist meine Mutter?«, fragte Ve.

Das Lächeln verschwand. »Was?«

»Du kannst dir das Theater sparen«, sagte Ve. »Gunter Geldinger arbeitet für euch. Das war nun wirklich nicht so schwer rauszukriegen.«

»Gunter Geldinger?« Er griff nach seinem Weinglas, nahm einen Schluck und ließ ihn eine ganze Weile lang auf der Zunge hin- und hergleiten, bevor er ihn endlich hinunterschluckte. »Ich verstehe kein Wort, Nicky.«

Er hielt sie für Nicky und fragte nicht einmal nach Ve. Dabei musste er doch inzwischen von Frenzel erfahren haben, dass das Wurmloch wieder offen war.

»Gernot Frenzel. Der Name sagt dir doch was, oder?«, fragte Ve.

Er schwieg ein paar Sekunden und betrachtete sie nachdenklich. »Worum geht es?«

»Frenzel wurde von euch auf meine Mutter angesetzt. Und nachdem sein Spiel aufgeflogen ist, hat er sie entführt.«

Fischer stellte das Weinglas weg. Wieder schwieg er eine ganze Weile, bevor er antwortete. »Karla wurde entführt?«

»Nun tu doch nicht so, als ob dir das neu wäre!«

»Bist du dir ganz sicher, dass Frenzel dahintersteckt?«

»Natürlich bin ich mir sicher. Er hat mich doch hinterher angerufen. Er will die Unterlagen.«

»Welche Unterlagen?«

Bluffte Fischer oder wusste er wirklich von nichts? Wenn er seine Überraschung nur spielte, dann machte er es jedenfalls hervorragend.

»Die Aufzeichnungen von meinem Vater. Hinter denen TRADE seit letztem Sommer her ist.«

»Hast du sie ihm gegeben?« Fischer war jetzt nicht mehr entspannt, er saß auf seinem Sessel wie ein Raubtier, bereit zum Sprung, zum Angriff.

»Natürlich nicht!« Ves Stimme hallte von den hohen Wänden wider. »Was hätte ich ihm denn geben sollen? Ich weiß doch gar nicht, was ihr sucht!«

»Wo ist dein Vater?«, fragte Fischer.

»Das weiß ich auch nicht.«

Er nickte, als wäre die Sache damit geklärt. Dann schloss er die Augen.

»Also gut«, sagte er nach einer Weile. »Frenzel ist unser Mann, das stimmt. Aber mit dieser Entführung haben wir nichts zu tun.«

»Was ist mit Marcella Sartorius? Arbeitet sie mit euch zusammen?«

Jetzt sah er sie wieder an. Im Schein der Flammen leuchteten seine Augen gelblich. Ve trug keine Jacke und sie spürte, wie sich die Härchen auf ihren nackten Armen aufrichteten. Sie durfte Fischer nicht unterschätzen, dieser Mann war gefährlich.

Als er plötzlich aufstand und auf sie zukam, musste sie

sich dazu zwingen, stehen zu bleiben. Der Impuls zu fliehen war fast übermächtig.

Fischer ging an ihr vorbei zum Fenster und spähte hinunter auf die Straße.

»Wie bist du hergekommen?«, murmelte er.

»Ist doch jetzt egal«, sagte Ve.

»Das ist Karlas Wagen da drüben«, sagte Fischer. »Du hast doch sicher noch keinen Führerschein. Wer hat dich hergebracht?«

»Das spielt keine Rolle«, sagte Ve und wunderte sich über sich selbst, wie fest und sicher ihre Stimme klang. »Du musst Frenzel sagen, dass ich die Unterlagen nicht habe. Er muss Mama wieder freilassen.«

Fischer antwortete nicht. Er starrte immer noch hinunter auf die Straße. Der Wagen stand genau unter einer Laterne. Konnte er Nicky hinter dem Steuer sitzen sehen? Dann würde er jetzt eins und eins zusammenzählen und wüsste Bescheid.

Sie hatte Nicky versprochen, dass sie sofort abhauen würde, wenn die Situation brenzlig würde.

»Ich gehe jetzt«, erklärte Ve. »Soll ich dir noch meine Handynummer geben?«

Nun wandte sich Fischer zu ihr um und lächelte ihr zu. »Keine Sorge. Die habe ich längst.«

Ves Gedanken rasten wild durcheinander, während sie durch das Treppenhaus nach unten rannte. Vielleicht war es doch ein Fehler gewesen, hierher zu kommen. Fischer war ein Profi, natürlich hatte er sich von ihr nicht aus der Reserve locken lassen. Allerdings war sie sich jetzt ziemlich sicher, dass Frenzel seine Vorgesetzten nicht in sein schmutziges Spiel eingeweiht hatte. Nachdem seine Tarnung aufgeflogen war, hatte er sich vermutlich spontan dazu entschlossen, Karla zu entführen. TRADE hatte mit dem Kidnapping nichts zu tun. Und dass der Teleporter wieder in Betrieb war, wussten Fischer und seine Kollegen auch nicht.

Es sei denn, Fischer hatte Nicky im Auto gesehen, während Ve in seiner Wohnung war. Wenn sie nur nicht genau gegenüber vom Haus geparkt hätten!

Der Fahrersitz des Mercedes war leer, das erkannte Ve sofort, als sie aus dem Haus trat. War Nicky etwa ausgestiegen? Aber sie war nirgends zu sehen. Die Straße lag im Licht der Laternen still und verlassen da.

Bevor Ve die Straße überquerte, wandte sie sich noch einmal um und starrte nach oben zu Fischers Wohnung im ersten Stock. Er stand immer noch am Fenster und machte überhaupt keine Anstalten, sich zu verstecken. Mit einem spöttischen Lächeln grüßte er zu ihr herunter. Und jetzt? Ves Herz klopfte heftig, doch sie zwang sich, mit ruhigen Schritten zum Auto zu gehen. Sie steuerte auf die Beifahrerseite zu, aber im letzten Moment überlegte sie es sich anders und ging stattdessen zur Fahrertür.

Sie öffnete sie – und atmete auf, als sie Nicky im Fußraum vor dem Beifahrersitz kauern sah.

»Hat er dich gesehen?«, fragte Ve und stieg ein.

»Nee. Ich bin rechtzeitig abgetaucht.«

»Er steht immer noch am Fenster.«

»War ja klar.« Nicky schüttelte den Kopf. »Papas bester Freund. Was für ein Arsch.«

»Was machen wir denn jetzt?«

»Du musst losfahren«, sagte Nicky. »Und hör auf zu reden. Das sieht er doch von da oben.«

»Ich bin noch nie Auto gefahren«, stieß Ve zwischen geschlossenen Lippen hervor.

»Das schaffst du schon.«

Nach Nickys Anweisungen ließ Ve den Wagen an, drückte die Kupplung, legte den ersten Gang ein und gab Gas.

»Das machst du super«, lobte Nicky, als Ve aus der Einfahrt holperte und den Motor vor lauter Schreck sofort wieder abwürgte.

»Verdammt!«

»Keine Panik. Das Ganze noch mal von vorn. Kupplung treten, anlassen und dann langsam aufs Gas …«

Diesmal schaffte Ve es, den Mercedes auf die Straße zu lenken. Sie musste sich ganz aufs Fahren konzentrieren und konnte nicht nach oben zu Fischers Fenster blicken, dennoch hatte sie das Gefühl, dass sich seine Augen in ihren Hinterkopf bohrten, während der Wagen die Straße entlanghoppelte. Hoffentlich kam jetzt nicht zufällig eine Polizeistreife vorbei.

»Du musst hochschalten!«, befahl Nicky, sobald Ve das Auto um die nächste Ecke gelenkt hatte.

Der Mercedes vollführte einen letzten Sprung nach vorn, weil Ve vom Gas ging, ohne die Kupplung zu treten, dann erstarb der Motor. Sie ließ ihren Kopf aufs Lenkrad sinken und atmete erleichtert aus.

»War doch gar nicht so schlecht für die erste Fahrstunde«, spottete Nicky.

Ve war schweißgebadet. »Worauf haben wir uns da bloß eingelassen«, murmelte sie.

10

Uwe Fischer hatte Ve doch noch erwischt und in ein dunkles Verlies geworfen. Jetzt schlug er die schwere Kerkertür zu und begann sie von außen zuzunageln. Die mächtigen Hammerschläge dröhnten in Ves Kopf.

»Lassen Sie mich frei!«, schrie sie laut. »Sie können uns nicht alle einsperren!« Sie hörte Fischer durch das Hämmern hindurch verächtlich lachen. Dann wachte sie auf.

Sie lag im Gästezimmer des Schlosses. Aber das Hämmern war nicht verstummt. Schwere Schläge drangen aus dem Erdgeschoss nach oben. Es klang, als ob jemand versuchte, die Schlosstür aufzubrechen.

»Was ist denn da unten los?« Als Ve aus dem Gästezimmer ins Treppenhaus eilte, stieß sie fast mit Nicky zusammen, die gerade aus ihrem Zimmer hastete. Ihre

Haare standen in alle Richtungen ab, im Gehen machte sie ihre Jeans zu.

»Keine Ahnung. Da hat wohl jemand den Verstand verloren.«

Ve rannte ins Erdgeschoss, wo sie feststellte, dass der Lärm nicht von draußen kam, sondern aus dem Keller. Alice schlug mit einem Brett oder einem Vorschlaghammer gegen die Kellertür.

»Wenn sie so weitermacht, ist sie bald draußen«, rief Ve Nicky zu, die inzwischen ebenfalls im Erdgeschoss angekommen war. Aber die schüttelte den Kopf.

»Keine Angst. Die Tür ist aus massiver Eiche und die Beschläge sind aus Stahl. Da kommt sie nicht durch.«

»Nicky?« Jetzt war das Hämmern verstummt. Alice hatte offensichtlich ihre Stimmen gehört. »Bitte, mach die Tür auf und lass uns reden. Ich weiß, was du denkst, aber ich kann dir alles erklären!«

Nicky warf Ve einen unsicheren Blick zu.

»Natürlich lassen wir sie nicht raus«, zischte Ve. »Sobald sie wieder frei ist, dreht sie den Spieß um und sperrt uns in den Keller.«

»Und wenn sie die Wahrheit sagt?«, flüsterte Nicky. »Wenn sie wirklich Marcella ist und Alice …?«

»Das ist doch Quatsch, denk doch mal nach! Marcella ist seit gestern in München. Und Fischer wusste nichts von der Entführung. Wenn sie mit TRADE zusammenarbeiten würde, hätte sie ihn doch sofort informiert.«

Nicky zuckte mit den Schultern. »Trotzdem. Irgendwie hab ich kein gutes Gefühl bei der Sache.«

»Ging mir beim letzten Mal genauso. Ich hab Alice genauso vertraut wie Marcella. Sie ist verdammt gerissen und kann sich wirklich gut verstellen.«

»Bitte, Nicky. Hör mir wenigstens zu!«, rief Alice, die Nickys Zweifel durch die geschlossene Tür hindurch zu spüren schien.

Ve packte ihre Doppelgängerin am Ärmel und zog sie in Richtung Küche. »Nichts da! Sie will dich nur einwickeln. Ich mach uns erst mal einen starken Kaffee. Damit du wieder klar denken kannst.«

Auf dem Weg in die Küche gähnte sie herzhaft. Sie waren erst um ein Uhr morgens von ihrem Ausflug nach München zurückgekommen. Und obwohl Ve todmüde gewesen war, hatte sie danach lange schlaflos im Bett gelegen.

Weil sie den Fehler gemacht hatte, vor dem Einschlafen ihr Handy zu checken. Finn hatte ihr im Laufe des Abends vierzehn Nachrichten geschickt. **Bitte, ruf mich an**, hatte in einer davon gestanden. **Ich muss wissen, wie es dir geht.**

Sie war kurz davor gewesen, seine Nummer zu wählen. Die Vorstellung, mit ihm zu reden, seine sanfte, warme Stimme zu hören, war so verlockend. Bestimmt konnte er ebenfalls nicht schlafen und wartete sehnsüchtig darauf, dass sie sich meldete.

Um halb vier war ihre Einsamkeit so groß, dass sie das Licht wieder anschaltete und zu ihrem Handy griff. Sie rief seine Nummer auf, bevor ihr schlechtes Gewissen oder Nickys mahnende Stimme in ihrem Kopf sie daran hindern konnten. Sie hörte, wie sich die Verbindung aufbaute. Im letzten Moment legte sie auf.

Danach löschte sie alle seine Nachrichten und brach in Tränen aus. Darüber musste sie eingeschlafen sein, bis Alices Hämmern sie wieder aus ihren Träumen gerissen hatte.

Als sie frühstückten, hörten sie ein Motorengeräusch. Ein Auto fuhr auf den Schlosshof.

Nicky sprang auf und blickte zum Fenster hinaus. »Es ist Marcella.« Sie rannte zur Tür, um sie reinzulassen.

Marcellas Gesicht war grau vor Müdigkeit, unter ihren Augen lagen dunkle Schatten. Aber als sie in die Küche trat, leuchteten sie plötzlich auf. Sie schnupperte begierig. »Hier riecht es gut. Habt ihr auch einen Kaffee für mich?«

»Kommt sofort.« Ve ging zur Espressomaschine und stellte eine kleine Tasse unter die Düse. »Und? Wie war's? Hast du irgendwas erreicht in München?«

»Wie man's nimmt.« Marcella ließ sich auf einen Küchenstuhl sinken. »Karla hab ich leider nicht gefunden.« Sie streckte den Rücken durch und verzog das Gesicht. »Und meine alte Bekannte war leider auch nicht zu

Hause. Ich hab im Mietwagen geschlafen, das war verdammt unbequem. Die Federung ist so was von schlecht und die Sitze sind noch härter als in meinem alten Renault. Mein armes Kreuz.«

»Du Ärmste!« Nicky ließ sich auf dem Stuhl neben ihr nieder. »Willst du was essen?«

Marcella winkte ab. »Kaffee genügt. Ich muss erst mal wach werden.«

»Was hast du in München gemacht?«, fragte Ve, während sie einem leisen Gefühl der Irritation nachspürte, das plötzlich in ihr aufgestiegen war. Aber was immer sie beunruhigt hatte, war verflogen, sie konnte es nicht mehr packen.

»Gestern Abend bin ich zu der Wohnung von Frenzel gefahren und hab mich ein bisschen mit seinen Nachbarn unterhalten«, erzählte Marcella. »Die meisten waren ziemlich zugeknöpft, aber in der Wohnung über ihm wohnt zum Glück eine richtige Quasselstrippe. Von der hab ich erfahren, dass Frenzel ständig blank ist. Obwohl er ja bei TRADE bestimmt nicht schlecht verdient. Er leiht sich jedoch häufig Geld von Bekannten und Verwandten, bei ihr hat er es auch schon einmal versucht. Und beim Kiosk lässt er anschreiben.«

»Anscheinend braucht er dringend Kohle.« Nicky runzelte die Stirn. »Klingt nicht gerade nach einem zuverlässigen, belastbaren Mitarbeiter. Komisch, dass TRADE ausgerechnet Frenzel auf Mama angesetzt hat.«

»Er ist genau ihr Typ, das war das Wichtigste. Hätte ja nichts genützt, wenn sie einen korrekten Sachbearbeiter genommen hätten, für den sie sich dann nicht interessiert hätte.« Marcella gähnte verstohlen. »Wisst ihr, was ich glaube?«

»Was?«, fragte Ve.

»Ist natürlich nur ein Verdacht. Aber ich habe das Gefühl, dass Frenzel auf eigene Rechnung arbeitet. TRADE weiß überhaupt nichts von der Entführung.«

Ve und Nicky wechselten einen schnellen Blick.

»Wie kommst du denn darauf?«, fragte Nicky dann.

Marcella zuckte mit den Schultern. »Intuition. Die Entführung passt nicht zu TRADE. Viel zu auffällig, viel zu nachweisbar. Der Konzern hinterlässt grundsätzlich keine Spuren. Aber so ein Kidnapping lässt sich niemals ganz vertuschen. Zu Frenzel passt die Sache dagegen sehr gut. Er steht unter einem enormen Druck. Als ihr ihn gleich nach dem ersten Zusammentreffen enttarnt habt, hat er wahrscheinlich Angst um seinen Job bekommen. Gleichzeitig hat er mitgekriegt, dass das Wurmloch wieder offen ist.«

»Aber wie?«, fragte Nicky.

»Karla muss ihm von Ves Andeutungen erzählt haben.« Marcella zog die Mundwinkel nach unten. »Dass sie nicht die richtige Nicky ist, sondern ihre Doppelgängerin. Da wurde ihm klar, dass der Teleporter wieder funktioniert.«

»Und er hat beschlossen, seine Chance zu nutzen und uns zu erpressen«, sagte Nicky.

»Aber Frenzel ist kein Wissenschaftler«, sagte Ve. »Was will der denn mit Dads Aufzeichnungen?«

»Ich gehe davon aus, dass er sie teuer weiterverkaufen möchte«, sagte Marcella. »Er braucht schließlich Geld.«

»An TRADE?«, fragte Nicky.

»Vermutlich. Aber er wird die Unterlagen natürlich erst anbieten, wenn er sie hat.«

»Richtig«, sagte Nicky. »Deshalb wusste Uwe auch noch nichts von der Entführung.«

»Wie meinst du das?«, fragte Marcella.

»Nicky und ich waren bei ihm.« Ve reichte Marcella eine dampfende Espressotasse. »Gestern Nacht.«

»Was? Wo wart ihr?« Marcella wollte gerade in ihre Tasse pusten, jetzt hob sie den Kopf und blickte Ve überrascht an.

»Bei Fischer in München.«

»Das ist ein Witz, oder?« Marcellas Gesicht wirkte allerdings alles andere als belustigt. Sie war plötzlich kalkweiß. »Sagt, dass das nicht wahr ist!«

»Na ja.« Nicky wirkte plötzlich ein bisschen betreten. »Angriff ist die beste Verteidigung.«

Marcella schob den Espresso weg und ließ ihr Gesicht in ihre Hände sinken. Ve wechselte einen unsicheren Blick mit Nicky. Sie fühlte sich auf einmal sehr beklommen.

»Das war ein Fehler, ein Riesenfehler.« Marcellas Stimme drang dumpf unter ihren Händen hervor. »Warum habt ihr nicht auf mich gewartet, bevor ihr mit Fischer geredet habt?«

»Wir konnten doch hier nicht einfach so rumsitzen. Wir haben schließlich kaum noch Zeit.« Ve versuchte ihrer Stimme einen festen Klang zu geben, aber es gelang ihr nicht.

»Es war ein Vorteil für uns, dass er nichts von der Entführung wusste. Aber jetzt können wir diesen Vorsprung vergessen.«

Marcella hat recht, dachte Ve. Sie hatten einen Fehler gemacht. Sie hatten ihre Informationen mit Fischer geteilt – und im Gegenzug nichts von ihm erfahren, was sie weiterbrachte.

Ve spürte eine Welle von Verzweiflung in sich aufsteigen. Das Spiel war aus, sie hatten verloren. Bis Mitternacht waren es nur noch ein paar Stunden. Dann müsste Ve wieder zurück in ihre Welt, sie würden das Wurmloch schließen und alles wäre umsonst gewesen.

»Vielleicht sind sie ja schon hier.« Marcella stand auf und ging zum Fenster. Sie warf einen argwöhnischen Blick in den Schlosshof. »Wenn ich bloß wüsste, was Fischer jetzt vorhat.«

»Vermutlich wird er versuchen, mit Frenzel Kontakt aufzunehmen«, überlegte Nicky.

Marcella schien die Bemerkung nicht gehört zu haben.

Sie begann, mit großen Schritten in der Küche auf und ab zu laufen. »Weiß Fischer, dass das Wurmloch wieder offen ist?«

»Nicht von uns«, sagte Nicky. »Ve hat ihm nur von der Entführung erzählt.«

»Und wie hat er reagiert?«

»Er war total verblüfft«, sagte Ve.

Marcella massierte ihre Schläfen. »Wenn er nichts von dem Wurmloch weiß, dann gibt es vielleicht noch Hoffnung.«

Hoffnung für die Welt, dachte Ve. Aber ihre Mutter war verloren. Wenn sie nicht bereits … Nur nicht dran denken.

Marcella griff nach ihrer Espressotasse und trank den Kaffee im Stehen.

Ves Handy fing plötzlich an zu klingeln.

»Hoffentlich ist das nicht schon wieder Finn«, sagte Nicky.

Ves Herz hämmerte wie verrückt, während sie ihr Telefon aus der Tasche kramte. Der Anrufer hatte seine Nummer unterdrückt, das konnte nur Frenzel sein. Absurderweise verspürte sie einen Anflug von Enttäuschung. Sie verdrängte den Gedanken an Finn und nickte den anderen zu. »Es ist Frenzel.« Dann holte sie tief Luft und nahm den Anruf an. »Hallo?«

Er kam ohne Umschweife zur Sache. »Hast du die Unterlagen?«

»Die Unterlagen?« Ve blickte Hilfe suchend zu Marcella und Nicky. Marcella nickte heftig.

»Ja«, sagte Ve. »Ich hab sie.«

»Du packst sie in eine Plastiktüte. Um zwölf Uhr elf geht vom Bahnhof Winding ein Regionalzug nach Geiselstein. Gleis fünf. Den nimmst du. Du steigst in Sülzlingen aus, wirfst die Unterlagen in den Papierkorb auf Gleis zwei und dann nimmst du den nächsten Zug zurück nach Winding. Alles klar?«

»Zwölf Uhr elf ab Winding«, wiederholte Ve. »In Sülzlingen aussteigen, Papierkorb auf Gleis zwei.«

Nicky ließ ihren Zeigefinger in der Luft kreisen. Red weiter, hieß das, versuch ihn zum Sprechen zu bringen und aus der Reserve zu locken.

»Was ist mit Karla?«, fragte Ve.

»Was soll mit ihr sein?«, fragte Frenzel.

»Ich will sie sprechen«, sagte Ve. »Ich muss wissen, ob es ihr gut geht.«

Schweigen am anderen Ende.

»Holen Sie sie ans Telefon, sonst platzt der Deal«, erklärte Ve. *Sonst platzt der Deal.* Sie hörte sich an wie eine Figur aus einem schlechten Fernsehkrimi.

Frenzel war offenbar derselben Meinung, denn er lachte spöttisch.

»Das ist mein Ernst«, sagte Ve und kam sich noch alberner vor. »Entweder Sie lassen mich jetzt mit Karla sprechen. Oder Sie bekommen gar nichts von mir.«

Er zögerte einen winzigen Moment lang. Dann lachte er noch einmal. »Wenn du die Unterlagen nicht lieferst, erschieß ich sie«, versicherte er und legte auf.

»Verdammt.« Ve hätte das Handy am liebsten gegen die Wand gepfeffert. »Dieser Scheißkerl.«

»Warum hat er dich nicht mit ihr sprechen lassen? Vielleicht hat er sie ja schon…?« Nickys Stimme brach vor Aufregung. Sie räusperte sich.

»Quatsch«, sagte Marcella. »Der Typ ist ein mieser kleiner Erpresser, kein Killer. Aber er ist schlau. Er geht kein Risiko ein. Er wollte um jeden Preis verhindern, dass Karla uns etwas verrät, was dich auf ihre Spur bringt.«

»Was machen wir denn jetzt?«, fragte Ve.

Marcella zuckte mit den Schultern. »Wir tun, was er sagt.«

»Was?« Der Aufschrei kam von Ve und Nicky gleichzeitig. »Hast du vergessen, dass wir die Unterlagen gar nicht haben?«, fragte Nicky.

»Und selbst wenn wir sie hätten«, ergänzte Ve, »wir dürften sie ihm nicht geben.«

»Natürlich nicht«, erwiderte Marcella. »Aber Frenzel hat keine Ahnung von Quantenphysik. Das ist unsere Chance.«

»Du willst die Unterlagen fälschen?«, fragte Nicky.

»Das funktioniert nicht«, sagte Ve. »Frenzel ist nicht blöd, das hast du gerade selbst gesagt. Er rechnet ganz bestimmt damit, dass wir versuchen, ihm falsche Dokumente unterzuschieben. Und er wird Karla nicht freilassen, bevor er die Unterlagen nicht genau geprüft hat.«

»Davon gehe ich aus«, sagte Marcella. »Aber bis er das Ganze geprüft hat, gewinnen wir erst mal Zeit. Und vielleicht macht er bei der Übergabe irgendeinen Fehler, der uns weiterbringt. Wir müssen es versuchen.«

»Ich finde, das klingt vernünftig«, sagte Nicky. »Auf Papas Computer sind eine Menge Berechnungen, die im Grunde vollkommen wertlos sind. Wir laden sie auf einen Stick ...«

»Kein Stick«, sagte Marcella. »Fischer kennt Joachim gut, er weiß unter Garantie, dass er die wichtigen Dinge immer handschriftlich notiert hat. Vielleicht hat er Frenzel davon erzählt. Gibt es alte Notizbücher oben im Arbeitszimmer?«

»Nee, leider nicht«, sagte Nicky.

Marcella warf einen Blick auf die Uhr. »Dann müssen wir selbst was fälschen. Wir haben noch über eine Stunde Zeit, das müsste genügen. Danach fahr ich Ve zum Bahnhof und sie nimmt den Zug nach Geiselstein ...«

»Nein«, sagte Nicky. »Diesmal übernehme ich die Sache. Es geht schließlich um meine Mutter.«

»Meinetwegen«, sagte Marcella. »Frenzel wird der Unterschied nicht auffallen. Kannst du mal nachschauen, wann der Zug in Sülzlingen ist?«

Nicky rief den Fahrplan auf ihrem Handy auf. »Zwölf Uhr siebenundfünfzig.«

»Gut«, sagte Marcella. »Ich fahr da ebenfalls hin. Aber mit dem Auto. Vielleicht kann ich Frenzel heimlich folgen.«

»Und ich komm mit«, erklärte Ve. »Vier Augen sehen mehr als zwei. Außerdem dreh ich durch, wenn ich hier allein rumsitze.«

»Auf keinen Fall!« Marcella sah sie eindringlich an. »Das ist viel zu gefährlich. Noch weiß TRADE nicht, dass das Wurmloch offen ist, aber sobald euch jemand zusammen sieht, ist die Sache klar. Nein, nein, du bleibst im Schloss.«

»Marcella hat recht«, sagte Nicky. »Ich bin auch dafür, dass du hier bleibst. Ist ja auch besser, wenn einer auf Alice aufpasst.«

Marcella stöhnte leise. »Richtig! Die hatte ich ja fast vergessen. Die steckt ja immer noch im Keller.«

»Wir müssen uns endlich überlegen, was wir mit ihr machen«, sagte Nicky.

»Was gibt es da zu überlegen?«, fragte Marcella. »Sobald das Wurmloch wieder zu ist, lassen wir sie frei.«

»Das ist doch nicht dein Ernst!«, rief Ve.

»Hast du vergessen, wozu sie fähig ist?«, fragte Nicky.

»Na und?« Marcella hob spöttisch die Augenbrauen. »Was soll sie denn tun? TRADE hat bestimmt kein Interesse mehr an ihr, sie hat dem Konzern ja nichts mehr zu bieten. Und das Buch ist sicher in der anderen Welt.«

»Und was wird dann aus ihr?« Ve schluckte. »Sie hat doch gar keine Papiere, wovon soll sie denn leben?«

Marcellas Gesicht sah plötzlich schrecklich müde aus. »Sie wird sich irgendwie durchschlagen müssen. Meine Hilfe wollte sie ja nicht …« Sie schüttelte traurig den Kopf. »Ich kann das Problem nicht für sie lösen. Aber im Moment haben wir, glaub ich, auch Wichtigeres zu tun.«

11

Es gelang Ve erstaunlich gut, die winzige, fast unleserliche Handschrift ihres Vaters zu kopieren. Nicky hatte ihr ein leeres Notizbuch gegeben, das sie nun mit langen Formeln, Zahlenreihen und Kommentaren füllte. Die Vorlagen suchten Nicky und Marcella aus dem Computer oder aus den Fachbüchern im Arbeitszimmer, Ve übertrug sie dann in das Notizbuch, ohne auch nur einen Bruchteil davon zu verstehen.

»Du musst immer wieder den Stift wechseln«, erinnerte sie Marcella. »Es soll so wirken, als ob Joachim das Ganze über einen längeren Zeitraum hinweg aufgeschrieben hätte.«

»Hoffentlich hat Frenzel wirklich keine Ahnung von Physik«, sagte Nicky. »Sonst riecht er den Braten, sobald er einen Blick in das Buch geworfen hat.«

»Worum geht es denn hier?«, fragte Ve, während sie in winzigen Buchstaben die Worte *Dunkle Materie* neben eine endlose Formel kritzelte.

»Um Kosmologie. Am Rande auch um Wurmlöcher. Aber die meisten der Berechnungen machen überhaupt keinen Sinn.«

»Hier. Das ist gut!« Marcella reichte Ve ein Physikbuch. Auf der aufgeschlagenen Seite war die Headline *Proton-Proton-Experiment* zu lesen. Darunter reihte sich wieder eine Zahl an die andere.

Seufzend legte Ve ihren Kugelschreiber weg, nahm einen anderen Stift und begann, die Ziffern abzuschreiben.

»Das sieht doch sehr gut aus.« Marcella blickte Ve mit schief gelegtem Kopf über die Schulter.

»Das Notizbuch ist noch nicht voll«, sagte Ve. »Ich brauch mehr Stoff!«

»Nein, ich glaube, das genügt so. Wir müssen jetzt los, sonst verpasst Nicky am Ende noch ihren Zug.«

Marcella verpackte das Buch in einer Plastiktüte, die Nicky einsteckte.

Aus dem Erdgeschoss drang lautes Pochen zu ihnen hoch. Alice hatte wieder mit dem Hämmern begonnen. Ve spürte, wie sich ihr Magen verkrampfte. Die nächsten Stunden würde sie allein hier verbringen. Untätig. Und dieses Poltern und Hämmern würde nicht aufhören.

»Kann ich nicht vielleicht doch mitkommen?«, fragte sie. »Ich verstecke mich in Marcellas Wagen ...«

»Das geht wirklich nicht«, sagte Marcella bedauernd.

»Wünsch uns lieber Glück!« Nicky umarmte sie. »Bis später.«

Ve begleitete die beiden in den Hof und sah dem Wagen nach, bis er durch das Tor verschwunden war. Erst als sie das Motorengeräusch nicht mehr hören konnte, ging sie zurück ins Schloss. Und jetzt?

»Warten«, seufzte sie leise.

Und zwar richtig lange. Vor zwei Uhr wären die beiden bestimmt nicht zurück. Eine Stubenfliege flog summend um den wunderschönen Kristallleuchter, der über dem Küchentisch hing. Schrödinger saß auf der Küchenbank und verfolgte die Fliege mit seinen bernsteinfarbenen Augen. Vielleicht dachte er darüber nach, ob er einen Versuch starten sollte, sie zu fangen. Aber dann entschied er sich doch lieber dagegen, denn er legte sich hin und schlief ein.

»Du hast es gut«, erklärte Ve.

Als sie Marcellas leere Espressotasse sah, fiel ihr plötzlich das Unbehagen wieder ein, das sie vorhin verspürt hatte. Irgendein Detail war ihr aufgefallen, das nicht zum Rest passte. Aber auch jetzt schaffte sie es nicht, sich das Ganze wieder ins Bewusstsein zu rufen.

»Es war bestimmt unwichtig«, murmelte sie und begann, den Frühstückstisch abzuräumen. Als sie die Spülmaschine aufklappte, klingelte das Telefon.

Diesmal war es nicht ihr Handy, sondern die Festnetzanlage im Schloss. Vermutlich ein Bekannter von Karla. Oder eine von Nickys Schulfreundinnen.

Oder Fischer, dachte Ve, während sie sich in Bewegung setzte. Vielleicht hatte er es auf Nickys Handy probiert und sie war nicht drangegangen.

Ring! Rrinng! Rrinnnggg! Wo steckte das blöde Ding? Ve eilte durch den Flur ins Wohnzimmer, aus dem das Klingeln drang. Sie durchsuchte den halben Raum, bis sie das Mobilteil unter einem der hellgrünen Samtkissen auf dem Sofa fand.

»Hallo?« Sie nahm den Anruf an, ohne einen Blick aufs Display zu werfen.

»Nicky? Wieso gehst du nicht ans Handy?«

»Ich hab's nicht klingeln gehört. Wer ist denn da?«

»Ben. Wie geht's?«

Gut, wollte sie gerade sagen, als ihr einfiel, dass sie ja eigentlich in der Schule sein sollte.

»Geht so. Diese Erkältung ist echt hartnäckig. Aber morgen komm ich bestimmt wieder.«

»Und was ist mit heute Abend?«

»Ach ja, das Konzert. Ich denke schon, dass ich mitkomme.«

»Du hast ja auch noch meine Karte.«

»Die bring ich dir vorbei. War's das?«

»Nein, nein!« Bens Stimme bebte plötzlich vor Stolz. »Es hat geklappt!«

»Was?«

»Ich hab das Handy von deiner Mutter geortet.« Er räusperte sich gewichtig.

»Was, echt? Das ist ja irre! Ich hab gar nicht mehr damit gerechnet. Wie hast du das denn so plötzlich geschafft?« Die Frage war ein Fehler, das wurde ihr klar, sobald sie sie ausgesprochen hatte. Denn jetzt hob Ben wieder zu einem seiner Vorträge an. Die komplizierten Fachbegriffe rauschten an Ve vorbei, sie verstand kein Wort. Sie versuchte ein paarmal vergeblich, ihn zu unterbrechen, dann ließ sie sich erschöpft aufs Sofa fallen und kapitulierte. Die Stubenfliege war ihr aus der Küche ins Wohnzimmer gefolgt, sie zog ihre Kreise unter der Decke. Ben redete und redete.

»Wenn der Dieb das Handy nicht mehr eingeschaltet hätte, hätte ich keine Chance gehabt«, hörte sie ihn sagen. »Aber heute Morgen muss er damit telefoniert haben. Gut, dass ich die Suchmeldung nicht deaktiviert habe, ich hab das Programm einfach laufen lassen. Und als ich gerade nach Hause gekommen bin, hab ich gesehen, dass die Falle zugeschnappt ist.«

»Super«, sagte Ve. »Und? Wo steckt der Typ?«

Aber so schnell kam Ben nicht zur Sache.

»Ich hab das Suchprogramm selbst geschrieben, wusstest du das? Es war ganz schön tricky. Die IMEI korrespondiert nämlich nur bedingt mit dem Tag-Code. In bestimmten Fällen muss man einen Samp-Tag definieren, der wiederum über den Vlog …«

Jetzt reichte es Ve. »Wo ist das Ding, Ben?«, fiel sie ihm ins Wort.

Er schluckte und schwieg einen Moment lang beleidigt.

»Hintersee«, sagte er dann.

»Ist das ein Ort?«

»Was denn sonst.«

»Und wo liegt das?«

»In den Bergen. Mit dem Auto braucht man vielleicht zwanzig oder fünfundzwanzig Minuten.«

»Hast du auch einen Straßennamen für mich?«

»Nee, leider nicht. Hintersee ist total klein, ich hab mir das gerade auf Google Maps angeguckt. Es gibt nur zwei oder drei Straßen, eine Kirche, einen Dorfbrunnen, das war's. Und ich hab dir ja erklärt, dass die Ortung nie ganz exakt ist …«

»Aha.« Ves Gedanken begannen zu rattern. Die Vermutung lag nahe, dass Frenzel Karla irgendwo in diesem Dorf versteckte. Aber was nützte ihnen diese Information? Auch wenn der Ort winzig war, gab es immer noch viel zu viele Häuser dort, um sie alle abzuklappern.

»Und jetzt? Was hast du vor?« Sie hatte wohl ein bisschen zu lange geschwiegen. Bens Stimme klang auf einmal besorgt. »Du willst doch da nicht hinfahren?«

»Natürlich nicht!«, erklärte Ve. »Das ist viel zu gefährlich. Ich … äh … geh am besten zur Polizei.«

Ben seufzte. »Das kannst du dir sparen, das hab ich dir

doch schon erklärt. Ohne einen konkreten Verdacht dürfen die kein Haus durchsuchen.«

»Ach so. Ja, natürlich.« Ve hätte am liebsten kommentarlos aufgelegt. Sie hatte weder Zeit noch Lust, mit Ben zu diskutieren, sie musste in Ruhe nachdenken.

»Wenn du willst«, er unterbrach sich, weil er mitten im Satz vor lauter Aufregung schlucken musste, »ich muss zwar gleich zurück in die Schule, hab noch zwei Stunden Physik. Aber danach können wir zusammen nach Hintersee fahren und uns da mal umsehen. Vielleicht fällt uns was Verdächtiges auf.« Während Ben weiterredete, hörte Ve wieder einen Wagen in den Hof fahren. Für Marcella und Nicky war es noch viel zu früh, wer konnte das sein? Sie legte das Telefon auf den Couchtisch, eilte zum Fenster und versteckte sich hinter der Gardine, bevor sie nach draußen spähte.

Vor dem Schloss parkte ein grüner Panda. Jetzt öffnete sich die Fahrertür und Finn stieg aus. Ves Körper reagierte, noch bevor sie ihn richtig erkannt hatte. Ihre Knie verwandelten sich in Pudding, ihre Beine begannen zu zittern, ihr Herz setzte einen Schlag aus. Dann galoppierte es los wie ein Rennpferd nach dem Startschuss.

Bens aufgeregte Stimme quäkte noch immer aus dem Hörer. Er hatte sich richtiggehend in Rage geredet. »Ich finde, es ist an der Zeit, dass jemand was gegen diese Typen unternimmt. Die muss man doch mal in ihre

Schranken weisen. Aber keiner macht was, die können tun und lassen, was sie wollen.«

Finn kam mit großen Schritten aufs Schloss zu. Nun hob er den Kopf und blickte genau in Ves Richtung. Er konnte sie unmöglich sehen, sie stand immer noch hinter dem Vorhang, dennoch brannte sein Blick auf ihrer Haut. Sie trat einen Schritt zur Seite und lehnte sich mit dem Rücken an die Wand, weil ihr plötzlich entsetzlich schwindlig war.

»Nicky?«, rief Ben aus dem Telefonhörer. »Sag mal, bist du überhaupt noch da?«

Mühsam stieß sie sich von der Wand ab und ging zurück zum Sofa. Jeder Schritt fühlte sich an, als ob sie durch zähen Schlamm watete.

»Sorry«, sagte sie in den Hörer. »Aber ich muss aufhören. Vielen Dank, dass du mir geholfen hast, Ben, wirklich!«

»Was ist denn nun mit dem Handy?«

»Ich red erst mal mit meiner Mutter und dann meld ich mich morgen bei dir, ja?«

»Morgen?« Seine Stimme überschlug sich vor Empörung. »Jetzt hast du das Konzert schon wieder vergessen!«

»Ach, Mist!«

»Soll ich dich abholen?«

»Nein, nein. Ich komm zu dir. Bis später, Ben.«

Das Klingeln an der Haustür drang durch ihren ganzen Körper. Sie wäre so gerne zur Tür gerannt und hätte sich in Finns Arme geworfen. Aber es ging nicht, es durfte nicht sein. Ve ließ sich auf das Sofa sinken, zog die Knie an den Körper und umklammerte ihre Beine. Sie legte den Kopf auf die Knie und schloss die Augen.

Es war besser für ihn, es war besser für sie selbst, wenn sie sich nicht mehr wiedersahen.

Sobald Ve wieder in der anderen Welt war, in unerreichbarer Ferne, konnte Nicky Finn alles erklären. Und Finn würde es verstehen. Vielleicht nicht sofort. Er wäre eine Weile lang traurig, aber dann würde er einsehen, dass Ve sich richtig verhalten hatte. Da wäre Alina, die ihn auffangen und trösten würde.

Die Türklingel ertönte zum zweiten Mal. Ein heller Dreiklang, jeder Ton traf sie mitten ins Herz.

Sie hielt sich die Ohren zu, sie kniff die Augen noch fester zusammen, am liebsten hätte sie auch ihr Gehirn ausgeschaltet. Nur nicht daran denken, dass Finn dort draußen stand, ein paar Meter von ihr entfernt. So nah, so schrecklich nah.

Halt durch, beschwor sie sich selbst. Gleich ist es überstanden. Gleich haut er ab.

Er klingelte erneut. Warum ließ er nicht locker?

»Verschwinde endlich!«, stieß sie wütend hervor. »Mach es mir nicht so schwer!«

Aber Finn gab nicht auf. Er läutete noch einmal und

noch einmal, und nach dem sechsten Klingeln schob Ve die Beine vom Sofa und stand auf. Während sie langsam, ganz langsam zur Tür ging, redete sie sich noch ein, dass sie nach oben wollte, in ihr Zimmer, ins Bad, auf den Dachboden, weg von Finn, so weit wie möglich. Aber als sie im Flur stand, schlug sie nicht den Weg zur Treppe ein, sondern ging durch die Vorhalle in Richtung Eingang. Sie legte ihr Gesicht an das Holz der Tür und spürte, wie die Sehnsucht an ihr nagte wie ein hungriges Tier. Und wusste, dass es Finn dort draußen ganz genauso ging.

»Es darf nicht sein«, murmelte sie.

Da hörte sie ihn singen. Nicht sehr laut und doch sang er nur für sie, das war ihr sofort klar. Er schien genau zu wissen, dass sie hinter der Tür stand und ihn hören konnte.

»*You can run and you can hide*«, sang er. »*But you can't escape.*«

Seine Stimme war warm und kraftvoll und so unendlich vertraut.

Und plötzlich hob sich Ves Hand ganz von selbst und legte sich auf die Türklinke. Langsam drückte sie sie nach unten und zog die Tür auf. Bis sie ihm gegenüberstand.

»Ve.« Diese blaugrünen Augen, wie tiefe Bergseen. Dieser Blick, besorgt, liebevoll, verletzt, erstaunt, alles zugleich.

»Finn.« Ihre Stimme klang fremd. Kratzig, tonlos.

»Was ist los?«, fragte er. »Wieso rufst du mich nicht zurück? Ich hab mir solche Sorgen gemacht.«

»Ich weiß«, krächzte sie. »Aber es ist besser so. Wir dürfen uns nicht mehr sehen.«

»Was? Wer sagt das?«

»Ich sage das. Ich will dich nicht verletzen, Finn. Und ich will auch deine Beziehung nicht kaputt machen.«

»Du willst ...« Er unterbrach sich und runzelte die Stirn. Dann nickte er langsam. »Du hast mit Nicky gesprochen. Und sie hat dir erzählt, wie fertig ich war, als du das letzte Mal verschwunden bist.«

»Und? Stimmt das nicht?«

Er zögerte einen Moment, bevor er erneut nickte. »Doch«, sagte er leise. »Ich war wirklich am Ende.«

»Und dann hast du Alina getroffen und es ging dir wieder besser.«

Er lächelte traurig.

Sie versuchte ebenfalls zu lächeln, aber es funktionierte nicht. Ihr Gesicht fühlte sich wie versteinert an. Ihr Magen zog sich zusammen. Warum hatte sie die Tür geöffnet, warum tat sie sich das an?

»Es nützt alles nichts, Ve«, sagte Finn. »Ich liebe Alina nicht. Ich liebe dich. Und ich will dich, nur dich. Obwohl ich weiß, dass es verrückt ist und dass es keine Zukunft für uns gibt. Obwohl mir klar ist, dass du wieder in deine Welt zurückmusst. Als du mich das letzte Mal verlassen hast, war es schlimm, und heute Nacht wird es noch schlimmer sein. Es ist, wie es ist.«

»Ich will dir nicht wehtun.« Sie wollte nicht weinen, aber sie konnte die Tränen nicht länger zurückhalten. Hastig wischte sie sie mit dem Handrücken weg, aber es kamen schon wieder neue.

»Du wirst mir aber wehtun, Ve«, sagte er ernst. »Und ich werde dir wehtun. Es lässt sich gar nicht verhindern. Ich will dennoch keine Sekunde mit dir verpassen.«

Sie dachte an das Konzert, an Finn und Alinas ersten gemeinsamen Auftritt. Alina fieberte seit Wochen darauf hin und starb wahrscheinlich fast vor Lampenfieber. Finn konnte, er durfte sie nicht im Stich lassen. Aber bevor Ve ihn daran erinnern konnte, zog er sie an sich und küsste ihre Tränen weg. Und plötzlich waren auch die Magenschmerzen verschwunden und ihr Herz schlug schnell und froh.

Ihr Körper schmiegte sich an seinen, sie hatte den Boden unter den Füßen verloren. Doch das war egal, er hielt sie fest und sie hielt ihn. Als sie den Kopf hob, blickte sie in seine wunderschönen Augen, die zugleich traurig und glücklich waren, und dann küssten sie sich.

Es war total verkehrt und trotzdem das einzig Richtige.

Als die Standuhr in der Vorhalle zu schlagen begann, wurde Ve wieder in die Wirklichkeit zurückkatapultiert.

Nicky, Marcella, Frenzel und die gefangene Karla – sie alle drängten sich mit Macht zwischen Ve und Finn.

»In einer Stunde findet die Übergabe statt«, sagte Ve.

»Was?«, fragte Finn.

In der Küche erzählte Ve ihm, was in den letzten Stunden passiert war. Genau wie Marcella geriet er außer sich, als er von ihrem Besuch bei Fischer hörte.

»Ihr seid total verrückt! Was für eine idiotische Idee, mitten in der Nacht nach München zu fahren. Und niemand wusste, was ihr vorhabt. Wenn du mir wenigstens vorher Bescheid gesagt hättest …«

»Es war ziemlich bescheuert, das ist uns inzwischen auch klar«, sagte Ve. »Aber zumindest wissen wir jetzt, dass Frenzel ein Einzelkämpfer ist.«

»Und was bringt uns das? Er will die Unterlagen, um sie an TRADE zu verscherbeln.« Finn schnaubte verächtlich. »Der Typ muss verrückt sein. TRADE lässt sich doch nicht von einem kleinen Exbullen erpressen. Die werden ihn fertigmachen.«

»Er hat die Unterlagen ja gar nicht. Und er wird sie auch nicht kriegen. Weil wir Karla vorher befreien.« Ve erzählte ihm von Bens Anruf und der Handy-Ortung.

»Hintersee heißt das Dorf?« Finn legte die Stirn in Falten. »Ich glaub, das hab ich schon mal gehört.«

»Ist ein winziges Kaff hier in der Nähe, irgendwo in den Bergen. Ungefähr fünfundzwanzig Minuten von hier, sagt Ben.«

Finn nagte an seiner Unterlippe. »Wieso versteckt er Karla ausgerechnet in diesem Kaff? Es gibt bestimmt einen Grund dafür.«

»Und welchen?«, fragte Ve.

Finn antwortete nicht, er beugte den Kopf über sein Handy. Er hatte die Google-Seite geöffnet und tippte die Worte *Frenzel* und *Hintersee* in die Suchleiste.

»Bingo!«, rief er, als sich die Ergebnisse aufbauten. »Hab ich's mir doch gedacht.«

»Was hast du dir gedacht?«

Er reichte Ve sein Smartphone.

»Frenzel, Hedwig«, las sie auf dem Display. »Hauptstraße 4, Hintersee.«

»Ich wette, das ist Frenzels Mutter.«

»Du glaubst, dass sie Karla für ihn versteckt?«

»Vielleicht ist sie auch gerade im Urlaub. Oder tot. Und das Haus steht leer.«

»Ein ideales Versteck.« Ve nickte langsam. »Ein altes Haus mit dicken Mauern und einem großen Keller. Da kann man sich die Lunge aus dem Leib schreien und keiner hört einen.« Sie warf einen Blick auf die Uhr. »Bis zur Übergabe ist es noch eine Dreiviertelstunde. Kannst du auf deinem Handy mal nachgucken, wie weit Hintersee und Sülzlingen voneinander entfernt sind?«

Finn gab die beiden Ortsnamen in den Routenplaner ein. »Neunundzwanzig Kilometer. Dafür braucht er über die Bergstraßen mindestens eine halbe Stunde.«

»Dann ist er wahrscheinlich schon unterwegs, er wird bestimmt nicht erst in der letzten Sekunde in Sülzlingen ankommen.« Sie deutete mit dem Kopf zum Fenster. »Was ist mit dem Auto? Ist das deines?«

»Gehört meinen Eltern.« Er musterte sie. »Willst du nach Hintersee?«

»Jetzt oder nie. Wir müssen Karla befreien, bis er wieder zurück im Versteck ist!«

Finn sprang auf. »Also dann. Nichts wie los.«

Im Gegensatz zu seinem Doppelgänger in der anderen Welt hatte dieser Finn seinen Führerschein erst seit zwei Wochen. Und so wie er die gewundenen Bergstraßen entlangheizte, würde er ihn nicht lange behalten.

»Wenn du jetzt einen Unfall baust, war alles umsonst!«, schrie Ve über den Lärm des dröhnenden Motors hinweg.

»Keine Angst. Passiert schon nichts.« Er schoss im halsbrecherischen Tempo um eine Haarnadelkurve.

Ve klammerte sich an den Haltegriff über dem Beifahrersitz. Dennoch konnte sie nicht verhindern, dass sie bei jeder Kurve hin und her geschleudert wurde. Der kleine Panda röhrte wie ein Traktor, während Finn ihn durch die engen Serpentinen trieb. Vom Beifahrersitz konnte man weit ins Tal hinunterblicken. Eine wunderschöne Berglandschaft mit saftigen grünen Frühlingswiesen. Unter blühenden Obstbäumen weideten hellbraune Kühe. Noch schien die Sonne, aber am blauen Himmel sammelten sich bereits mächtige graue Wolken. Weiter unten im Tal sah Ve eine schwarze Limousine, die ebenfalls den Berg hinaufkroch. Ansonsten war weit und breit keine Menschenseele zu sehen. Ve blickte auf die Uhr. Noch eine halbe Stunde bis zur Übergabe. Hoffentlich ging alles gut.

Sie hätte sich gerne mit Finn unterhalten, aber der Motor heulte viel zu laut.

Am Himmel verdichteten sich die Wolken. Jetzt schien nur noch am Ende des Tals die Sonne, ein See glitzerte zwischen zwei Bergwänden; er schien Ve zuzuzwinkern.

Das schwarze Auto war verschwunden. War es irgendwo abgebogen? Ve drehte den Kopf, aber es war nirgends zu sehen. Sie zuckte erschrocken zusammen, als es plötzlich im Seitenspiegel auftauchte. Der Abstand zu dem Panda war viel kleiner geworden. Folgte der Fahrer ihnen?

Der Wagen kam nicht näher, aber er blieb hinter ihnen, bis sie eine Viertelstunde später das Ortsschild von Hintersee passierten. Die Wolkendecke hatte sich inzwischen geschlossen, es war ein heftiger Wind aufgekommen, der die Zweige der Bäume hin und her peitschte.

Hintersee war winzig, genau wie Ben gesagt hatte. Ein paar Häuser, die sich wie verängstigte Tiere um eine windschiefe Kirche kauerten, von deren Zwiebelturm der Putz bröckelte. Auch die übrigen Gebäude wirkten vernachlässigt, die Fassaden waren lange nicht mehr gestrichen worden, an vielen Fenstern fehlten die Vorhänge. Ein Fensterladen hing schief in den Angeln und klapperte im Wind. Ein Geisterort.

»Nett hier.« Finn parkte den Wagen vor einem schmalen Haus, über dessen offener Tür die Buchstaben »S U P E R M R K T« prangten. Das A hatte dieser Anmaßung offenbar nicht mehr standgehalten und war abgefallen.

Als sie ausstiegen, blickte sich Ve nach der schwarzen Limousine um. Aber das Auto war weg. Es musste in einen Feldweg oder eine Einfahrt eingebogen sein, auf der Straße hatte es schon seit vielen Kilometern keine Abzweigung mehr gegeben.

»Hast du irgendwo ein Straßenschild gesehen?«, fragte Ve, während sie fröstelnd die Arme vor der Brust verschränkte.

Finn schüttelte den Kopf. »Nee. Aber ich gehe schwer davon aus, dass das die Hauptstraße ist. Ansonsten gibt es hier nämlich nichts, was den Namen Straße verdient hätte.«

»Und wo ist die Nummer vier?« An keinem der Gebäude hing eine Hausnummer.

»Wir fragen einfach mal nach.« Er steuerte auf den Laden zu und Ve folgte ihm. Die Bezeichnung *Supermarkt* war wirklich ein Witz. Das Geschäft bestand nur aus einem kleinen Raum und war auch nicht besonders gut ausgestattet. In den Regalen an der Wand lagerten ein paar Konserven, Süßigkeiten und Putzmittel. Neben der Tür gab es einen Zeitschriftenständer. Ein Klapptisch, auf dem eine altertümliche Kasse stand, diente als Ladentheke. Dahinter saß eine alte Frau und blätterte in einer Illustrierten.

Obwohl, so alt war sie gar nicht, stellte Ve fest, als die Frau den Kopf hob. Das Gesicht unter dem strähnigen grauen Haar war faltenlos, die schwarzen Augen, mit denen sie sie jetzt musterte, wirkten hellwach, fast stechend.

Finn schnappte sich eine Zeitung aus dem Ständer und legte sie auf den Ladentisch.

»Eins zwanzig«, sagte die Frau.

»Wir suchen die Hauptstraße«, sagte Finn, während er das Geld heraussuchte. »Nummer vier.«

»Da drüben.« Die Frau deutete nach links, ohne den Blick von Finn und Ve abzuwenden. »Das Fachwerkhaus mit der blauen Tür.«

»Wir wollen zu Frau Frenzel. Die wohnt doch da?«

»Frau Frenzel.« Das Gesicht der Frau verzog sich, aber der Ausdruck war nicht zu deuten. Abscheu, Betroffenheit, Verachtung, irgendwas dazwischen. »Da seid ihr zu spät.«

»Zu spät?«, fragte Ve. »Ist sie etwa …?«

»Nein«, sagte die Frau. »Ist vor vier Wochen weggezogen. Ins Altersheim. Gründelfingen.«

»Oh, das ist aber schade.« Ve blickte ratlos zu Finn.

»Ist nicht weit von hier«, sagte die Frau, während sie Finns Geld in der Ladenkasse verstaute.

»Was ist denn mit ihrem Haus?«, fragte Finn. »Steht es leer?«

»Das Haus.« Die Frau begann zu husten. Nach ein paar Sekunden begriff Ve, dass es ein Lachen sein sollte. »Der Sohn will verkaufen, aber wer will denn so eine Bruchbude haben? Und ausgerechnet hier?«

Ve zuckte unbehaglich mit den Schultern. Die Frau schien auch keine Antwort zu erwarten, sie schloss die Schublade der Kasse mit einem lauten Knall.

»Wieso?«, fragte Finn. »Ist doch wunderbar idyllisch hier. Und so ruhig. Ideal für ein Wochenendhaus. Das wäre doch vielleicht was für die alten Herrschaften, oder, Ve? Wir schauen uns das mal genauer an. Finden wir Frau Frenzels Sohn denn hier im Dorf oder hat jemand einen Schlüssel zum Haus?«

»Der Sohn wohnt schon lange nicht mehr im Dorf. Passte auch nicht hierher.«

»Haben Sie vielleicht seine Telefonnummer?«, erkundigte sich Ve.

Die Frau sah sie an, als hätte sie nach der Nummer des amerikanischen Präsidenten gefragt. »Das Haus ist nichts für Sie. Wir wollen auch keine neuen Leute im Dorf. Fahren Sie weiter, fahren Sie lieber weiter.«

12

Fahren Sie lieber weiter. Ve hatte den drohenden Unterton der Frau noch im Ohr, als sie kurz darauf vor das Fachwerkhaus traten, das sie ihnen beschrieben hatte.

»Sie hat nicht übertrieben«, sagte Finn. »Das ist wirklich eine Bruchbude.«

Die Haustür war einmal blau gewesen, jetzt deuteten nur noch ein paar Lackreste auf die ursprüngliche Farbe hin. Die Fachwerkfassade war heruntergekommen, unter dem abgeplatzten Kalkputz kam die mit Stroh vermischte Lehmfüllung zum Vorschein wie das Innere einer Wunde. Auf dem Dach fehlten Ziegel. Und der Kamin ragte so schief in den wolkenverhangenen Himmel, als hätte ihn jemand notdürftig angeklebt.

»Sieht so aus, als ob es seit Jahren leer gestanden hätte«, sagte Ve.

»Die Frau hat aber gesagt, dass Frau Frenzel erst vor vier Wochen ausgezogen ist.« Finn betrachtete das Haus nachdenklich. »Ob Karla wirklich hier ist?«

»Oder Frenzel?« Bevor Finn sie aufhalten konnte, hatte Ve die Klingel neben der Haustür gedrückt. Sie legte das Ohr an die Tür und lauschte nach drinnen. Nichts zu hören. Die Glocke war entweder sehr leise oder der Strom war abgestellt.

»Wir müssen da rein. Aber wie?« Finn schaute skeptisch nach oben. Im Fenster unter dem Dachfirst war die Scheibe zerbrochen. »Wenn wir eine Leiter hätten …«

»Viel zu auffällig. Wahrscheinlich beobachtet uns jetzt schon das ganze Dorf.« Ve ließ ihre Augen über die Nachbarhäuser schweifen. Hinter den Fenstern war niemand zu sehen. Dennoch war sie sicher, dass ihre Ankunft im Dorf nicht unbemerkt geblieben war. Sie spürte die Blicke förmlich im Rücken.

»Wir versuchen es mal auf der Rückseite.« Finn zog die morsche Pforte neben dem Haus auf und trat in den Garten.

Ein vermooster Kiesweg führte um das Haus herum. Auch der Garten hatte bessere Tage gesehen. In den Beeten wucherten Brennnesseln und Löwenzahn und die Hecken waren seit Jahren nicht mehr beschnitten worden. Hinter dem Haus stand das Skelett eines Gewächshauses. Das Glasdach war zerbrochen und um die nackten Metallstreben schlangen sich Efeu- und Brombeerranken.

Inzwischen hatte es zu regnen begonnen und der Wind blies ihnen die Regentropfen ins Gesicht. Es war plötzlich eisig kalt.

»Verdammt«, murmelte Ve.

Finn legte einen Arm um ihre Schulter und zog sie an sich. Sie spürte, wie sie sofort ruhiger wurde. Zusammen traten sie auf die Terrasse an der Rückseite des Gebäudes. Eine breite Glastür führte ins Haus, die hohe Scheibe war blind vor Schmutz und Spinnweben. Finn rüttelte an den Türgriffen. Abgeschlossen, natürlich.

Der Nieselregen steigerte sich innerhalb von Sekunden zu einem Wolkenbruch, es war, als ob ein wütender Regengott eimerweise Wasser auf sie herabschüttete. Als sie in Winding losgefahren waren, war es ein milder Frühlingstag gewesen, deshalb hatte Ve keine Jacke mitgenommen. Jetzt prasselten die Regentropfen auf ihre nackten Arme.

»Vielleicht krieg ich die Tür mit einer Kreditkarte auf.« Finn musste seine Stimme erheben, um das Geprassel zu übertönen.

Ve sah ihm eine Weile dabei zu, wie er mit der Karte im Türschlitz herumfummelte, während der Regen auf ihren Kopf und ihre Schultern hämmerte. Dann bückte sie sich nach einem großen Stein, der in einem Beet lag. Obwohl der Regen erst wenige Minuten andauerte, klebten ihre Klamotten auf der Haut, sie war vollkommen durchnässt. Nun trat sie auch noch in eine große Pfütze, die sich zwischen den zerbrochenen Steinplatten gebildet hatte. Die kalte Nässe lief in ihren Turnschuh. Die ganze Welt schien sich gegen sie verschworen zu haben.

»Geh mal zur Seite!«, rief sie Finn zu.

Erstaunt blickte er auf und sprang weg, als er den Stein in Ves erhobener Hand sah. Sie schleuderte ihn gegen die Scheibe. Das Klirren des zerberstenden Glases ging im Regenprasseln unter.

»Alter Einbrechertrick«, erklärte sie Finn.

»Na dann.« Er hob die Augenbrauen. »Nichts wie rein.« Er zog sein nasses T-Shirt aus und wickelte es um seine Hand, bevor er durch das Loch in der Scheibe griff und die Tür entriegelte. Ein übler Geruch schlug ihnen entgegen, als sie ins Wohnzimmer traten. Es stank nach etwas Undefinierbarem: eine Mischung aus verdorbenen Lebensmitteln, Schimmel und kaltem Zigarettenrauch. Ve spürte, wie sich ihr Magen zusammenzog. Ekelhaft!

Sie hielt die Luft an und blickte sich um. Ein düsterer, niedriger Raum, vollgestopft mit alten Möbeln. Auf der Fensterbank standen mumifizierte Topfpflanzen, die anscheinend seit Monaten nicht mehr gegossen worden waren. Auf dem staubigen Wohnzimmertisch befand sich eine Glasschale mit verschimmeltem Obst.

Finn stöhnte. »Guten Appetit.«

Ve atmete so flach wie möglich. »Hallo? Ist hier jemand?« Ihre Stimme war kaum zu hören, so laut prasselte der Regen gegen die Fenster. Sie versuchte es noch einmal, lauter. »Karla? Bist du hier?«

Keine Antwort.

Finn ging zur Wohnzimmertür und zog sie auf. Der Flur, der dahinterlag, war fast vollkommen dunkel. Nur durch ein vergittertes Fenster in der Haustür fiel trübes Tageslicht. Eine Holztreppe führte nach oben in den ersten Stock. »Wie viel Zeit haben wir noch?«

Ve warf einen schnellen Blick auf die Uhr. »Eine halbe Stunde, schätze ich.«

»Ich schau mich mal hier unten um.« Finn deutete auf die beiden anderen Türen, die vom Flur abgingen.

»Dann geh ich nach oben.« Ve hastete zur Treppe. Wie laut die alten Stufen unter ihren Schritten knarzten! Hoffentlich brach sie nicht durch und landete im Keller. Sie atmete auf, als sie im ersten Stock angekommen war. Hier oben war die Luft ein bisschen besser. Oder vielleicht hatte sich ihre Nase inzwischen auch an den Gestank gewöhnt.

Im ersten Stock gab es drei Räume, die Ve nacheinander inspizierte. Da war ein Schlafzimmer mit Doppelbett, im Raum daneben stand ein einzelnes Bettgestell ohne Matratze. Und hinter der dritten Tür verbarg sich ein winziges Badezimmer mit einer verrosteten Badewanne. Keine Karla.

Eine Art Hühnerleiter führte auf den Dachboden. Einige Sprossen fehlten, die übrigen waren von einer dicken Staubschicht bedeckt. Diese Treppe hatte lange keiner mehr benutzt.

Ve kletterte trotzdem hoch.

»Karla?«

Als sie die Falltür aufstemmte, flog ihr etwas an den Kopf. Vor Schreck ließ sie die Klappe nach hinten knallen. Ve schlug die Hände vors Gesicht, um ihre Augen zu schützen, und schrie panisch auf.

»Ve?« Finns erschrockene Stimme drang aus dem Erdgeschoss zu ihr hoch. »Was ist passiert?«

Jetzt war alles wieder ruhig, der Angriff war vorbei. Langsam ließ Ve die Hände sinken und blickte sich um. Auf einem der Dachbalken saß eine weiße Taube und betrachtete sie misstrauisch mit schief gelegtem Kopf.

Ve atmete auf. »Alles okay!«, rief sie nach unten. Die Taube war vermutlich durch das kaputte Fenster in den Raum geflogen. Vielleicht hatte sie sich vor dem Regen auf den Speicher geflüchtet, vielleicht wohnte sie auch hier. Auf jeden Fall hatte sie ihr plötzliches Zusammentreffen genauso erschreckt wie Ve. Sie gurrte und trippelte nervös von einem Fuß auf den anderen.

»Ist ja gut, ich geh schon wieder.« Ve zog die Klappe zu und trat den Rückzug an.

Als sie nach unten kam, hatte Finn gerade die Tür zum Keller geöffnet. Er hatte sein nasses T-Shirt wieder angezogen, es klebte auf seiner Haut.

»Im Erdgeschoss ist alles klar«, sagte er, während er den alten Drehschalter an der Wand betätigte. »In der Küche sind lauter verdorbene Lebensmittel. Deshalb stinkt es hier so.«

Er drehte den Schalter noch einmal, aber das Licht ging nicht an. Wahrscheinlich gab es wirklich keinen Strom im Haus.

»Na, dann eben so.« Er aktivierte die Taschenlampenfunktion seines Handys und der Schein erhellte die abgetretenen Steinstufen. Sie glänzten, als wären sie nass.

»Hallo? Ist da unten jemand?«, rief Ve in die Tiefe.

Ein Stöhnen drang aus dem Dunkel zu ihnen empor, es klang gepresst, als ob jemandem der Mund zugehalten würde.

Ves Herz begann zu rasen und ihr Mund wurde trocken vor Angst. »Karla? Bist du das?«

Wieder dieser eigenartige, gequälte Laut.

»Warte hier«, sagte Finn und wollte sich in Bewegung setzen.

»Nein. Wir gehen gemeinsam runter.«

Er zögerte einen Moment, dann nahm er ihre Hand. Im selben Moment beruhigte sich ihr Herzschlag und sie hörte auf zu zittern. Langsam gingen sie die Stufen nach unten. Der Keller war so niedrig, dass Finn nur geduckt stehen konnte. Der Lichtkegel des Handys glitt über unverputzte Steinwände und beleuchtete ein Holzregal, von dem Spinnweben hingen wie Girlanden.

»Wo bist du?«, rief Ve.

Das Stöhnen kam aus dem hinteren Bereich des Kellerraums. Ve schrie leise auf, als das Licht auf einen Fuß fiel. Ein schmutziger Ballerina-Slipper, darüber zerrissene Feinstrumpfhosen. Der Lichtstrahl wanderte weiter, erhellte die ganze Gestalt, die am Boden lag. Eine rote Bluse, dann ein Gesicht, das kaum zu erkennen war. Die Augen waren weit aufgerissen. Und zwischen den Lippen steckte ein Knebel.

»Karla«, flüsterte Finn. »Dieser Scheißkerl!«

Ve löste ihre Hand aus seiner, tastete sich durch die Dunkelheit zu der Doppelgängerin ihrer Mutter und ließ sich vor ihr auf die Knie fallen. Der Steinboden war eiskalt.

Jetzt erkannte Ve, dass Karlas Hände über dem Kopf gefesselt waren. Die Handschellen hingen an einem Rohr, das an der Wand entlanglief.

»Mmmmmhhh.« Karla warf den Kopf hin und her.

»Ganz ruhig. Alles ist gut.« Vorsichtig löste Ve den Knebel und zog ihn aus Karlas Mund. »Wir sind ja da.«

Karla spuckte aus, wollte etwas sagen und brachte nichts heraus, weil sie von einem schrecklichen Hustenanfall überwältigt wurde. »Wer seid ihr?«, keuchte sie schließlich.

Finn ließ den Lichtschein über Ves Gesicht gleiten, dann beleuchtete er sich selbst.

»Nicky«, flüsterte Karla. »Was machst du denn hier?«

»Ve«, berichtigte Ve sie. »Aber das ist jetzt nicht wichtig. Wo sind die Schlüssel für die Handschellen?«

»Gunter hat sie mitgenommen.«

Gunter, der in Wahrheit Gernot hieß. Aber auch das spielte keine Rolle. Ve rüttelte an dem Rohr, an dem die Handschellen befestigt waren. Finn kam ihr zu Hilfe, aber nach wenigen Sekunden gaben sie beide auf.

»Ich könnte die Schlösser knacken, aber das dauert zu lang«, erklärte Finn. »Wer weiß, wann Frenzel wieder zurückkommt. Wir müssen die Polizei rufen.«

»Hoffentlich kommt die vor ihm an«, meinte Ve.

»Mein Handy hat keinen Empfang hier unten.«

»Geh nach oben. Ich bleibe bei Karla.«

»Bin sofort wieder da.« Der Lichtkegel entfernte sich, wanderte durch den Kellerraum zurück zur Treppe und dann nach oben. Als die Kellertür hinter Finn zuklappte, zog sich die Dunkelheit wie ein Sack um Ve und Karla, die leise zu wimmern begann.

»Ganz ruhig, Karla«, flüsterte Ve, obwohl sie selbst am ganzen Leib zitterte. Vor Kälte. Vor Angst. »Wir sind gleich hier raus.«

Doch da ging die Kellertür wieder auf. »Ich hab kein Netz«, tönte Finns Stimme nach unten.

»Aber Frenzel hat doch auch von hier telefoniert«, gab Ve zurück. »Es muss gehen! Probier's mal auf dem Dachboden!«

Sie hörten Finns Schritte nach oben poltern und nach

kurzer Zeit wieder zurückkommen. »Da ist ebenfalls tote Hose. Verdammt!«

»Dann geh raus. Wenn es auf der Straße nicht klappt, musst du zurück in diesen Laden. Die werden ja wohl ein Telefon haben.«

Sie legte ihren Arm um Karlas Schultern und spürte ihre Anspannung. Hörte, wie im Erdgeschoss die Haustür zufiel, und schloss die Augen, um die furchtbare Dunkelheit nicht mehr sehen zu müssen. Die Kleider klebten auf ihrer Haut, nass und eiskalt.

»Wie habt ihr mich gefunden?«, fragte Karla krächzend.

»Das erklär ich dir später.«

»Ich war so verdammt bescheuert.«

»Du warst eben blind vor Liebe.«

»Blind.« Karla stieß ein heiseres Lachen aus. »Verblendet. Ich wollte die Wahrheit nicht sehen. Dabei war es so offensichtlich.«

»Was hat er mit dir gemacht? Warst du die ganze Zeit hier unten?«

»Als wir von dem Ausflugsdampfer runter waren, hat Gunter mir irgendeine haarsträubende Geschichte aufgetischt, warum wir schnell aus Starnberg wegmüssten. Natürlich bin ich da misstrauisch geworden. Aber er hat so auf mich eingeredet … Und als ich versucht habe, dich anzurufen, hat er mir irgendwas injiziert – und dann bin ich hier unten wieder aufgewacht.«

»Dieser Scheißtyp«, sagte Ve.

»Ich könnte ihn erwürgen«, sagte Karla. »Und mich selbst gleich mit. Wenn ich nur auf dich gehört hätte, Nicky!«

»Ich bin nicht Nicky«, sagte Ve. »Ich heiße Ve.«

Schweigen. Das war dumm, dachte Ve. Karla war total fertig, sie durfte sie jetzt nicht überfordern.

Aber nun räusperte sich die Doppelgängerin ihrer Mutter. »Er hat so was Komisches gesagt, bevor er verschwunden ist«, sagte sie leise. »Dass die Verbindung zur Parallelwelt geöffnet ist. Ich dachte, er macht sich nur über mich lustig.«

»Nein«, sagte Ve. »Es stimmt. Ich komme aus einem Paralleluniversum. Joachim und mein Dad haben ein Wurmloch geschaffen, durch das bin ich zu euch gereist.«

»Meine Güte!« Die Handschellen klirrten leise, als Karla sich aufzurichten versuchte. »Das ist doch total verrückt! Das kann doch nicht … Wo ist Nicky? Ist sie auch verschwunden?«

»Nein, es ist alles okay mit ihr. Sie ist im Schloss.« Zumindest hoffte Ve, dass ihr Alter Ego wieder zu Hause war.

»Und warum bist du hier?«, fragte Karla.

»Wegen dir«, sagte Ve. »Aber das erklär ich dir später.«

Sie fragte sich, wie lange Finn schon weg war. Ihrem Gefühl nach war eine halbe Ewigkeit vergangen, seit er das Haus verlassen hatte, um zu telefonieren. Aber vielleicht täuschte sie sich auch.

»Du musst mir so viel erklären«, sagte Karla. »Diesmal hör ich dir zu, das schwör ich dir.«

Ve legte ihren Kopf an Karlas Brust. Irgendwo in der Dunkelheit des Raums tropfte Wasser. Dann ertönte ein Rascheln. Ve schauderte. Bestimmt gab es hier Ratten.

»Ist dir auch so kalt?«, fragte sie leise.

»Ich spür die Kälte gar nicht mehr. Vielleicht bin ich schon erfroren.«

»Soll ich nach oben und nachsehen, ob ich nicht doch einen Schlüssel für die Handschellen finde?«, fragte Ve. »Oder eine Metallsäge, mit der wir sie aufkriegen?«

»Nein!« Karlas Schrei war so schrill, dass Ve zusammenzuckte. »Bitte, bitte, lass mich nicht allein! Es ist so schrecklich hier.«

»Ist ja schon gut. Ich bleibe bei dir.« Ve streichelte Karlas Wange, während sie auf ein Geräusch von oben lauschte. Wo blieb Finn? Was, wenn er Frenzel in die Arme gelaufen war?

Als die Kellertür endlich wieder aufgezogen wurde, musste sie sich beherrschen, um nicht laut loszuwimmern wie vorhin Karla.

»Alles klar bei euch?« Das Licht des Handys wanderte langsam auf sie zu.

»Finn! Gott sei Dank!«

»Sorry, dass es so lange gedauert hat. Aber diese blöde

Tussi wollte mich zuerst nicht telefonieren lassen. Man will schließlich keinen Ärger im Dorf.«

»Hast du die Polizei alarmiert?«

»Ja. Es dauert leider eine Weile, bis sie hier sind.«

»Wie lange?«, fragte Ve.

»Eine halbe Stunde. Mindestens.«

»Was? Aber das geht nicht, bis dahin ist Frenzel zurück!«

»Frenzel?«, fragte Karla benommen. »Wer ist Frenzel?«

»Geldinger.« Ve stand auf. »Wir müssen diese verdammten Handschellen aufkriegen. Hast du nicht gesagt, dass du die Schlösser knacken kannst? Was brauchst du dafür? Eine Säge?«

Er lachte. »Das geht nicht. Die Handschellen sind aus Stahl. Aber wenn ich ein Stück Draht oder eine Nadel hätte …«

»So was müsste doch zu finden sein.« Ve richtete sich auf. Ihre Füße waren eingeschlafen, sie wäre fast in sich zusammengesackt, als sie aufzutreten versuchte. »Wir müssen noch mal nach oben, Karla. Aber wir kommen sofort zurück, das verspreche ich dir.«

»Ich …« Karlas Stimme versagte.

Ve spürte, wie sich ihr ganzer Körper verkrampfte.

»Bitte beeil dich«, flüsterte die Doppelgängerin ihrer Mutter.

Ve war erleichtert, als Finn anbot, die Küche zu übernehmen. Der Gestank, der von dort in den Flur drang, war unerträglich, und sie war wirklich nicht scharf darauf, die Schubladen und Schränke zu durchwühlen.

»Ich schau oben im Bad nach.« Sie rannte die Treppe hoch und lief zu dem kleinen Raum am Ende des Korridors. Auch hier war es unbeschreiblich dreckig. Das Waschbecken war mit einer dicken Schicht aus Kalk und Schmutz überzogen, das Porzellan war gesprungen. Ve zog das kleine Spiegelschränkchen an der Wand auf. Verstaubte Zahnseide, Pflaster, Kopfschmerztabletten. Mundwasser aus dem vorigen Jahrhundert, vier Stück Lavendelseife. Eine Packung Wattestäbchen, aber damit bekam man die Handschellen nicht auf. Ve rannte ins Schlafzimmer.

Neben dem Bett stand eine Frisierkommode, die ebenfalls von einer dicken Staubschicht bedeckt war. Ein verblichenes Foto steckte im Rahmen des Spiegels: eine junge, hübsche Frau und ein lachender Junge, in dem Ve sofort Frenzel wiedererkannte. Ob seine Mutter ahnte, dass aus ihrem niedlichen Sohn ein eiskalter Verbrecher geworden war?

Ve durchwühlte die Schublade der Kommode. Ein eingetrockneter Lippenstift, eine Haarbürste, in der viele graue Haare hingen, Lockenwickler, eine Nagelschere und – sie stieß einen leisen Freudenschrei aus – eine Dose mit Haarnadeln.

Sie stürmte wieder nach unten und erlöste Finn, der immer noch in der stinkenden Küche stand.

»Das ist perfekt!« Er zog eine Nadel aus der Packung. »Hoffentlich funktioniert es auch.«

Diesmal nahm Ve das Handy und beleuchtete Karlas Handgelenke, während Finn sich an die Arbeit machte. Er führte die Spitze einer Haarnadel in eine winzige kreisförmige Vertiefung im Stahl ein und schob sie zur Seite. Ve hörte, wie er aufatmete.

»Klappt es?«

»Die Arretierung ist gelöst. Jetzt muss ich nur noch …« Er unterbrach sich, während er die Haarnadel in der Vertiefung versenkte. Und wieder stieß er erleichtert die Luft aus. »Wer sagt's denn!«

»Wow!«, flüsterte Ve, als sich das Schloss öffnete. »Woher kannst du so was?«

»Sebastian hat es mir mal gezeigt.« Behutsam nahm Finn Karlas Hand und legte sie in ihren Schoß. »Hätte nicht gedacht, dass ich es noch hinkriege.«

»Danke.« Karlas Stimme klang gepresst. Als der Lichtschein ihr Gesicht streifte, sah Ve, dass ihre Wangen tränenüberströmt waren.

Das andere Schloss ließ sich nicht ganz so leicht knacken, die Vertiefung lag auf der Rückseite und war nur schwer zu erreichen. Aber nach einigen Minuten war Finn auch hier erfolgreich.

Karla massierte ihre schmerzenden Hände, dann halfen Ve und Finn ihr auf die Beine.

»Kannst du gehen?«, fragte Finn besorgt. »Wir sollten nämlich so schnell wie möglich hier raus.«

»Ich schaff das schon«, keuchte Karla, aber nach ein paar Schritten brach sie zusammen und wäre gefallen, wenn sie sie nicht festgehalten hätten.

Es dauerte unendlich lange, bis sie den Raum endlich durchquert und die Kellertreppe bewältigt hatten.

»Das Auto steht immer noch drüben beim Supermarkt«, sagte Finn. »Am besten wartet ihr hier, bis ich es geholt habe.«

»Gut«, sagte Ve. Sie fragte sich allerdings, wie sie es schaffen sollte, Karla alleine aufrecht zu halten. Im Moment lastete ihr Gewicht nur zur Hälfte auf Ves Schulter, dennoch drückte sie sie fast zu Boden. »Wir warten nicht mehr auf die Polizei. Ist besser, wenn wir so schnell wie möglich …« *Abhauen*, wollte sie noch sagen, aber das Wort blieb ihr im Hals stecken.

Denn jetzt wurde von außen ein Schlüssel ins Schloss gesteckt. Dann ging die Tür auf und Gernot Frenzel stand vor ihnen.

13

Ohne Karla, die schwer auf ihren Schultern hing, hätten sie es vielleicht noch geschafft. Wenn sie sich beide auf Frenzel gestürzt hätten, hätten sie seine Überraschung nutzen können, um ihn zur Seite zu stoßen und zu fliehen.

Mit Karla hatten sie jedoch keine Chance. Bevor sie reagieren konnten, hatte Frenzel die Lage erfasst. Blitzschnell fuhr seine Rechte in die Jacke. Er holte eine Pistole heraus und entsicherte sie.

»So habt ihr euch das also gedacht.« Er lächelte kühl, während er die Tür hinter sich schloss, ohne den Blick von Ve, Finn und Karla zu wenden.

»Gunter!« Vor lauter Entsetzen brachte Karla nicht mehr als ein Krächzen heraus. »Ich flehe dich an, bitte, lass uns gehen!«

Sein Lächeln wurde noch breiter. »Warum sollte ich das tun?« Er seufzte und schüttelte den Kopf. »Ihr wolltet mich reinlegen, was? Hab ich's mir doch gleich gedacht, dass die Unterlagen gefälscht sind. So ein verdammter Dreck!« Wütend schleuderte er die Plastiktüte auf den Boden. »Ihr miesen, kleinen ...«

»Wir haben die echten Unterlagen nicht«, unterbrach Ve ihn. »Sie sind in der anderen Welt, da kommen wir nicht dran.«

»Das Wurmloch ist offen. Ihr könnt sie holen.«

»Das ist nicht so einfach, wie Sie glauben ...« Ve verstummte, als sich sein eiskalter Blick in ihre Augen bohrte. Es war sinnlos. Frenzel war besessen von Gier und Wut, er hörte ihr gar nicht richtig zu.

»Ist mir scheißegal, ob es einfach oder kompliziert ist«, zischte er. »Wenn ihr die Unterlagen nicht besorgt, mach ich euch fertig.«

»Das ist doch lächerlich!«, rief Finn. »Wir haben die Polizei schon gerufen, die Bullen können jeden Moment hier sein. Geben Sie auf!«

Frenzel grinste. »Die brauchen Jahre, bis sie hier oben sind. Bis dahin sind wir längst weg.« Er hob die Pistole. »Ihr tut jetzt genau, was ich sage. Und wenn mir einer von euch zu nahe kommt oder irgendetwas Dummes versucht, dann ist sie tot.« Er zeigte mit der Mündung der Waffe auf Karla.

»Was haben Sie vor?«, fragte Ve.

»Das wirst du früh genug merken.« Jetzt griff er wieder hinter sich, öffnete die Tür und warf einen schnellen Blick nach draußen. Der Regen hatte inzwischen nachgelassen, aber der Sturm tobte immer noch. Heulend trieb er eine leere Plastiktüte über die nasse Straße, Laub und Blütenblätter taumelten hinterher. Weit und breit war kein Mensch zu sehen.

»Da draußen steht mein Auto«, sagte Frenzel. »Es ist offen. Ihr geht jetzt nacheinander raus. Wer von euch ist hergefahren?«

»Ich«, sagte Finn.

»Dann setzt du dich ans Steuer. Die anderen beiden gehen auf den Rücksitz. Ihr werdet gleich tief und fest schlafen, damit ihr euch auf der Fahrt nicht langweilt.«

»Geben Sie auf«, sagte Finn. »Die Polizei …«

»Halt's Maul!« Frenzel stieß mit dem Fuß die Tür auf. »Geh zum Auto. Und ich warne dich noch mal: keine Tricks!«

Als Finn Karla losließ, um die wenigen Meter von der Haustür zu Frenzels Wagen zu gehen, sackte sie ein Stück in sich zusammen. Ve packte sie unter den Schultern und unterdrückte mit Mühe ein Stöhnen, als sie spürte, wie sich Karlas gesamtes Gewicht auf sie verlagerte. Sie war so schwer!

»Es tut mir leid«, hörte sie Karla murmeln.

»Halt die Fresse!«, schrie Frenzel, obwohl sie die Worte nur geraunt hatte.

Als Finn auf dem Fahrersitz saß, stieß Frenzel Ve die Pistole in die Seite. »Und jetzt du. Auf den Rücksitz.«

Wenn sie Karla losließ, würde die zusammenbrechen. Aber wenn sie Frenzels Befehl nicht Folge leistete, dann würde er unter Umständen die Nerven verlieren und sie alle drei erschießen. Er wirkte jetzt nicht mehr cool und überlegen, sondern total fertig. Auf seiner Stirn standen Schweißtropfen, sein Gesicht glühte, als habe er Fieber.

»Können wir nicht zusammen …?«, begann Ve leise und verstummte, als sie sah, wie sich Frenzels Gesicht zu einer wütenden Grimasse verzog.

»Du tust jetzt, was ich sage, oder …« Er fuchtelte mit der Pistole.

»Geh schon«, flüsterte Karla. »Ich schaffe das.«

Ve lehnte Karlas schweren Körper gegen die Wand, dann ließ sie sie los. Sie hätte sich nicht gewundert, wenn Karla sofort zu Boden gesunken wäre, aber sie hielt sich irgendwie auf den Beinen.

Ein kalter Wind schlug Ve ins Gesicht, als sie aus dem Haus trat. Sie senkte unwillkürlich den Kopf und zog die Schultern hoch, und im selben Moment passierten drei Dinge auf einmal.

Karla, die gerade eben noch wie ein Mehlsack an der Wand gelehnt hatte, schnellte plötzlich nach vorn, prallte gegen den überraschten Frenzel und riss ihn zu Boden.

Ein Schuss knallte los. Ve hatte das Gefühl, dass er direkt über ihrem Kopf hinwegpfiff. Sie duckte sich und ging hinter dem Wagen in Deckung. Sah, wie Finn den Mund aufriss und etwas brüllte, aber sie verstand nicht, was er schrie. Sie hörte alles wie durch Watte.

Dann flog ein dunkler Schatten an ihr vorbei, auf Frenzel und Karla zu, die immer noch ineinander verknäuelt am Boden lagen. Das ist der Tod, dachte Ve unsinnigerweise. Doch nun erkannte sie, dass es ein großer schwarz gekleideter Mann war, der sich über Frenzel beugte. Jetzt ließ er schon wieder von ihm ab, er stürzte in den Hausflur, schnappte sich die Plastiktüte mit dem Buch und verschwand so schnell, wie er aufgetaucht war.

Ein Motor heulte auf, dann jagte ein schwarzer BMW die Dorfstraße entlang und aus dem Dorf.

»Komm, Ve, schnell!« Finn hatte ebenfalls den Motor angelassen. Ve blickte sich angsterfüllt nach Karla um. Frenzel hatte sich inzwischen wieder gefasst, er versuchte sich aufzurichten und tastete nach der Waffe, die er beim Sturz verloren hatte. Aber Karla war schneller. Erstaunlich flink schnappte sie ihm die Pistole weg, holte aus und knallte ihm den Lauf gegen die Schläfe. Ächzend verdrehte er die Augen und ging endgültig zu Boden.

»So«, sagte Karla. »Du mieser Scheißkerl!«

Dann stand sie schwankend auf. Ihr Gesicht war kalkweiß.

»Wo bleibt eigentlich diese verdammte Polizei?«, fragte sie erschöpft.

»Egal«, sagte Finn. »Nichts wie weg hier!«

»Den Typen in dem schwarzen Wagen hat uns todsicher Fischer auf den Hals gehetzt«, sagte Ve, als sie Hintersee hinter sich gelassen hatten und auf der Serpentinenstraße den Berg hinunterfuhren.

Ve und Karla saßen auf dem Rücksitz. Karla hatte ihren Kopf auf Ves Schulter gebettet. Inzwischen war in ihre Wangen wieder Farbe zurückgekehrt, sie atmete ruhig und gleichmäßig.

»Aber warum sind die *uns* gefolgt und nicht Marcella und Nicky?«, wunderte sich Finn. »Sie hätten Frenzel die Unterlagen doch schon viel früher abnehmen können.«

»Gute Frage.« Ve sah nachdenklich aus dem Fenster.

»Was sind das für Unterlagen, hinter denen alle her sind?«, fragte Karla.

»Ein Buch mit den Aufzeichnungen von meinem Dad«, erklärte Ve, »in dem steht, wie man den Teleporter programmiert und ein Wurmloch baut. Sie dürfen TRADE auf keinen Fall in die Hände fallen.«

»Ist das Buch wirklich im anderen Universum oder war das eine Lüge?«, fragte Karla.

»Nein, das stimmt. Wir hätten es Frenzel gar nicht aushändigen können, auch wenn wir gewollt hätten.«

»Ich frage mich, ob er mich wirklich umgebracht hätte, wenn ihr nicht aufgetaucht wärt«, murmelte Karla.

»Ich befürchte, ja.« Ve seufzte. »Er hat ja auch abgedrückt, als du dich auf ihn geworfen hast. Zum Glück hat er nicht getroffen.«

»Das war nicht Frenzel, der geschossen hat«, mischte sich jetzt Finn ein. »Die Kugel kam von der Straße, sie ist in der Haustür eingeschlagen. Die war garantiert für Frenzel bestimmt. Wenn Karla ihn nicht zu Boden gerissen hätte, dann hätte es ihn erwischt.«

»Willst du damit sagen, dass ich dem Schweinehund das Leben gerettet habe?« Karla stöhnte. »Wenn ich das gewusst hätte, hätte ich mich nicht vom Fleck gerührt!«

Finn bremste plötzlich abrupt ab und fuhr im Schneckentempo um eine Haarnadelkurve.

»Was ist denn jetzt los?«, fragte Ve.

»Tempo 30«, sagte Finn. »Und im Unterschied zu anderen Herrschaften halte ich mich an die Geschwindigkeitsvorschriften.«

Jetzt sah auch Ve die Polizeistreife, die am Straßenrand geparkt hatte. Davor stand der schwarze BMW, den sie gerade eben noch oben im Dorf gesehen hatten. Ein Polizeibeamter überprüfte die Papiere des Fahrers.

»Na hoffentlich ist mit dem Führerschein alles in Ordnung«, sagte Finn spöttisch, während ein zweiter Polizist sie vorbeiwinkte.

»Kein Wunder, dass die so lange brauchen, wenn die unterwegs für jeden Temposünder anhalten«, schimpfte Ve.

»Vielleicht hat die Frau aus dem Supermarkt ja auch Entwarnung gegeben, kaum dass ich wieder weg war«, mutmaßte Finn. »Es war ihre größte Sorge, dass ihr Kaff irgendwie in die Schlagzeilen geraten könnte.«

»Das darf ja wohl nicht wahr sein!«, rief Ve empört. »So eine Hexe!«

»In dem Dorf möchte ich nicht begraben sein«, sagte Finn.

»Ich frag mich, wie lange es dauert, bis Fischer schnallt, dass es sich bei dem Buch um eine Fälschung handelt«, wechselte Ve das Thema.

»Hoffentlich lange genug, bis das Wurmloch wieder endgültig geschlossen ist«, sagte Finn und dann schwiegen sie beide, weil ihnen plötzlich bewusst wurde, wie wenig Zeit sie noch miteinander hatten.

Karla schwieg ebenfalls. Ihr Kopf war von Ves Schulter gerutscht und ruhte jetzt auf der Rückenlehne, ihre Lippen waren leicht geöffnet. Sie schlief.

Unterwegs rief Ve Nicky an und erzählte ihr, was passiert war.

»Das ist ja Horror!«, gellte die Stimme ihrer Doppelgängerin durchs Handy. »Wie geht es euch? Ist Mama okay?«

»Alles in Ordnung. Bei euch auch?«

»Klar. Wir sind seit fast einer Stunde wieder zurück im Schloss. Die Übergabe war das totale Chaos. Aber das erzählen wir euch, wenn ihr hier seid.«

Als sie kurz darauf auf den Schlosshof fuhren, empfingen Nicky und Marcella sie schon an der Haustür. Nicky schlug erschrocken die Hand vor den Mund, als sie ihre Mutter sah.

»Oh mein Gott, du siehst ja schrecklich aus«, stieß sie entsetzt aus.

»Danke für die Blumen.« Karla lächelte schief. Im dunklen Keller hatte man ihre Verletzungen nicht gesehen, aber jetzt offenbarte das helle Tageslicht das ganze Ausmaß ihres Elends. Unter ihrem linken Auge prangte ein riesiger blauvioletter Fleck, eine tiefe Schramme zog sich quer über ihre Stirn. Ihre Lippen waren rau und aufgesprungen, die Nase geschwollen. Sie bewegte sich mühsam und mit kleinen Schritten aufs Schloss zu, aber als Finn ihr seinen Arm anbot, winkte sie ab. »Ich brauch jetzt erst mal was zu trinken.«

»Du brauchst ... was?« Ve schluckte. Was hatte sie erwartet, fragte sie sich dann. Dass die Entführung Karla auf wundersame Weise von der Alkoholsucht kurieren würde? Was für ein Blödsinn. Nach der Enttäuschung, die Frenzel ihr bereitet hatte, würde die Trinkerei bestimmt noch viel schlimmer werden.

Karla lachte, als sie Ves und Nickys entsetzte Gesichter bemerkte. Es war ein kraftloser, heiserer Laut, aber es erinnerte Ve so sehr an das spöttische Lachen ihrer eigenen Mutter, dass ihr plötzlich Tränen in die Augen schossen.

»Ihr glaubt doch wohl nicht, dass ich sofort wieder mit

dem Saufen anfange«, sagte Karla. »Darauf hat Gunter auch spekuliert. Ach nee, der Name stimmt ja gar nicht. Frenzel muss ich wohl sagen.«

»Hat er dir Alkohol angeboten?«, fragte Ve entgeistert.

»Die ganze Zeit. Ein Gläschen Wein, ein Bier, einen Schnaps.« Karla schüttelte den Kopf. »Vermutlich wollte er irgendwas aus mir rausholen, das ich ohnehin nicht wusste.«

»Und du bist hart geblieben?«, fragte Nicky. »Du hast nichts getrunken?«

»Keinen einzigen Schluck«, erwiderte Karla finster. »Leider auch viel zu wenig Wasser. Ich bin total ausgetrocknet.«

Als sie die Küche betraten, schlug ihnen der Geruch von Gemüsesuppe entgegen. Marcella hatte gekocht.

»Das wird euch guttun«, sagte Nicky, während sie die Teller mit der dampfenden Suppe auf den Tisch stellte.

Ich krieg jetzt überhaupt nichts runter, wollte Ve gerade sagen, doch dann merkte sie, dass sie entsetzlich hungrig war. Gleichzeitig überkam sie wieder dieses seltsame Gefühl. Der Eindruck, dass irgendetwas nicht stimmte. Und genau wie beim letzten Mal kam sie auch jetzt nicht darauf, was sie irritierte.

Das ungute Gefühl verschwand auch sofort, als sie den

ersten Löffel nahm. Die Suppe schmeckte köstlich. Sie leerte ihren Teller in Windeseile, und auch Finn aß wie ein Verhungernder.

»Jetzt erzählt doch mal, wie es heute Mittag bei euch gelaufen ist«, sagte Ve und nahm sich eine zweite Portion.

Marcella runzelte die Stirn. »Da ist leider alles drunter und drüber gegangen.«

Sie hatte Nicky am Bahnhof von Winding abgesetzt und wollte dann wie geplant mit dem Auto nach Sülzlingen. Aber schon nach kurzer Zeit hatte sie den schwarzen BMW bemerkt, der sie verfolgte.

»Mir war natürlich sofort klar, dass ich die Typen Fischer zu verdanken hatte. Und dass ich sie abhängen musste.«

Das war ihr auch gelungen, aber erst nach vielen Umwegen. Danach war sie viel zu spät am Bahnhof in Sülzlingen angekommen. Nicky hatte die Tasche längst im Papierkorb deponiert und war mit dem nächsten Zug nach Winding zurückgefahren.

Und Frenzel war mit den gefälschten Unterlagen über alle Berge.

»Nachdem sie dich verloren haben, sind die TRADE-Leute vermutlich zurück zum Schloss. Und von dort sind sie Finn und mir nach Hintersee gefolgt«, folgerte Ve.

»Gar nicht mal so blöd, die Typen«, meinte Finn.

»Aber nicht schlau genug«, sagte Marcella finster.

»Wir können bloß hoffen, dass Fischer eine Weile lang damit beschäftigt ist, das falsche Buch auszuwerten.«

»Will jemand noch Suppe?«, fragte Nicky. »Mama, du hast so gut wie gar nichts gegessen.«

Während Ve und Finn schon die zweite Portion verdrückt hatten, war Karlas Teller noch halb voll.

»Hast du keinen Hunger?«, wunderte sich Ve.

»Ich muss mich erst wieder ans Essen gewöhnen. Sonst wird mir schlecht.«

»Vielleicht sollten wir dich lieber ins Krankenhaus bringen.« Marcella, die gerade Teewasser aufgesetzt hatte, wandte sich besorgt zu Karla um. »Du bist so furchtbar blass.«

»Quatsch, Krankenhaus.« Karla zog eine Grimasse. »Bloß nicht. Die stellen tausend Fragen und ich will jetzt vor allem meine Ruhe.«

»Kann ich verstehen.« Finn leckte seinen Löffel ab. »Aber vielleicht wäre es ja gar nicht so blöd, wenn wir die Polizei informieren würden.«

»Du meinst, ich soll Frenzel anzeigen?«, fragte Karla entgeistert. »Aber das geht nicht. Dann kommt doch alles raus.«

»Du erzählst natürlich nichts von dem Wurmloch. Und Frenzel wird es ebenfalls nicht erwähnen, da kannst du Gift drauf nehmen.«

»Die Idee ist gar nicht so verkehrt«, sagte Marcella nachdenklich. »Du bleibst einfach bei den harten Fakten.

Dass Frenzel sich unter falschem Namen an dich rangemacht hat und als du ihm auf die Schliche gekommen bist, ist er ausgerastet und hat dich entführt.«

»Wir erzählen, dass du es irgendwie geschafft hast, uns anzurufen!«, fiel Ve ein. »Daraufhin sind wir nach Hintersee, um uns ein Bild von der Lage zu machen, und dort haben sich die Ereignisse überschlagen.«

»Und weil man sich auf die Polizei offensichtlich nicht verlassen kann«, fiel Finn ein, »haben wir dich kurzerhand befreit.«

»Das ist gut«, sagte Marcella. »Ich bin dafür, dass wir das sofort erledigen. Frenzel rechnet bestimmt nicht mit einer Anzeige. Wenn wir Glück haben, erwischen die ihn noch in Hintersee.«

»Kann die Polizei nicht zu uns kommen?«, fragte Karla. »Ich bin wirklich fertig.«

»Ich glaube, das ist keine gute Idee«, sagte Marcella bedauernd. »Wenn Alice mitkriegt, dass die Polizei im Schloss ist, fängt sie sofort wieder an, gegen die Tür zu hämmern. Und dann sind wir geliefert.«

»Wer ist Alice?« Karla sah sie verständnislos an. »Wovon sprichst du?«

Nicky erzählte ihr von Marcellas Doppelgängerin im Keller.

»Oh Gott. Wenn das so weitergeht, brauch ich doch noch einen Schnaps«, stöhnte Karla. »Marcella, eingesperrt in meinem Keller. Das ist ja schrecklich.«

»Sie nennt sich Alice, seit sie in dieser Welt lebt«, bemerkte Nicky. »Das ist ihr zweiter Name.«

»Das macht die Sache auch nicht besser«, murmelte Karla.

»Ist ja nur noch für ein paar Stunden«, beruhigte Ve sie. »Und sie hat es dort unten erheblich komfortabler als du bei Frenzel.«

»Habt ihr euch eigentlich mal überlegt, wie wir um Mitternacht an den MTP kommen?«, fragte Nicky plötzlich. »Wenn wir zum Teleporter wollen, müssen wir an Marcella vorbei.«

»Na und?«, erwiderte Ve. »Wir sind fünf und sie ist allein. Wir werden es ja wohl noch schaffen, sie in Schach zu halten.«

»Ich denke, ich fahre jetzt mal los.« Karla stützte sich schwer auf den Tisch, um aufzustehen. Sie sah ihre Tochter an. »Kommst du mit, Nicky?«

»Vielleicht wäre es besser, wenn Ve und Finn dich begleiten«, sagte Marcella. »Sie waren ja dabei. Wir sollten uns, soweit es geht, an die Wahrheit halten. Das ist am einfachsten.«

Diesmal nahm die Polizei die Sache ernst. Karlas malträtiertes Gesicht war ausgesprochen überzeugend. Drei Beamte nahmen ihre Aussagen auf, danach wollten sie Karla ins Krankenhaus bringen, um ihre Verletzungen zu dokumentieren, aber sie weigerte sich vehement.

»Sie können das Ganze auch hier fotografieren«, erklärte sie. »Und dass die Wunden nicht aufgemalt sind, sehen Sie ja wohl.«

»Wir müssen aber sichergehen, dass Sie keine inneren Verletzungen haben. Rippenbrüche oder Ähnliches.«

»Das lassen Sie ruhig meine Sorge sein. Schicken Sie lieber ein paar Leute nach Hintersee. Und verhaften Sie diesen Verbrecher.«

»Die Einheit ist schon unterwegs«, sagte der leitende Beamte.

»Mein Auto steht noch da oben«, fiel Finn jetzt ein. »Meinen Sie, Sie könnten …?«

Der Polizist nickte. »Geben Sie mir die Schlüssel und die Papiere. Wir kümmern uns um die Sache.«

»Gut.« Karla stand auf. »Ich muss jetzt zurück nach Hause, meine Tochter wartet auf mich.«

»Aber … Ihre Tochter ist doch hier.« Der Mann warf Ve einen verwirrten Blick zu.

»Natürlich«, sagte Karla eisig. »Glauben Sie, ich weiß nicht mehr, wer meine Tochter ist? Also wirklich!« Sie wankte empört aus dem Raum, ohne sich zu verabschieden.

»Puh.« Als sie draußen vor der Wache standen, rieb sie sich müde die Augen. »Das hab ich ja wohl ziemlich vermasselt.«

»Ach Quatsch«, sagte Finn. »Ist doch alles bestens gelaufen.«

»So selbstbewusst hab ich dich noch nie erlebt«, meinte Ve.

»Ich mich auch nicht.« Karla lächelte. »Aber es tut wirklich gut, stark zu sein.«

Auf dem Parkplatz wollten sie gerade ins Auto steigen, als sie einen hellen Schrei hörten. »Finn! Was machst du denn hier?«

Es war Alina, die nun über die Straße auf sie zu stürmte und Finn um den Hals fiel. »Ich hab die ganze Zeit versucht, dich zu erreichen«, rief sie erleichtert. »Warum gehst du denn nicht ans Handy?«

Das Konzert! Alina und Finn hatten heute Abend ihren großen Auftritt. Ve hatte es vollkommen vergessen und Finn offensichtlich auch, jedenfalls löste er sich jetzt aus der Umarmung und starrte Alina so entgeistert an, als hätte er sie noch nie zuvor gesehen.

»Ich ... das ist aber ...«, stammelte er hilflos.

»Was?« Alinas dunkelblaue Augen wurden groß vor Verwunderung. »Ist irgendwas nicht in Ordnung?«

»Doch.« Finn schluckte hörbar. »Alles okay.«

»Sollen wir gleich rüber? Wir haben noch eine gute halbe Stunde bis zum Soundcheck, aber wir können ja die Setlist noch mal durchgehen. Ich bin so verdammt aufgeregt ...« Ihre Stimme brach. Nervös fuhr sie sich durch die blonden Seidenhaare.

»Ich kann jetzt nicht, Alina«, sagte Finn. »Ich ...«

»Aber warum denn nicht, Finn?«, unterbrach ihn Ve. »Wir sind hier soweit fertig. Und ihr habt vor dem Auftritt bestimmt noch eine Menge zu besprechen.«

Er sah sie ungläubig an. Sie brauchte alle ihre Kraft, damit ihr das Lächeln, das sie auf ihre Lippen gezwungen hatte, nicht aus dem Gesicht rutschte.

»Wer soll euch denn zurück ins Schloss bringen?«, fragte er.

»Ich kann fahren«, sagte Karla. »Kein Problem.«

»Hallo, Frau Wandler.« Alina starrte einen Moment lang neugierig in Karlas zerschlagenes Gesicht. Dann wandte sie sich wieder Finn zu, ohne Ve eines Blickes zu würdigen.

»Sollen wir dann?« Sie wuschelte ihm zärtlich durchs Haar und küsste ihn auf die Nase. »Oh Mann, du bist ja genauso nervös wie ich. Und ich dachte, du bist ein Profi!«

Sie wollte ihn wegziehen, aber Finn blieb einfach stehen und sah Ve an.

»Ich will dich jetzt nicht allein lassen.«

»Das musst du ohnehin.« Ve spürte, wie sich ihre Brust zusammenzog. Ihre Augen füllten sich mit Tränen. Ach du Schreck, bloß nicht heulen!

»Was ist denn eigentlich los?«, fragte Alina ungehalten.

»Nichts«, sagte Ve. »Alles super. Viel Glück heute Abend!«

»Danke. Du kommst doch, oder?« Wie Alinas Augen

jetzt leuchteten. Wenn sie bloß nicht so verdammt hübsch gewesen wäre!

»Ich ... Na klar komm ich.«

»Aber wirklich.« Finns blaugrüne Augen suchten ihren Blick, fanden und hielten ihn fest. »Versprich mir, dass du kommst!«

»Ich ...« Warum wollte er, dass sie zu dem Konzert kam? Wollte er sie quälen?

»Sicher.« Ve wollte einsteigen, aber Finn hielt sie fest.

»Ich verlass mich darauf.« Seine Stimme klang, als wäre er am Ertrinken.

Sie nickte ihm zu, dann riss sie sich los und kletterte in den Wagen.

14

Es war wie eine Wunde, auf der sich dünner Schorf gebildet hatte, die nun wieder aufgerissen worden war und heftiger blutete als je zuvor.

Finn und Alina. Alina und Finn.

Das war die Zukunft. Und das war gut so, auch wenn es sich nicht so anfühlte. Alina würde Finn von der Trennung von Ve ablenken. Sie würde ihn trösten und aufbauen.

»Ach, mein armer Schatz.« Karlas Stimme war weich von Mitleid. »Es tut mir so leid.«

Sie schien genau zu wissen, was in Ve vorging. Und genau wie Ves Mum versuchte sie nicht, weiter in sie zu dringen, sie auszufragen. Überhaupt wurde diese Karla ihrer Doppelgängerin immer ähnlicher. Die ruhige Selbstsicherheit, die sie ausstrahlte. Die Art, wie sie ihr

Haar zurückstrich. Das Lächeln, das sie Ve nun zuwarf, während sie den Wagen vom Parkplatz fuhr. Alles erinnerte Ve an ihre Mutter.

Bis jetzt hatte Ve keine Gelegenheit gehabt, Karla von ihrem kranken Alter Ego zu erzählen. Nun, das spürte sie ganz genau, war der Moment gekommen.

Sie holte tief Luft. »Ich muss dir noch was sagen, Karla.«

Nachdem sie einmal angefangen hatte, gab es kein Halten mehr, die Worte strömten einfach aus ihr heraus. Sie erzählte von dem Einbruch, der Kamera in der Küche, Karlas Zusammenbruch und der Notaufnahme. Von der schrecklichen Diagnose und ihrer eigenen furchtbaren Angst.

»Als ich hierhergekommen bin, lag Mum im Koma«, flüsterte Ve. »Ich weiß nicht einmal, ob sie überhaupt noch lebt.«

»Großer Gott!« Karla lenkte den Wagen durch das Tor auf den Schlosshof. Sie stellte den Motor ab und schloss die Augen. Wie blass sie war! Vielleicht war es doch verkehrt gewesen, die ganze Sache so schonungslos und drastisch zu schildern. Karla war selbst gerade erst dem Tode entronnen, wahrscheinlich hatte Ve sie vollkommen überfordert.

»Großer Gott«, murmelte Karla noch einmal. »Deshalb bist du also hier.«

»Ich …« Ve schluckte. »Es tut mir leid.«

Karla hob den Kopf und blickte sie an. Sie sah aus wie ein Gespenst. »Ich hab die ganze Zeit in einer Glasglocke gelebt«, wisperte sie. »Von der Wirklichkeit hab ich nichts mitbekommen.«

»Du konntest auch gar nichts davon wissen«, sagte Ve. »Meine Mum weiß ja auch nichts von dir.«

»Du hast ihr nichts von dieser Welt erzählt?«, fragte Karla erstaunt. »Warum nicht?«

Ve zuckte mit den Schultern. Am Anfang hatte sie alles verschwiegen, weil sie ihrer Mum nicht getraut hatte. Und als Karla dann krank geworden war, hatte Ve ihr keine falschen Hoffnungen machen wollen. Jetzt war sie froh, dass sie geschwiegen hatte.

Die erschöpfte, blasse Frau, die neben Ve saß, hatte ihre eigenen Probleme, sie konnte Ve nicht helfen.

Karla starrte mit leerem Blick an Ve vorbei. Das Unwetter hatte sich restlos verzogen, der Himmel war wieder strahlend blau. Die Abendsonne malte goldene Flecken auf das alte Steinpflaster des Hofs. Ein sanfter Wind brachte die Triebe des Bambus zum Rascheln, der in einem Holzkübel neben dem Fahrradschuppen wuchs. Auf der Mauer neben dem Tor saß eine weiße Taube und gurrte.

»Wir sollten reingehen«, sagte Ve. »Nicky und Marcella warten bestimmt schon.«

Sie wollte aussteigen, aber Karla hielt sie zurück.

»Warte!« Die Erschöpfung und Müdigkeit, die gerade

eben noch in ihrem Gesicht gelegen hatten, waren einem Ausdruck der Entschlossenheit gewichen. Ihre Augen glänzten, ihre Lippen bewegten sich, aber sie brachte kein Wort heraus.

»Was ist?«, fragte Ve, beunruhigt und gespannt zugleich.

»Ich werde es tun.«

»Wovon sprichst du?«, flüsterte Ve. »Was wirst du tun?«

»Als ich da unten in diesem Keller war«, erwiderte Karla, »in dieser schrecklichen Dunkelheit, da hab ich mir geschworen, dass ich mein Leben verändern werde, falls ich noch einmal die Chance dazu bekomme. Und dann habt ihr mich gerettet. Ich werde nicht mehr so weitermachen wie bisher. Ich will, dass mein Leben einen Sinn hat.«

Nun war es Ve, die vergeblich nach Worten suchte.

»Ich werde dich begleiten. Und deiner Mum helfen«, sagte Karla.

Ve starrte sie ungläubig an. Hatte sie richtig gehört, hatte Karla die letzten Worte wirklich gesagt?

»Aber ... das Wurmloch öffnet sich schon um Mitternacht. Du hättest nur noch wenige Stunden, um ...« Ves Stimme versagte. Das war ein Traum, das musste ein Traum sein.

»Ich muss mit Nicky reden«, sagte Karla. »Ich gehe nur, wenn sie damit einverstanden ist. Aber ich glaube«, sie zögerte kurz, »sie wird mich gehen lassen. Nicky ist so vernünftig und erwachsen. Sie braucht mich nicht mehr.« Nun richtete sich ihr fester Blick wieder auf Ve. »Aber deine Mutter braucht mich.«

»Oh, Karla. Das wäre …«, weiter kam Ve nicht, denn nun ließen sich die Tränen nicht mehr zurückhalten.

Karla nahm sie in den Arm und streichelte ihren Rücken. »Es wird alles gut«, flüsterte sie. »Wir schaffen das.«

»Meinst du?« Ve putzte sich die Nase.

»Ich bin mir ganz sicher.« Karla lächelte. »Und jetzt gehen wir wirklich rein. Die wenigen Stunden, die mir in dieser Welt bleiben, will ich mit meiner Tochter verbringen.«

Es war genau so, wie Karla es vorausgesagt hatte: Nicky schluckte kurz, als ihre Mutter ihr mitteilte, dass sie bereit war zu gehen, aber die letzte Entscheidung Nicky überlassen wollte. Dann nickte sie langsam.

»Ich glaube, du musst es tun«, sagte sie. »Wenn du Ve nicht begleitest, wirst du dir das nie verzeihen.«

»Es muss ja auch kein Abschied für immer sein«, sagte Marcella. »Wenn die Operation vorbei ist, kannst du doch wieder zurückkommen.«

Ve zögerte. »Ich weiß nicht, ob das so einfach wird«, sagte sie dann. »Wenn du Mum deine Niere spendest, kriegt TRADE das auf jeden Fall mit. Spätestens dann wissen sie Bescheid, dass wir den MTP wieder in Betrieb genommen haben. Und natürlich rechnen die auch damit, dass du wieder zurückwillst. Die werden den Teleporter nicht mehr aus den Augen lassen.«

Karla nickte ruhig. »Davon gehe ich auch aus.« Sie seufzte leise. »Wir müssen uns darauf einstellen, dass es vielleicht ein Abschied für immer ist, Nicky.«

»Dann hab ich keine Eltern mehr«, flüsterte Nicky.

Eine schreckliche Minute lang starrten sie alle schweigend auf den Küchentisch. Ein einsamer Tropfen löste sich vom Wasserhahn und fiel mit einem lauten Plopp ins Waschbecken. Aus der Vorhalle drang das Ticken der Standuhr in die Küche. Die Zeit läuft ab, dachte Ve.

»Ich wäre für dich da«, sagte Marcella leise. »Das ist natürlich kein Ersatz. Aber ich würde alles tun, was ich kann.«

Nicky schlug die Hände vors Gesicht. »Oh Gott«, flüsterte sie.

Irgendwann ließ sie die Hände wieder sinken und sah ihre Mutter an. Eine ganze Weile lang hielten sich ihre Blicke aneinander fest. Dann atmete Nicky tief ein.

»Also gut«, sagte sie.

Danach beschloss Karla, eine Dusche zu nehmen.

»Ich weiß, das klingt total bescheuert«, entschuldigte sie sich. »Aber ich muss Frenzel von mir runterwaschen, vorher geht gar nichts.«

»Kommst du allein zurecht?«, fragte Marcella besorgt. »Nicht dass du unter der Dusche umkippst.«

»Keine Angst.« Karla lachte. »Seit wir bei der Polizei waren, fühl ich mich schon viel besser. Es war eine hervorragende Idee, Frenzel anzuzeigen.«

Als sie wieder in die Küche kam, in einem weißen Bademantel, ein Handtuch um den Kopf geschlungen, duftete sie nach Zitronenöl und verlangte nach einem Teller Suppe. »Ich hab plötzlich einen Bärenhunger!«

»Das ist ein gutes Zeichen.« Nicky ging zum Herd, um die Suppe aufzuwärmen. Karlas Blick fiel auf Ve. »Du bist ja immer noch da. Musst du nicht langsam los?«

»Ich … äh …«

»Wo musst du denn hin?« Nicky drehte ihr zum Glück den Rücken zu.

»Finn gibt heute Abend ein Konzert«, antwortete Karla an Ves Stelle. »Ihm war es sehr wichtig, dass Ve kommt. Und du hast es ihm auch versprochen, Ve …«

»Ich will aber nicht hin«, sagte Ve. »Nicky kann ja gehen. Du hattest doch ohnehin Karten besorgt.«

»Du spinnst wohl! Das sind die letzten gemeinsamen Stunden, die Mama und ich haben.« Nicky schüttelte den Kopf. »Außerdem hat Finn dich gefragt.«

»Na und? Du oder ich, das fällt doch nicht auf.«

Nicky lachte. »Finn merkt es auf den ersten Blick.« Sie holte einen Kochlöffel aus der Schublade und rührte die Suppe um. »Du kriegst meine Karte.«

»Ich will aber nicht.«

»Ich weiß genau, wie du dich fühlst.« Jetzt drehte Nicky sich zu ihr um und sah sie eindringlich an. »Aber du hast es ihm versprochen.«

Ve nagte an ihrer Unterlippe. Finn und Alina, Seite an Seite auf der Bühne. Die Vorstellung war schlimm genug. Das musste sie nicht auch noch miterleben.

Aber Karla und Nicky hatten recht. Sie hatte es ihm versprochen.

Nicky nickte Ve zu. »Komm schon, du schaffst das. Das ist sozusagen Finns Abschiedskonzert für dich, das willst du doch nicht verpassen. Du kannst mein Fahrrad nehmen, aber du musst dich beeilen. Das Ganze fängt in einer Viertelstunde an.«

Eine Autohupe drang von draußen in die Küche.

Nicky reckte den Hals und blickte aus dem Fenster. »Das mit dem Fahrrad kannst du dir sparen. Dein Taxi ist da.«

»Taxi?« Ve war irritiert. »Hast du eines bestellt?«

»Ben«, sagte Nicky. »Er wartet im Auto auf dich.«

»Ach verdammt!« Ve schlug sich mit der Hand an die Stirn. »Ich hab doch versprochen, ihn abzuholen!«

Ben war ziemlich genervt, als sie zu ihm ins Auto stieg. »Ich hab die ganze Zeit auf dich gewartet. Du wolltest vorbeikommen!«

»Sorry«, keuchte Ve. »Hier war so viel los. Ich hab's einfach nicht geschafft!«

Er zog eine Grimasse. »Wir sind bestimmt zu spät. Hoffentlich lassen die uns überhaupt noch rein.«

Das Konzert fand im Club Alpha statt, der in der gleichen Straße lag wie die Rote Zora. Sie fanden mit Mühe einen Parkplatz und als sie den Club endlich erreicht hatten, wurde gerade die Tür zugemacht.

»Habt ihr Tickets?«, fragte der Türsteher.

Ve wedelte mit den Karten, da zog er eine Grimasse und ließ sie rein. Der Saal war so voll, dass sie nur noch ganz hinten an der Wand einen Stehplatz fanden, was Ben mit einem säuerlichen Lächeln quittierte.

»Wir hätten früher …«, begann er, doch der Rest des Satzes ging im Applaus unter, der plötzlich losbrach. Finn war auf die Bühne getreten.

Die Leute flippten total aus, sie trampelten und klatschten und pfiffen. Wenn das so weitergeht, ist er bald genauso berühmt wie sein Doppelgänger, dachte Ve erschrocken. Wahrscheinlich würde der Erfolg auch diesen Finn verändern. Es war ein schwacher Trost, dass sie das nicht mehr miterleben würde.

Erst jetzt fragte sie sich, warum er eigentlich allein auf die Bühne gekommen war. Wo steckte Alina? Vielleicht hatte sie im letzten Moment gekniffen. Weil ihr Lampenfieber doch zu groß gewesen war.

Aber nun lächelte Finn dieses Wahnsinnslächeln, bei dem Ves Knie immer weich wurden, und griff zum Mikrofon.

»Danke, Leute«, sagte er. »Schön, dass ihr da seid. Aber ihr wisst ja – heute geht es nicht um mich. Bitte begrüßt mit mir ... Alina!«

Und wieder ging der Applaus los. Ves Herz plumpste in die Magengegend, als sie sah, wie Alina neben Finn trat. Und wie die beiden sich anlächelten. Warum hatte Finn darauf bestanden, dass sie hierherkam? Es war so grausam.

Alina sah super aus. Sie war ganz schlicht gekleidet. Schwarzes T-Shirt, schwarze Jeans, die Haare hatte sie zu einem lässigen Knoten zusammengebunden. Das totale Understatement, aber es kam gut, richtig gut.

Ben war offensichtlich derselben Meinung. »Wow«, raunte er.

»Hi!« Alina winkte ins Publikum, das daraufhin noch lauter jubelte. »Danke!«, rief sie laut. »Let's go!«

Dann begann sie zu singen und Finn begleitete sie.

Sie sang sehr gut, kraftvoll, klar und sauber. Aber nicht überwältigend. Und das war ein Trost für Ve. Wenn Alina jetzt auch noch eine atemberaubende, einzigartige Stimme gehabt hätte, wäre sie wahrscheinlich weinend zusammengebrochen.

Das Programm war eine Mischung aus Finns eigenen Stücken und gecoverten Songs. Die Auswahl war super. Das Konzert begann mit ein paar fröhlichen, mitreißenden Songs, dann folgten ein paar ruhige Lieder und zum Schluss ging es noch mal richtig zur Sache.

»Wahnsinn!« Wie der Rest des Publikums war auch Ben hin und weg von der Performance. »Die beiden werden noch mal ganz groß!« Er steckte zwei Finger in den Mund und pfiff laut und durchdringend.

»Ihr seid super, Leute!« Jetzt griff Finn wieder zum Mikrofon. »Ich hoffe, euch hat's gefallen ...«

»Ey!«, schrie ein großer Typ neben Ve. »Bloß nicht aufhören!«

»Weitermachen«, brüllte ein anderer und der Rest des Saales stimmte ein. Doch nun hob Finn die Hand und brachte sie alle wieder zum Verstummen.

»Ich hab zum Abschluss noch einen ganz speziellen Song.« Er lächelte versonnen. Alina riss überrascht die Augen auf. Offensichtlich hatte sie keine Ahnung, was er vorhatte. »Und weil mir dieses Stück so am Herzen liegt, will ich es mit jemandem singen, der mir ebenfalls am Herzen liegt.« Alina lächelte ein bisschen unsicher. Im Saal wurde getuschelt und geraunt. »Veronika. Kommst du bitte auf die Bühne?« Finns Blick flog durch den Saal und landete bei Ve.

Dennoch brauchte sie einen Moment, bis sie begriff, dass das ihr Name war. Und Nickys Name. Aber warum sollte sie nach vorne auf die Bühne kommen? Was hatte Finn vor?

»Der meint dich«, flüsterte Ben aufgeregt. »Du sollst zu ihm rauf.«

Alina lächelte jetzt nicht mehr, ihr fielen fast die

Augen aus dem Kopf, als nun ein paar Leute zögernd zu klatschen begannen. Immer mehr fielen ein. »Veronika!«, schrie einer. »Zeig dich! Wir wollen dich sehen!«

Lautes Gelächter. Noch mehr Applaus. Ben versetzte Ve einen leichten Stoß in die Rippen. »Na, los doch! Worauf wartest du?«

Wie unter Trance setzte sie sich in Bewegung und bahnte sich einen Weg durch die Menge zur Bühne. Die Blicke rissen an ihr und drangen in sie ein. »Das ist Nicky!«, hörte sie ein Mädchen rufen. Vor der Bühne stand Leonie mit ein paar anderen Freundinnen. Ihre Augen waren mindestens so groß wie die von Alina.

Nun war Ve vorne angekommen. Finn streckte ihr eine Hand entgegen und zog sie nach oben. »Keine Angst«, flüsterte er ihr zu. »Ich bin bei dir.«

Ihr Herz schlug rasend schnell. »Was soll das?«

»Das möchte ich auch gerne wissen«, zischte Alina.

»Darf ich?« Finn lächelte, nahm Alina das Mikrofon aus den Händen und reichte es Ve. »*Escape*«, sagte er dann.

Und bevor sie widersprechen oder nachfragen oder flüchten konnte, begann er, das Intro zu spielen. Die vertrauten Akkorde, die Melodie, die sie so oft gehört hatte. Von diesem Finn und von seinem Doppelgänger. Und plötzlich war Ves Unsicherheit wie weggeblasen. Sie schloss die Augen und fühlte, wie ihr Körper von einer warmen Kraft durchströmt wurde.

Dann begann sie zu singen.
»*You can run and you can hide, but you can't escape.*
You can shout and you can lie, but you can't escape –
I will always find you.
My love, my love, my love!«
Sie hatte die Augen längst wieder geöffnet, aber sie nahm das Publikum kaum wahr. Die Leute, die mit offenen Mündern zu ihr hochstarrten. Alina, die sich an den Rand der Bühne verzogen hatte. Es alles war nicht wichtig. Ve sang. Finn spielte. Das allein zählte.

Der Applaus, der danach losbrach, brachte sie wieder zurück in die Wirklichkeit. Die Leute tobten und schrien, als wäre Ve gerade zu *Germany's New Popstar* gekürt worden. Alina lächelte verkniffen, als Ve ihr das Mikrofon zurückgab.

Finn umarmte sie. Er hielt sie so fest, als ob er sie nie mehr loslassen wollte.

»Zugabe!«, begannen die Zuhörer zu fordern.

Ve löste sich aus Finns Umarmung. Und dann sprang sie von der Bühne und tauchte in der Menge unter. Sie kämpfte sich durch, bis sie Ben wieder erreicht hatte. Er starrte Ve so ungläubig an, als wäre ihr gerade eben ein zweiter Kopf gewachsen.

»D-d-das war der Hammer!«, stammelte er. »Ich wusste ja gar nicht ...«

»Ich will hier weg«, stieß Ve atemlos hervor und drängte an ihm vorbei.

Auf der Bühne stimmte Alina einen allerletzten Song an. »*Time to say good-bye.*« Wie passend.

»Aber ... du musst bestimmt gleich noch mal auf die Bühne.« Ben stolperte ihr nach. »Du musst dich doch verbeugen.«

Jetzt hatten sie den Ausgang erreicht. Frische, klare Nachtluft schlug ihr ins Gesicht. Sie atmete tief ein.

»Woher kannst du so gut singen?«, fragte Ben.

»Ich wusste ja selbst nicht, dass ich es kann.« Nicky. Ihre Doppelgängerin würde sie umbringen, wenn sie von ihrem Auftritt erfuhr. Ve hätte niemals auf diese Bühne gehen dürfen.

Im Club brandete Beifall auf, der Begeisterungssturm schwappte durch die offene Tür nach draußen. Das Konzert war vorbei, gleich würden die Zuhörer aus dem Saal strömen.

»Nichts wie weg hier!«, keuchte Ve. »Bringst du mich nach Hause?«

»Nach Hause?« Ben sah sie ungläubig an. »Du kannst doch jetzt nicht einfach nach Hause. Mannomann, ich kann es echt nicht fassen!«

Sie ließ ihn einfach stehen und rannte zum Wagen. Er war in einer Seitengasse geparkt, direkt vor dem Hinterausgang des Clubs, durch den nun Finn auf die Straße trat. Ve prallte fast mit ihm zusammen.

»Ve.« Er schien kein bisschen überrascht, sie hier zu sehen, sondern lächelte sie an, als ob sie verabredet wären.

»Finn.« Ihr Mund war so trocken, ihre Stimme war nur ein Krächzen.

Er zog sie an sich. »Danke«, sagte er leise.

»Wofür?«

»Für den Song. Dafür, dass du ihn für mich gesungen hast.«

Er küsste sie und Ve erwiderte den Kuss – bis sie Schritte hörte. Ben war soeben um die Ecke gebogen und machte ein Gesicht, als habe er gerade eine Ohrfeige bekommen.

»Ach, so ist das«, murmelte er traurig und hastete an ihnen vorbei zu seinem Wagen.

»Es ist nicht, wie du denkst, Ben!«, rief Ve ihm erschrocken nach. »Warte doch mal!« Aber er war schon eingestiegen und knallte die Tür zu.

»Verdammt«, murmelte Ve. »Wie soll ich das alles bloß Nicky erklären?«

»Wir erklären es ihr gemeinsam. Ich bring dich zurück ins Schloss. Mein Auto ist leider noch in Hintersee, wir müssen zu Fuß gehen. Aber bis Mitternacht haben wir noch genügend Zeit.«

»Kannst du denn hier weg? Was ist mit Alina?«

»Sie ist ein bisschen sauer auf mich.« Er lächelte betreten.

»Das kann ich mir vorstellen.«

»Ich hab ihr gestern schon gesagt, dass es aus ist, aber sie wollte es wohl nicht wahrhaben. Als sie uns eben zusammen auf der Bühne gesehen hat, scheint ihr einiges klar geworden zu sein.«

»Und jetzt denkt sie, dass du mit Nicky zusammen bist. Genau wie Benny.«

»Ich red morgen mit ihr.«

»Und deine Gitarre?«

»Morgen. Das hat alles Zeit.«

Ve nickte. Finn hatte recht. Alles hatte Zeit. Nur sie nicht.

Das Wetter spielte verrückt. Vorhin war der Himmel noch klar gewesen, aber als sie die Straße zum Wald einschlugen, begann es wieder zu nieseln. Der Regen war sanft und warm. Sie gingen eng ineinander verschlungen und spürten die Tropfen kaum.

Am Anfang wechselten sie ein paar leise Worte, dann schwiegen sie. Es gab nichts mehr zu sagen. Sie hatten keine Pläne, keine Träume, keine Ziele. Es gab kein Morgen für sie, nur das Jetzt und Hier.

Die Zweige der Nadelbäume wiegten sich im Nachtwind. Irgendwo knackte ein Ast. Ein Bruder von Herrn Schloemann schuhute.

Ves Gesicht ruhte an Finns Hals. Sie wusste nicht, wen er morgen umarmen würde.

Ob es wirklich aus war mit Alina.

Sie spürte seinen Arm, mit dem er sie hielt, hörte seinen leisen Atem, sog seinen vertrauten Duft ein. Sie ging mit ihm durch die Nacht. Ein allerletztes Mal. Und war traurig und glücklich zugleich.

Jetzt ist jetzt, dachte sie.

Als sie das Schloss fast erreicht hatten, piepste Finns Handy. Eine SMS. Er zog das Telefon aus der Tasche und las die Nachricht.

»Meine Mutter«, sagte er und zog eine Grimasse. »Sie will wissen, wo das Auto ist.«

»Hast du ihr nicht Bescheid gesagt, dass es noch in Hintersee steht?«

»Hab ich vergessen«, sagte er und steckte das Handy wieder weg. »Ist jetzt auch egal.«

»Aber wenn sie den Wagen braucht?«

»Wir haben noch einen Zweitwagen. Muss sie eben den Renault nehmen.«

Den Renault. Ve blieb abrupt stehen. Irgendwas löste dieses Wort aus. Das gleiche ungute Gefühl, das sie heute Morgen in der Küche verspürt hatte, und am Nachmittag, bevor sie die Suppe gegessen hatten.

»Was ist los, Ve? Alles okay?« Finn war ebenfalls stehen geblieben.

Sie schüttelte stumm den Kopf. Was genau hatte Marcella gesagt?

Sie hatte über den Mietwagen geschimpft. *Die Sitze sind noch härter als in meinem alten Renault.*

»Aber sie ist nie einen Renault gefahren«, murmelte Ve.

»Was?«

»Marcella. Unsere Marcella, ich meine, die Marcella aus dieser Welt, die auf unserer Seite ist ... Sie hatte keinen Renault, sondern einen Citroën. Nur ihre Doppelgängerin ist Renault gefahren. Alice.«

»Ich verstehe kein Wort.«

Die Suppe. Als Ve in der anderen Welt zum ersten Mal ins Schloss gekommen war, hatte Alice gerade einen Topf Gemüsesuppe gekocht. Sie hatte Ve herzlich willkommen geheißen und die fürsorgliche Freundin gespielt, der man alle Geheimnisse erzählen konnte.

Ihre Gemüsesuppe hatte genau so geschmeckt wie die von heute Nachmittag.

Ve sah Finn voller Entsetzen an. »Ich glaub, wir haben einen schrecklichen Fehler gemacht«, flüsterte sie.

Aber auch nachdem sie ihm von ihrem Verdacht erzählt hatte, war er nicht überzeugt. »Wenn das wirklich Alice ist, warum hat sie uns dann die ganze Zeit geholfen?«

»Weil sie wieder in ihre Welt zurück will«, sagte Ve. »In ihr eigenes Leben. Und zu dem Buch.«

Er wiegte skeptisch den Kopf. »Wieso war sie letzte Woche in der Pension in Starnberg?«

»Sie muss hinter Marcellas Rücken mit TRADE Kontakt aufgenommen haben, genau wie sie es uns erzählt hat. Fischer hat sie wahrscheinlich nach Starnberg geschickt, um Frenzel zu überwachen und ihm zur Not unter die Arme zu greifen.«

»Und dort hat sie uns gesehen«, ergänzte Finn. »Warum hat sie Frenzel dann sofort verraten?«

»Weil er nicht mehr wichtig für sie war. Ich vermute, sie hat uns vorher belauscht und alles herausgefunden.« Ve dachte fieberhaft nach. »Da war jemand im Waschraum vom Hotel Splendid, als ich mit dir telefoniert habe. Und erinnerst du dich, worüber wir abends in der Pension geredet haben? Alice muss auf dem Balkon unter uns gestanden haben, sie hat alles mitgehört. Als sie an unsere Tür geklopft hat, wusste sie bereits, dass das Wurmloch wieder offen war und dass wir Frenzel längst enttarnt hatten. Ihre Überraschung, als sie mein Tattoo gesehen hat, war nur gespielt.«

Trotz der Dunkelheit sah sie, wie Finn langsam nickte.

»Und sie hat Fischer nichts von der Entführung erzählt …«, begann er.

»… weil sie längst ihr eigenes Spiel gespielt hat!«, beendete Ve seinen Satz. »Sobald sie das Buch hat, ist Fischer von ihr abhängig. Sie will alle Fäden in der Hand halten.« Ve war plötzlich schwindlig vor Angst. »Sie darf auf keinen Fall zurück in die andere Welt. Wir müssen sie daran hindern.«

»Vorher müssen wir sicher sein, dass sie wirklich Alice ist. Wir müssen sie auf die Probe stellen.«

»Aber wie?«

Finn zuckte mit den Schultern. »Wir gehen erst mal rein«, sagte er. »Vielleicht kommt mir ja ein Geistesblitz.«

15

Alice. Oder Marcella. Eine der beiden Doppelgängerinnen saß mit Nicky in der Küche und trank Tee.

Wenn es nur irgendein Merkmal gegeben hätte, an dem man sie hätte unterscheiden können. Eine Narbe, ein Tattoo. Aber da war nichts. Sie unterschieden sich nur in ihrem Inneren, aber darin leider umso gründlicher.

»Wo ist denn Karla?«, fragte Ve.

»Im Bett«, erwiderte Nicky. »Sie wollte unbedingt wach bleiben, aber sie war so fertig, ihr fielen fast die Augen zu. Da haben wir sie überredet, sich noch ein bisschen hinzulegen.«

Ve und Finn ließen sich ebenfalls am Tisch nieder.

»Wie war das Konzert?«, fragte Nicky.

»Super«, sagte Finn. »Ve hat gesungen. Ein Mega-Auftritt.«

»Ve hat ... was?« Nicky ließ fast ihre Teetasse fallen. »Das ist ein Witz, oder?«

Ve sah sie entschuldigend an. »Es stimmt. Finn hat mich zum Schluss auf die Bühne geholt.«

»Und du hast ... gesungen? Vor allen Leuten?«

»Es war nur ein einziger Song.«

»Sie war gigantisch gut«, sagte Finn stolz.

Nicky sprang auf. »Sag mal, tickt ihr noch richtig, oder was? Habt ihr vergessen, dass alles, was Ve macht, auf mich zurückfällt? Jetzt denkt doch die ganze Stadt, dass *ich* gesungen habe.«

»Na und?«, sagte Finn. »Sie finden dich toll.«

»Hallo?« Nickys Stimme gellte durch den Raum. »Ich kann aber nicht singen. Und ich will auch nicht, dass irgendjemand denkt, dass ich singen kann.«

»Natürlich kannst du singen«, sagte Ve. »Deine Stimme ist genau wie meine. Alles was ich kann, kannst auch du.«

»Dann gilt das ja wohl auch umgekehrt«, zischte Nicky. »Vielleicht erinnerst du dich an den blöden Spruch, wenn du in der nächsten Physikklausur sitzt!«

»Jetzt komm mal wieder runter, Nicky.« Finn stand auf und legte seinen Arm um ihre Schulter. »Ve hat recht. Deine Stimme ist super, genau wie ihre. Das weißt du, das weiß ich. Wenn du keinen Bock hast zu singen – niemand zwingt dich dazu. Aber vielleicht trittst du ja mal mit mir auf ... Ich fänd's toll.«

»Du fändest es …« Nicky starrte ihn ungläubig an. »Wirklich?«

Sie wurde knallrot, als Finn nickte.

»Du weißt doch gar nicht, ob ich wirklich …«

»Doch.« Er nickte ruhig. »Ich bin mir ganz sicher.«

»Vielleicht verschieben wir den Auftritt auf später«, sagte Alice oder ihre Doppelgängerin mit einem Blick auf die Uhr. »In einer halben Stunde öffnet sich das Wurmloch. Jemand sollte Karla wecken. Sie muss schließlich mit.«

Nicky ging zur Tür. »Natürlich. Ich mach das.«

»Super.« Alice stand auf. »Dann schauen wir mal, wie wir meine Doppelgängerin gebändigt kriegen. Hoffentlich macht sie keine Dummheiten.« Wie ruhig sie war, dachte Ve. Und dieses offene Lächeln, mit dem sie Ve jetzt ansah. So vertrauenerweckend. Vielleicht war ihr Verdacht ja doch falsch.

Ves Blick wanderte über ihre schlanke, durchtrainierte Gestalt. War sie bewaffnet, versteckte sie irgendwo eine Pistole? Auf den ersten Blick ließ sich nichts erkennen, aber das musste nichts bedeuten.

»Ist was, Ve?« Nun hatte sie ihr Zögern bemerkt.

»Nein. Warum?«

»Keine Ahnung. Du starrst mich so an.«

Ve lachte nervös. »Ich hab mich nur gefragt … also …« Sie räusperte sich nervös. »Wir sind uns nach wie vor nicht ganz sicher, ob …«

»Wie hoch ist ein normaler Blutzuckerspiegel?«, fiel Finn ihr plötzlich ins Wort.

Hä? Ve sah ihn verwirrt an. Was sollte das denn? Hatte Finn den Verstand verloren?

Alice war genauso irritiert. »Ich verstehe nicht …?«

»Du bist doch Altenpflegerin. Die Antwort müsstest du locker aus dem Ärmel schütteln. Also: Wie hoch ist der Blutzuckerspiegel eines gesunden Erwachsenen?«

Alice zuckte mit den Schultern. »Das kann man so pauschal gar nicht sagen …«

»Mir genügt ein Richtwert.«

»Was soll das denn?« Sie verschränkte die Arme vor der Brust. »Ich habe jetzt weder Lust noch Zeit zu solchen Spielchen. Wir sollten wirklich …«

»Genau«, sagte Finn. »Wir sollten Marcella fragen. Das wollte ich auch gerade vorschlagen.«

Und dann marschierte er schnurstracks aus der Küche.

»Was ist das denn für ein Blödsinn?« Alices graue Augen richteten sich wieder auf Ve, ihr Blick durchbohrte sie förmlich.

»Ich … äh …« Ve schwitzte. »Vielleicht wäre es besser, wenn du hier in der Küche bleibst.«

»Was?«

»Wir sind uns einfach nicht sicher, wer du wirklich bist«, sagte Ve. »Und deshalb bin ich dafür …«

Aber jetzt begann Finn gegen die Kellertür zu hämmern. »Hallo? Hörst du mich?«

»Das ist doch absurd!« Alice drehte sich auf den Fersen um und stürmte nun ebenfalls in den Flur. Ve folgte ihr.

»Wie hoch ist ein normaler Blutzuckerspiegel?« Finn hatte gerade seine Testfrage gestellt. Und diesmal kam die Antwort ohne das geringste Zögern.

»Zwischen 80 und 100 Milligramm pro Deziliter. Auf nüchternem Magen. Nach der Mahlzeit darf der Wert ein bisschen höher sein.«

Finn wandte sich ihrer Doppelgängerin zu. »Das klingt ziemlich überzeugend, findest du nicht auch?«

Sie schnaubte verächtlich. »Was soll das denn beweisen? Diese Werte kennt heute jeder Laie. Ich fand es nur zu albern, dir zu antworten.«

»Ach, wirklich?« Finn angelte den Schlüssel vom Haken neben der Tür. »Ich kenn die Richtwerte auch, das stimmt. Aber nur, weil meine Oma solche Probleme mit ihrem Blutzucker hat. Und wenn du die Antwort gewusst hättest, hättest du sie ja sagen können.«

»Was hast du vor?« Alices Stimme klang auf einmal schneidend.

Finn hatte den Schlüssel ins Schloss gesteckt. Doch bevor er ihn umdrehen konnte, war Alice blitzschnell hinter Ve getreten, hatte ihr einen Arm um den Hals gelegt und sie mit einem Ruck an sich gezogen. Und dann spürte Ve etwas Kaltes, Hartes, Scharfes an ihrer Kehle. Ein Messer! Alice bedrohte sie mit einem Messer!

»Weg von der Tür!«, zischte sie Finn zu.

»Was?« Finn warf einen Blick über die Schulter und wurde blass. »Lass sie los!«

»Warum schreit ihr denn so?« Das war Nickys Stimme. Sie und Karla kamen gerade die Treppe herunter. Karla sah total verschlafen aus, ihre blonden Haare hingen ihr wirr und ungekämmt ins Gesicht. Sie rieb sich ungläubig die Augen und versuchte zu verstehen, was hier vor sich ging.

»Das kann doch nicht wahr sein!«, rief Nicky. »Heißt das etwa ...?«

»Genau«, bestätigte Finn.

»Ich hab die Falsche eingesperrt?« Nicky sah aus, als ob sie gleich ohnmächtig werden würde.

»Die Richtige«, sagte Alice kalt.

»Was willst du denn jetzt machen?« Karlas Stimme zitterte vor Angst. »Bitte, Marcella, du darfst Ve nichts tun!«

Alice lachte spöttisch auf. »Du kannst mich ruhig Alice nennen. Ich hab mich inzwischen an den Namen gewöhnt, auch wenn ich ihn früher immer gehasst habe.«

»Lass Ve los«, sagte Karla. »Bitte, Alice.«

»Ich werde ihr nichts tun. Wenn ihr macht, was ich euch sage.«

»Was willst du?« Finns Stimme klang jetzt wieder ruhig, aber Ve sah, dass seine Hände bebten.

»Schließ die Tür auf!«

315

»Was? Jetzt doch?«

»Mach sie auf!«

Er drehte den Schlüssel im Schloss. Auf der anderen Seite wurde die Klinke heruntergedrückt, dann ging die Tür auf und Marcella erschien in der Öffnung.

Sie sah blass und übernächtigt aus, die Wangen hohl, die Augen gerötet.

»Scheiße!«, sagte sie leise, als sie das Messer an Ves Kehle sah.

»Ihr geht jetzt in die Küche. Und zwar nacheinander«, befahl ihr Alter Ego. »Finn zuerst, danach Marcella und zum Schluss Karla und Nicky.«

»Wir können doch …«, begann Finn und verstummte, als er sah, wie Alice das Messer fester an Ves Hals presste. Eine unachtsame Bewegung, ein schneller Schnitt, und alles wäre aus. Ve versuchte ihre Angst zu verdrängen, aber es gelang ihr nicht.

»Los jetzt!« Alice deutete mit dem Kopf in Richtung Küche. Diesmal gehorchte Finn sofort.

»Und nun du«, sagte Alice zu ihrer Doppelgängerin. »Ich warne dich. Wenn du versuchst, mich anzugreifen, ist Ve tot.«

Marcella nickte schnell und hob beide Hände, zum Zeichen, dass sie verstanden hatte. Mit gesenktem Kopf ging sie an ihnen vorbei. Ve spürte, wie die Alice hinter ihr aufatmete, als ihr Alter Ego in der Küche verschwunden war. Aber gleichzeitig drückte sie das Messer noch fester gegen Ves Kehle, sodass die kaum noch Luft bekam.

Jetzt nickte Alice Nicky und Karla zu. Während die beiden zur Küche gingen, bewegte sich Alice rückwärts auf die Kellertür zu und zerrte Ve mit sich. Sie darf es nicht schaffen, dachte Ve. Wir müssen sie aufhalten. Aber wie? Das Messer an ihrer Kehle presste alle Gedanken aus ihrem Kopf.

Inzwischen hatten sie die Tür fast erreicht. Alice machte noch einen Schritt nach hinten – und fuhr erschrocken zusammen, als plötzlich ein schreckliches Geräusch ertönte. Ein durchdringender Schrei, der in einem lauten Fauchen endete.

Für einen winzigen Moment war Alice abgelenkt – und Ve nutzte diese Chance. Sie drückte Alices Arm mit ihrer Hand weg, ließ sich in die Knie fallen und rollte sich zur Seite. Im selben Moment schoss Schrödinger an ihr vorbei und raste die Treppe hoch.

Bevor Ve ebenfalls fliehen konnte, hatte Alice sich wieder gefasst. Ihre Hand schoss nach vorn, sie bekam Ves Haare zu fassen und riss ihren Kopf nach oben.

Der Schmerz war so furchtbar, dass ihr Tränen in die Augen schossen.

»Lass sie los!« Karlas Stimme zitterte jetzt nicht mehr, sie war kalt vor Wut. Durch den Tränenschleier erkannte Ve, dass sie mit beiden Händen eine Pistole umklammerte. »Hände hoch, Alice!«

Alice zögerte kurz, dann zerrte sie wieder an Ves Haaren, die vor Schmerz aufheulte.

Da knallte ein Schuss. Jetzt war es Alice, die laut aufschrie. Sie ließ Ve los, das Messer fiel klirrend zu Boden. Alice hob die Hände. »Ist ja schon gut! Ich gebe auf!«

Ve, die immer noch auf dem Boden kniete, robbte sich so schnell wie möglich aus Alices Reichweite. Der Schuss hallte in ihren Ohren. Ihr Kopf tat weh. Sie hörte, wie Nicky etwas rief, doch sie verstand sie nicht, und plötzlich war Finn neben ihr und hielt sie fest.

»Bist du okay?«

»Ich glaube schon.« Vorsichtig wandte sie sich nach Alice um. Sie schien unverletzt, auch wenn ihr Gesicht kalkweiß war.

»Ich warne dich, Alice.« Karla hielt die Pistole immer noch fest in den Händen. »Keine falsche Bewegung. Beim nächsten Mal treffe ich. Und zwar mit Vergnügen.«

»Wo zum Teufel hast du die Knarre her?«, fragte Nicky, nachdem sie Alice mit vereinten Kräften an die Heizung im Flur gefesselt hatten.

»Das ist Frenzels Pistole«, erwiderte ihre Mutter. »Ich wollte sie nicht neben ihm liegen lassen, also hab ich sie eingesteckt.«

»Aber warum hast du uns nicht erzählt, dass du sie hast?«

»Keine Ahnung. Ich war einfach total fertig, als wir

hier ankamen. Ich hab sie in eine Küchenschublade gesteckt und vergessen.« Karla lächelte finster. »Zum Glück ist sie mir rechtzeitig wieder eingefallen.« Sie warf einen wütenden Blick auf die gefesselte Alice.

»Du findest es wohl ziemlich toll, mich hier so zu sehen, oder?«, zischte die. »Du konntest mich noch nie leiden. Weil du eifersüchtig auf mich bist.«

»Du hältst jetzt den Mund, Alice«, rief ihr Alter Ego. »Sonst vergesse ich mich und erwürge dich! Ich hab dich monatelang durchgefüttert, hab dir eine neue Identität verschafft und alles dafür getan, damit du ein neues Leben anfangen kannst. Und das ist dein Dank?«

»Das nennst du ein neues Leben? Mit dir in diesem Dreckskaff versauern? Ich hatte nichts, kein Geld, keinen Job, ich durfte nicht mal meinen richtigen Namen behalten.« Alice warf Marcella einen giftigen Blick zu.

»Das hast du dir ja wohl selbst zuzuschreiben. Ich hab dich schließlich nicht darum gebeten, in diese Welt zu kommen und mein Leben zu zerstören.«

»Das war vorher schon kaputt. Schau dich doch mal an. Du wischst alten Tattergreisen den Hintern ab und kassierst einen Hungerlohn dafür. Du bist total fertig, genau wie Karla. Aber da mach ich nicht mit, ich will noch was erreichen. Und das werde ich auch schaffen, verlass dich drauf!«

Die andere Marcella schnaubte verächtlich. »Träum weiter.«

»Ich fass es nicht«, stöhnte Nicky. »Sie war fast am Ziel, sie hätte es beinah in die andere Welt geschafft. Wie konnten wir uns nur so einwickeln lassen?«

»Das Ganze war clever geplant, das muss ich zugeben«, sagte Marcella. »Alice wusste, dass ich sofort hierherfahren würde, sobald sie untergetaucht wäre. Also hat sie vorgesorgt und dir diesen Brief geschrieben. Und der Plan ging auf: Als ich hier angekommen bin und nichts von dem Brief wusste, stand für dich fest, dass ich die miese Version von uns beiden bin.«

»Das war vor allem meine Schuld«, sagte Ve zerknirscht. »Wenn ich nicht so auf Nicky eingeredet hätte, hätte sie dich bestimmt nicht so schnell in den Keller gesperrt. Tut mir leid.«

»Wir sind alle in ihre Falle getappt.« Marcella lächelte. »Aber jetzt sitzt sie selbst drin.«

»Und zwar endgültig«, sagte Nicky. »Du hast es gründlich verbockt, Alice. TRADE wird bestimmt nicht mehr mit dir zusammenarbeiten, nachdem du sie verraten hast. Und das Buch ist in Sicherheit.«

»Ich werde dich auch nicht mehr länger finanzieren, falls du darauf spekulierst«, sagte Marcella. »Mir reicht's!«

Ihre Doppelgängerin presste die Lippen zusammen und schwieg.

»Hey Leute«, sagte Finn in die Stille. »Es ist kurz nach zwölf. Wir müssen runter.«

»Wer hätte gedacht, dass ausgerechnet Schrödinger die Welt rettet«, sagte Nicky auf dem Weg in den Keller.

»Ein Heldenkater«, sagte Ve. »Und ich konnte mich nicht mal mehr von ihm verabschieden.«

»Ich grüß ihn von dir«, versprach Nicky. »Und du musst den anderen Ben grüßen. Unbekannterweise.«

»Das mach ich.« Ve nickte und dachte einen Moment lang mit schlechtem Gewissen an den Ben aus dieser Welt. Wie traurig er ausgesehen hatte, als er sie und Finn zusammen gesehen hatte!

»Jetzt wird es ernst«, sagte Karla, als sie wenig später vor dem MTP standen. Mit einem Mal wirkte sie nicht mehr selbstbewusst und stark, sondern sehr ängstlich. »Wie funktioniert das mit dieser Maschine? Sollen wir gemeinsam rein oder lieber nacheinander?«

»Zusammen.« Ve schluckte. »Ich muss dich warnen. Das Ganze ist ziemlich ... schmerzhaft. Es ist ein Gefühl, als ob ...«

»Ich will das jetzt nicht hören«, sagte Karla entschieden. »Ich werde es ja gleich erfahren.«

Ve nickte. Sie zitterte auf einmal am ganzen Körper, aber es war nicht die Angst vor dem Übergang, die ihr so zusetzte. Das, was vorher kam, war viel schlimmer. Der Abschied von Finn.

»Bevor ihr geht, wollte ich noch was vorschlagen«, sagte Nicky. »Ich hab mir gedacht, dass es vielleicht gut wäre, wenn wir in Kontakt blieben. Damit wir uns zur

Not Bescheid geben können, wenn einer unserer Väter wieder auftaucht oder irgendwas Unvorhergesehenes passiert.«

»Wie stellst du dir das vor?«, fragte Marcella. »Willst du den Teleporter eingeschaltet lassen? Das ist ausgeschlossen!«

»Wir können diesen MTP nicht vom Netz nehmen«, erinnerte Nicky sie. »Er ist über das Stromnetz von TRADE abgesichert, da kommen wir nicht dran.«

»Ve kann ihn jedoch in ihrer Welt ausschalten.«

»Genau«, sagte Nicky. »Aber bevor sie abreist, machen wir einen Zeitpunkt aus, den nur wir fünf kennen. Ein Tag im Jahr, eine bestimmte Stunde. Und in dieser einzigen Stunde wird der MTP angeschaltet.«

»Ist das nicht zu gefährlich?«, fragte Ve.

»Wir können uns doch vertrauen. Oder?«, fragte Nicky.

»Ich müsste den anderen Ben einweihen«, sagte Ve. »Ohne ihn kann ich den MTP nicht anschalten.«

»Auf Ben ist Verlass, egal in welcher Welt«, sagte Nicky. »Und er hilft dir bestimmt.«

»Das glaube ich auch.«

»Ich hab an die Nacht vor dem siebzehnten Dezember gedacht«, sagte Nicky.

»Das ist unser Geburtstag.« Ve lächelte. »Okay.«

»Um Mitternacht öffnen wir das Wurmloch. Und um ein Uhr morgens wird es wieder geschlossen.«

»So machen wir es«, sagte Karla. »Vielleicht gibt es also doch eine Chance, dass ich wieder zurückkehren kann. TRADE darf nur keinen Wind davon bekommen.« Sie strich ihrer Tochter zärtlich über die Haare. »Wir werden uns wiedersehen, Nicky, da bin ich mir ganz sicher.«

»Ich hoffe es.« Nickys Augen begannen plötzlich verdächtig zu glänzen. »Mach dir keine Sorgen, Mama. Ich schaff das schon.«

»Ich weiß.« Karla schloss sie in die Arme. »Ich hab so viel falsch gemacht in den letzten Jahren«, hörte Ve sie flüstern.

»Dafür machst du jetzt alles richtig«, gab Nicky ebenso leise zurück.

Mehr hörte Ve nicht, weil Finn seine Arme um sie schlang. Und nun konnte auch sie selbst die Tränen nicht mehr zurückhalten. Finn wischte sie zärtlich weg, aber es kamen immer wieder neue nach.

»Weißt du noch, als wir uns das letzte Mal hier verabschiedet haben?«, fragte er leise.

»Wie könnte ich das vergessen?«

»Wir dachten, es wäre für immer. Aber du bist zurückgekommen.«

»Diesmal ist es wirklich für immer«, schluchzte Ve.

»Es ist noch nicht vorbei«, flüsterte er in ihr Ohr, so leise, dass sie die Worte mehr spürte, als dass sie sie hörte.

Seine Fingerspitzen glitten über ihre Augenbrauen, ihre Lider, ihre Wangen, ihren Mund, als wollte er ihr Gesicht auswendig lernen. Sie hörte auf zu weinen, schloss die Augen und konzentrierte sich ganz auf die Berührung.

Dann küsste er sie und ein letztes Mal verschmolzen ihre Körper ineinander. Ein letztes Mal hielten sie sich fest, spürten sie sich. *Es ist noch nicht vorbei.* Dieser Satz war wahr, das spürte Ve tief in ihrem Inneren. Auch wenn sie sich gleich trennen mussten, auch wenn sie der Teleporter in wenigen Sekunden auseinanderreißen würde, ging ihre Liebe weiter.

Marcella räusperte sich. »Es ist Zeit«, sagte sie.

Sie drückte auf den untersten der beiden Knöpfe am MTP. Die Stahltür des Teleporters öffnete sich mit einem leisen Zischen.

Eine hastige Umarmung mit Nicky, ein kurzer Abschied von Marcella, dann traten Ve und Karla in die Kabine.

»Ganz schön eng hier«, sagte Karla und blickte sich ängstlich um.

»Es wird gleich noch viel enger«, sagte Ve.

Sie hielt sich an Finns Blick fest. Strahlend blaue Augen, umgeben von einem grünen Ring. *Es ist noch nicht vorbei.* Wenn sie jetzt aus dem MTP sprang, war es nicht vorbei. Gab es wirklich keine gemeinsame Zukunft für sie?

Nicht in dieser Welt, dachte Ve. Und in der anderen auch nicht.

Sie streckte die Hand nach dem Knopf aus, der die Tür schließen würde, doch sie schaffte es nicht, ihn zu drücken. Auch Finns Augen waren jetzt voller Tränen.

»Es ist Zeit«, sagte Marcella noch einmal. Da beugte Karla sich vor und betätigte den Schließmechanismus. Die beiden Stahlplatten schoben sich zwischen Finn und Ve, trennten sie endgültig. Und nun drückte Karla den Startknopf. Sofort setzte das Summen ein und wurde immer lauter.

»Was passiert denn jetzt?« Karla starrte voller Entsetzen auf die Wände, die auf sie zukamen.

Das Summen steigerte sich zu einem Kreischen.

»Keine Angst«, schrie Ve und wunderte sich, wie furchtlos sie selbst war. Sie hatte keinen Platz mehr für Angst. Da war nur eine große Verzweiflung.

Sie verstand Karlas Antwort nicht mehr, sie konnten sich bloß aneinander festklammern. Nun begann der Raum wieder zu rotieren, und sie wären hin und her geschleudert worden, wenn ihre Körper nicht längst eingequetscht gewesen wären. Der Boden schob sie gnadenlos nach oben und dann setzten die Schmerzen ein.

Karla wurde aus Ves Armen gerissen, und dann riss auch Ves eigener Körper in der Mitte auseinander und zerfiel in nichts.

Teil 3

1

Es war überstanden.

Sie lagen nebeneinander auf dem Boden der Kabine. Karla hatte ihre Hände vors Gesicht geschlagen und wimmerte leise.

»Alles gut«, sagte Ve beruhigend. »Wir haben es geschafft.«

»Was?« Karla ließ die Hände langsam sinken und sah sich um. Im selben Moment öffneten sich die Türen des MTP.

Der Kellerschacht, in den sie blickten, sah fast genauso aus wie der in der anderen Welt. Nur der Aufzug zum Labor fehlte. Und natürlich waren Marcella, Nicky und Finn nicht hier. Stattdessen stand da der andere Ben und strahlte Ve an, als sei soeben mitten in der Nacht die Sonne aufgegangen.

»Es hat geklappt!« Aufgeregt trat er in die Kabine und half ihnen auf die Beine. »Ich hab mir solche Sorgen gemacht, du kannst dir ja gar nicht vorstellen, was ich mir alles ausgemalt habe.«

»Glaub mir, das war alles harmlos im Vergleich zur Wirklichkeit.« Die Schmerzen des Übergangs waren verflogen, genauso plötzlich, wie sie gekommen waren. Aber Ves Kopf hämmerte, als hätte sie eine Flasche Wodka intus. Je öfter man von einem Universum ins andere reiste, desto schlimmer waren diese Nachwirkungen, auch das wusste sie aus Erfahrung.

»Du musst mir alles ganz genau erzählen!« Ben starrte Karla an, die sich mit dem Rücken an die Wand gelehnt hatte und sich benommen umsah. »Sie sind Frau Wandler, oder? Oh Mann, Sie sind also tatsächlich mitgekommen.«

»Du kannst mich Karla nennen«, sagte sie und streckte ihm die Hand hin.

»Ich bin Ben.«

»Ich weiß.« Karla lächelte schwach. »Ich kenn dich, seit du zehn bist. Also, deinen Doppelgänger natürlich.«

»Klar.« Ben schluckte. Man sah förmlich die tausend Fragen, die sich in seinem Kopf bildeten.

Aber das musste erst einmal warten.

»Was ist mit Mum?«, fragte Ve. »Hat sich das Krankenhaus noch mal gemeldet?«

Sein Gesicht verdüsterte sich. Oh nein, dachte Ve. Das

schmerzhafte Pochen in ihren Schläfen wurde zu einem Dröhnen. Der Boden unter ihren Füßen begann zu wanken. »Ist sie …?«

»Nein«, sagte Ben hastig. »Sorry. Sie ist wieder aufgewacht.«

»Sie ist aufgewacht?« Ve stützte sich an der Wand ab. Der Untergrund stabilisierte sich wieder. »Woher weißt du das? Hast du mit ihr gesprochen?«

»Sie hat am Sonntag auf dem Handy angerufen. Es geht ihr gut. Also, ich meine«, er verzog das Gesicht, »den Umständen entsprechend.«

Den Umständen entsprechend. Was immer das heißen mochte.

»Funktioniert die Dialyse wieder?«, fragte Ve.

Ben zuckte unbehaglich mit den Schultern. »So genau hab ich nicht nachgefragt. Ich wusste ohnehin nicht so recht, was ich ihr sagen sollte. Ich meine, warum du nicht zu erreichen bist und so. Sie macht sich, glaub ich, irre Sorgen.«

»Du musst sie sofort anrufen«, sagte Karla. »Wie spät ist es jetzt in Los Angeles?«

Ben blickte auf seine Uhr und dachte kurz nach. »Halb vier. Nachmittags.«

»Wo ist das Handy?«, fragte Ve.

»In der Küche. Aber bevor wir nach oben gehen, muss ich hier alles ausschalten.«

Ve nickte langsam. Sobald Ben den MTP vom Strom

trennte, würde sich das Wurmloch wieder schließen. Er sprengte sozusagen die letzte Brücke, die sie mit Finn verband.

Als Ben ihr das Handy gab, wollte sie sofort die Nummer ihrer Mutter wählen. Er musste sie daran erinnern, dass es nur oben im Turm Netz gab. Sie stürmte die Treppen hoch und war völlig außer Atem, als sie die Klappe zum Dachboden öffnete.

Ihre Mum nahm nach dem ersten Klingeln ab und brach sofort in Tränen aus, als sie Ves Stimme hörte.

»Wo warst du denn?«, schluchzte sie. »Ich hab mir solche Sorgen gemacht.«

»Es tut mir so leid«, sagte Ve. »Ich konnte dich nicht anrufen. Ich war unterwegs.«

»Unterwegs?«

»Ich kann es am Telefon nicht erklären. Aber es war wichtig.«

Ihre Mutter putzte sich die Nase. Wahrscheinlich fragte sie sich, was wichtiger als ihre Gesundheit war.

»Wie geht es dir?«, fragte Ve. Wie kalt es hier oben war! Durch das schräge Dachfenster sah sie den klaren Nachthimmel, die Mondsichel umgeben von unzähligen winzigen Sternen. In der anderen Welt war der Himmel bedeckt gewesen. Finn war jetzt vermutlich auf dem Heimweg zurück in die Stadt. Vielleicht regnete es wieder. Und sie war nicht mehr da, um ihn zu wärmen.

»Mir geht es prima«, sagte ihre Mutter.

»Lüge.«

Ein schwaches Lachen. »Die Tournee läuft gut?«, fragte Karla dann.

Die Tournee. Nun musste Ve lächeln. »Sie ist schon vorbei. Wir nehmen den nächsten Flug nach Hause.«

»Ihr beide? Bleibt Finn nicht in Deutschland?«

»Doch. Ich bringe jemand anders mit. Du wirst überrascht sein.«

Ein köstlicher Duft nach Vanille erfüllte die Küche, als Ve wieder nach unten kam. Karla saß am Tisch und umklammerte eine dampfende Teetasse. Auf dem Tisch stand ein Teller mit Rosinenstuten.

»Hab ich heute Nachmittag bei Silvia gekauft«, sagte Ben. »Ich hab mir gedacht, dass ihr vielleicht hungrig seid.«

»Du bist ein Engel, Ben«, sagte Ve und dachte wieder an den enttäuschten Blick seines Doppelgängers in der anderen Welt.

Warum musste sie sich eigentlich ausgerechnet in einen Typen wie Finn verlieben? Die Dinge wären so viel einfacher, wenn sie sich für den netten, verlässlichen Ben entschieden hätte, der immer für sie da war, wenn sie ihn brauchte. Sie unterdrückte mit Mühe ein Seufzen.

»Jetzt erzähl doch endlich mal!«, sagte Ben ungeduldig. »Was ist passiert?«

Sie gab ihm eine kurze Zusammenfassung der Ereignisse im anderen Universum, wobei sie seinen Doppelgänger und Finn nur am Rande erwähnte. Ben musste ja nicht alles wissen.

»Mannomann, das ist ja ein richtiger Krimi!« Ben war beeindruckt. »Beim nächsten Mal komm ich mit, da kannst du aber Gift drauf nehmen.«

»Beim nächsten Mal?« Ve lachte ungläubig. »Es gibt kein nächstes Mal, da kannst *du* Gift drauf nehmen.«

Es ist noch nicht zu Ende, hörte sie Finn plötzlich wieder sagen. Und spürte die Wärme, die sich in ihrem Körper ausbreitete, und dann den schmerzhaften Stich, als ihr bewusst wurde, wie unerreichbar fern er war.

»Wir haben aber beschlossen, den Teleporter einmal im Jahr anzuschalten«, sagte Karla.

»Wenn du uns hilfst«, fügte Ve hinzu.

Ben nickte begeistert, als sie ihm von dem Plan erzählten. »Natürlich mach ich das. Wir müssen nur verdammt vorsichtig sein, dass Fischer nichts davon mitkriegt.«

»War er noch einmal hier?«, fragte Ve.

»Na klar.« Ben lachte. »Ich hab ihn auf Video, wenn du ihn gerne noch mal sehen möchtest.«

»Auf Video? Hast du etwa eine Überwachungskamera installiert?«

»Ich musste doch wissen, was passiert, wenn ich nicht da bin.«

»Wann war er hier?«

»Montagnacht.« Ben holte sein Smartphone aus der Tasche, wischte und drückte auf dem Display herum und legte es dann so auf den Tisch, dass Ve und Karla den Clip sehen konnten, den er abspielte.

Er hatte die Kamera über der Eingangstür angebracht. Man sah Fischer auf Zehenspitzen durch die Vorhalle schleichen und dann im Keller verschwinden. Nach kurzer Zeit kam er wieder zurück. Er hatte kein Licht angeschaltet, aber der Mond schien hell genug, sein Gesicht war deutlich zu erkennen. Man sah, wie er zögerte. Dann machte er sich leise auf den Weg ins erste Stockwerk.

»Was hat er denn jetzt vor?«, flüsterte Karla.

»Er geht nachsehen, ob Ve noch im Schloss ist«, sagte Ben.

»Dann hat er festgestellt, dass mein Bett leer ist.« Ves Herz schlug schneller. »Meinst du, er hat kapiert, was hier abging?«

Ben zuckte mit den Schultern. »Ich bin mir nicht sicher. Vielleicht hat er auch einfach angenommen, dass du wieder abgereist bist.«

»Aber meine Tasche war doch noch da.«

Ben grinste. »Nee. Die hab ich vorsichtshalber mit zu mir genommen. Ich hab auch den Kühlschrank geleert und ausgemacht. Ich wollte, dass alles so wirkt, als wärst du weg.«

»Super Idee!«, sagte Ve. »Worauf du immer kommst!«

Bens Ohren begannen vor Stolz rot zu leuchten. »Ich

hoffe, Fischer ist darauf reingefallen. Jedenfalls war er seitdem nicht mehr im Schloss.«

Im Video kam Fischer jetzt wieder die Treppe runter, er ging auf die Kamera zu, ohne sie zu bemerken, und verschwand aus dem Bild.

»Hoffen wir mal, dass er dir nicht auf die Spur gekommen ist«, mischte sich jetzt Karla ein.

»Mir?«, fragte Ben. »Wieso denn das?«

»Na, Fischer hat doch bestimmt mitgekriegt, dass Ve nicht allein hier war. Vielleicht ist er im Moment noch unsicher, ob sie wieder im anderen Universum war. Aber spätestens wenn ich meiner Doppelgängerin eine Niere spende, ist die Katze aus dem Sack. Dann wird er auch schnell kapieren, dass du es warst, der den Teleporter programmiert und das Wurmloch wieder geöffnet hat.«

»Kann schon sein. Na und?«

Karla schnaubte ungläubig. »Na und? Ist das dein Ernst? Hast du vergessen, was TRADE mit Ves Mutter gemacht hat? Die haben ihre Gesundheit ruiniert, die hätten sie fast umgebracht, nur um an Joachims Unterlagen zu kommen. Und mit dir werden sie genau dasselbe machen. Die setzen dich so unter Druck, bis du freiwillig auspackst, was du weißt.«

»Ich glaube nicht, dass TRADE etwas mit der Krankheit von Ves Mum zu tun hat«, sagte Ben.

»Was?« Nun fiel Ve fast die Teetasse aus der Hand.

»Also bitte, das ist nicht dein Ernst! Du willst mir doch nicht erzählen, dass du das alles für einen Zufall hältst!«

»Das hab ich nicht gesagt.« Ben verschränkte seine Finger ineinander und ließ die Gelenke knacken. »Ich glaube nur nicht, dass TRADE dahintersteckt.«

»Sondern?«

»Dieser Arzt, der deine Mutter … behandelt hat, der hieß doch Caczynski, oder? Ich hab mal ein bisschen recherchiert. Er hat in Deutschland Medizin studiert. In München. Hat aber nie sein letztes Staatsexamen gemacht, er dürfte hier also gar nicht praktizieren.«

»Wie hast du das denn rausgekriegt?«

»Hab mich in die Datenbank der Uni gehackt.«

»Was, echt? Genial!«

»Na ja, nicht wirklich. Da kommt jedes Kind rein. Aber ist ja jetzt egal.«

»Caczynski hat also in München studiert und ist gar kein richtiger Arzt«, sagte Ve. »Und was hat das jetzt mit TRADE zu tun?«

»Das will ich ja gerade erklären. Ich hab mir auch Uwe Fischers Lebenslauf angeguckt. Er hat ebenfalls in München studiert …«

»… aber nicht Medizin.«

»Nee, Sport und BWL. Und in seiner Freizeit hat er Badminton gespielt.«

»Das stimmt«, sagte Karla. »Macht er heute noch. Er hat immer versucht, Joachim zu überreden, dass er es auch mal probiert. Aber das war nichts für ihn. Zu schnell, zu anstrengend.«

»Aber für Boris Caczynski war es genau das Richtige«, sagte Ben.

»Was?« Ve zog die Brauen hoch. »Ich kann dir nicht mehr folgen.«

»Caczynski und Fischer haben zusammen Badminton gespielt. Vier Jahre im selben Verein.« Ben holte einen Ausdruck aus der Tasche und legte ihn auf den Tisch. »Hier, der Beweis.«

Ein Zeitungsfoto, auf dem zwei junge Männer in Trainingsanzügen zu sehen waren, die stolz ihre Badmintonschläger präsentierten. *Die Sieger bei den bayerischen Badminton-Meisterschaften (Herrendoppel): Boris Caczynski und Uwe Fischer.* Auf dem Bild hatte Uwe Fischer wallende Locken, Ve erkannte ihn erst auf den zweiten Blick.

»Fischer kennt Caczynski also schon lange«, sagte sie nachdenklich.

»Ich denke, er hat ihn gekauft. Oder erpresst.« Ben verschränkte die Hände im Nacken und lehnte sich lächelnd in seinem Stuhl zurück.

»Caczynski hat mit seinen angeblichen Vitaminpräparaten dafür gesorgt, dass meine Mutter nicht mehr schlafen konnte. Und dann hat er ihr mit seinem Wundertee die Niere zerstört«, sagte Ve. »Was für ein Verbrecher.«

Ben nickte. »Er hat es für Fischer getan. Aber wie schon gesagt – mit TRADE hat das Ganze erst mal nichts zu tun. Ich glaube, dass Fischer ein Einzelkämpfer ist. Im Konzern ist er völlig isoliert. Die wissen garantiert nicht von seinen Eskapaden hier.«

»Das kann ich mir nicht vorstellen«, sagte Karla. »Uwe Fischer ist im Vorstand von TRADE, der macht doch so was nicht auf eigene Faust.«

»Der Fischer in der anderen Welt ist im Vorstand von TRADE. Unser Fischer ist nur ein Mitarbeiter in der Sicherheitsabteilung der Münchener Zentrale. Die Leitung der Abteilung musste er vor ein paar Monaten leider abgeben.«

»Deshalb ist er auch umgezogen!« Ve erinnerte sich, was Finn ihr über Fischers neue Wohnung erzählt hatte. »Er konnte sich die Miete nicht mehr leisten.« Sie rieb sich den Kopf, der wieder zu dröhnen begonnen hatte. »Warum haben die ihn degradiert?«

»Das liegt doch auf der Hand«, sagte Ben. »TRADE hat eine Menge Geld in dieses MTP-Projekt investiert. Sie haben deinem Vater dieses Schloss gekauft, den Kellerumbau finanziert, all das hat Hunderttausende gekostet, aber rausgekommen ist für den Konzern gar nichts. Außer dass Marcella Sartorius verschwunden ist.«

»Du meinst, sie haben Fischer dafür verantwortlich gemacht?«

»Genau das.« Ben grinste. »Wahrscheinlich glauben

die bei TRADE, dass Marcella sich mit der Kohle abgesetzt hat.«

»Aber das wäre doch dann nicht Fischers Schuld«, sagte Ve.

»Nee. Aber die beiden waren ein Team. Vielleicht war Fischer auch dafür zuständig, Marcella zu überwachen oder so. Keine Ahnung. Auf jeden Fall ist er bei TRADE unten durch, seit das Projekt gescheitert ist. Und nun versucht er verzweifelt, das Ruder rumzureißen und die Sache wiedergutzumachen. Wenn er beweisen kann, dass es das Wurmloch wirklich gibt und man in eine Parallelwelt reisen kann, dann kriegt er nicht nur seine alte Stellung wieder, dann ist er richtig oben auf.«

»Und dafür hat er all das riskiert? Der Einbruch und die Wanzen in L.A., der Überfall am Flughafen – du meinst, das geht alles allein auf Fischers Konto?«

»Er hat gerade seinen Jahresurlaub genommen. Vier Wochen. Und ratet mal, wo er ihn verbracht hat.«

»In Los Angeles?«, fragte Karla.

Ben nickte. »Er ist einen Tag vor Ve nach München zurückgekommen.«

»Wie hast du das denn alles rausgekriegt?«, erkundigte sich Karla.

»Ich hab seinen geheimen Mail-Account gehackt.« Vor dem Wort *geheim* malte Ben Anführungszeichen in die Luft. »War nicht allzu schwer zu finden. Aber sehr aufschlussreich.«

Ve runzelte die Stirn. »Wenn Fischer schon vor mir in München war, wer saß dann in dem Wagen, der mir auf dem Weg zum Flughafen gefolgt ist?«

»Er konnte ja nicht alles allein machen. Ich gehe davon aus, dass er Leute engagiert hat, die dich beschattet haben. Vermutlich haben die auch eure Wohnung verwanzt und den Einbruch geplant. Für so was braucht man Profis.«

»Du meinst also, wir haben nur Fischer als Gegenspieler. Und nicht den ganzen Konzern.«

»Es ist so. Hundertpro. Ich bin überzeugt davon, dass keiner der Verantwortlichen bei TRADE von Fischers Aktion weiß. Alle Nachrichten sind über seinen privaten Mail-Account gelaufen. Und für die Sache in Los Angeles hat er Urlaub genommen.«

»Wenn wir Fischer nachweisen könnten, dass er uns ausspioniert hat und bei uns eingebrochen ist«, sagte Ve, »das wäre super.«

»Willst du ihn anzeigen?«, fragte Ben. »Da hast du schlechte Karten. Meine Informationen sind alle nicht verwertbar. Ich hab sie mir schließlich illegal verschafft.«

»Man könnte ihn aber unter Druck setzen.«

Ben nickte nachdenklich. »Ich werde mal sehen, was sich machen lässt.«

Karla gähnte herzhaft. »Tut mir leid«, sagte sie dann. »Aber ich kann nicht mehr. Ich bin total fertig.«

»Du musst ins Bett.« Ve sprang auf. »Und ich auch. Hoffentlich taucht Fischer heute Nacht nicht hier auf.«

»Keine Angst. Sein Urlaub ist zu Ende, er muss morgen wieder arbeiten.«

»Na super.«

Ben reckte sich und stand ebenfalls auf. »Dann will ich auch mal nach Hause.«

»Würdest du mir noch einen Gefallen tun?«, fragte Ve. »Kannst du zwei Plätze im nächsten Flug nach L.A. buchen? Ich komm doch hier nicht ins Internet. Ich geb dir meine Kreditkartennummer.«

»Klar, mach ich.« Ben nickte. »Allerdings haben wir ein Problem mit Karla. Ohne Papiere lassen die sie doch nicht einreisen.«

»Ich hab Papiere für sie. Ich hab Mums Reisepass mitgenommen.«

Sie brachte ihn noch zur Tür und umarmte ihn zum Abschied. »Vielen Dank, Ben. Du bist der totale Wahnsinn. Ich bin so froh, dass ich dich gefunden habe.«

»Ich bin auch froh, dass du mich gefunden hast.« Er lächelte sie so zärtlich an, dass sie ihn sofort wieder losließ.

»Aber jetzt muss ich wirklich ins Bett«, erklärte sie rasch. »Ich bin hundemüde.«

»Schon klar.« Er nickte, verständnisvoll und traurig zugleich. Dann fiel ihm noch etwas ein. »Finn Werfel hat übrigens angerufen. Ein paar Hundert Mal oder so.«

»Und?«

Er zuckte mit den Schultern. »Ich bin nicht drangegangen.« Er räusperte sich. »Ich dachte, es ist dir lieber ...«

»Das war genau richtig.« Sie sah die Neugierde in seinen Augen und wusste, dass er gerne mehr erfahren hätte. Wie die Dinge zwischen ihr und Finn standen, ob sie noch mit ihm zusammen sein wollte. Aber Ben fragte nicht nach. Er hätte auch keine Antwort bekommen.

»Also dann.« Er öffnete die Tür. »Schlaf gut.«

Doch das tat sie nicht. Obwohl sie völlig erschöpft war, machte sie die ganze Nacht kein Auge zu. Es war nicht die Angst, dass Fischer noch einmal im Schloss aufkreuzen könnte, oder die Sorge um ihre Mutter, die sie wach hielten. Es war die Sehnsucht.

Finn fehlte ihr. Es war ein Schmerz, als ob sie einen Körperteil verloren hätte, einen Arm oder ein Bein. Sie war nicht mehr vollständig. Finn gehörte zu ihr, sie gehörte zu ihm, und dennoch waren sie unerreichbar füreinander.

Und Finn ging es genauso, da war sie sich ganz sicher. Wahrscheinlich wälzte er sich jetzt ebenfalls schlaflos hin und her oder war erst gar nicht ins Bett gegangen.

Ves Kopf dröhnte, in ihren Ohren rauschte es, ihr Körper schmerzte vor Erschöpfung, aber sie fand keine Ruhe. Erst als es draußen bereits hell wurde, fiel sie in einen unruhigen Schlaf – und träumte prompt von Finn. Sie saßen in einem kleinen Boot und ruderten über einen blauen

See, der von grünen Wiesen umgeben war. »Ich wusste doch, dass wir uns wiedersehen«, sagte Finn. Dann zog er sie an sich, aber bevor er sie küssen konnte, wachte sie auf.

2

Wenn sie später an die Wochen nach ihrer Rückkehr aus dem anderen Universum zurückdachte, dann verschwammen die einzelnen Tage zu einem unförmigen Klumpen. Sie konnte sich nicht mehr an Einzelheiten erinnern. Die Schlaflosigkeit färbte alles grau. Tagsüber dämmerte sie vor sich hin. Nachts fand sie keine Ruhe.

Noch am Donnerstag flog sie mit Karla zurück in die Staaten. Das Märchenbuch mit den Aufzeichnungen ihres Vaters blieb in Deutschland. Ben deponierte es für sie in einem Bankschließfach in Miersbach.

Als sie in L. A. ankamen, war Ves Mutter gerade aus dem Krankenhaus entlassen worden. Ihr Zustand war stabil, aber alles andere als optimal.

Sie war natürlich mehr als überrascht, als Ve ihr ihren Zwilling präsentierte, und fassungslos, als sie erfuhr, was ihre Tochter ihr in den letzten Monaten alles verheimlicht hatte. »Ich dachte, wir vertrauen uns«, sagte sie betroffen. »Aber ich weiß ja gar nichts von dir.«

Ve kaute an ihrem Zeigefingernagel und antwortete nicht. Was hätte sie auch sagen sollen? *Ich war mir nicht sicher, ob du der Versuchung widerstehen kannst, Dads Erfindung zu Geld zu machen?*

Doch ihre Mutter erriet ihre Gedanken, auch ohne dass sie sie aussprach.

»Das Schlimmste ist, dass du recht hast«, murmelte sie betroffen. »Vielleicht hätte ich wirklich irgendwas Dummes gemacht. Meine Güte, ich war ja so bescheuert!«

Die andere Karla drückte ihre Hand. »Das Gefühl kenn ich«, sagte sie. »Aber jetzt wird nicht mehr zurückgeschaut. Lass uns lieber überlegen, wie wir die Operation organisieren können.«

Die Karla aus der anderen Welt besaß keine gültigen Papiere und hatte natürlich auch keine Krankenversicherung. Es war nicht ganz einfach, ein Krankenhaus zu finden, das bereit war, die Transplantation zwischen den angeblichen Zwillingsschwestern durchzuführen. Zum Glück war Ves Mutter eine wohlhabende Frau. Am Ende wickelte eine Privatklinik das Ganze so diskret wie professionell ab.

Nach der Operation waren die Ärzte verblüfft, wie problemlos Karlas Körper das fremde Organ annahm. »So was hab ich noch nie erlebt«, erklärte der Chirurg, der die Transplantation vorgenommen hatte. »Als wäre es Ihre eigene Niere.«

»Man kann ja auch mal Glück haben«, sagte Karla und wechselte einen verschwörerischen Blick mit ihrer Doppelgängerin.

Am Tag nach der OP rief Ve in der TRADE-Zentrale in München an und ließ sich zu Fischer durchstellen.

»Ich bin's«, sagte sie nur, als er sich meldete.

»Wer?«

Ve schwieg.

»Ich weiß wirklich nicht ...«, begann Fischer.

»Aber ich«, sagte Ve. »Und zwar alles. Dass Sie Ihren Kumpel Caczynski überzeugt haben, meine Mum zu vergiften, dass Sie in unsere Wohnung eingestiegen sind und mein Gepäck geklaut haben ...«

»Halt mal die Luft an!«, unterbrach Fischer sie. »Ich verstehe kein Wort.«

»Dann öffnen Sie mal Ihren Mail-Account. Und zwar den *geheimen*. Ich bleib solange in der Leitung.«

Sie spürte, wie er zögerte, aber dann hörte sie, wie eine Computertastatur klickte. Ben hatte ihr die E-Mail-Adresse gegeben und sie hatte Fischer das Video geschickt, das ihn bei seinem Einbruch im Schloss zeigte. Außerdem ein paar Dokumente, die seine Verbindung zu Caczynski belegten, und einen verräterischen Mailwechsel, in dem Fischer Caczynski an einen Gefallen erinnerte, den dieser ihm noch schuldete. *Denk an die Sache mit Oli Preuss,* hatte er geschrieben.

»Sind Sie noch dran?«, fragte Ve nach ein paar Minuten.

»Natürlich. Aber ich kann mit dem Zeug nichts anfangen. Tut mir leid.«

»Oliver Preuss war ein Studienkollege von Ihnen, der vor acht Jahren unter ziemlich mysteriösen Umständen ums Leben gekommen ist. Kurz danach hat Caczynski das Land verlassen.«

»Na und? Was hat das Ganze mit mir zu tun?«

»Ich wette, wenn ich da ein bisschen nachforsche, stoße ich auf eine sehr interessante Geschichte, in der sowohl Ihr als auch Caczynskis Name auftauchen.«

Fischer lachte laut und spöttisch. »Das sind ja nichts als Vermutungen. Also, mir wird das nun wirklich zu dumm. Ich lege jetzt auf …«

»Ist okay«, sagte Ve. »Dann schick ich die Sachen an Ihren Vorgesetzten. Dr-hesselmeier@trade.com, das ist doch richtig, oder? Vielleicht haben Sie Glück und er findet das Ganze genauso albern wie Sie. Aber falls er anderer Meinung ist, sind Sie Ihren Job los.«

»Was willst du?«, fragte Fischer, wobei er ganz langsam sprach und jedes Wort einzeln betonte, als hätte er es mit einer Geistesgestörten zu tun.

»Ich will, dass Sie mich und meine Mutter in Ruhe lassen. Und zwar ein für alle Mal.«

Schweigen in der Leitung. Ve hörte, wie ihr Herz raste. Hoffentlich drang das laute Hämmern nicht bis nach München.

Er räusperte sich. »Wie kann ich wissen, dass du diese Unterlagen nicht doch noch weiterleitest?«

»Gar nicht. Aber solange Sie sich zurückhalten, passiert nichts.«

»War's das?«

»Noch nicht ganz«, sagte Ve. »Wir werden Sie nicht aus den Augen lassen. Seien Sie vorsichtig.«

Dann legte sie auf.

Fischer ließ nichts mehr von sich hören und ihrer Mutter ging es mit jedem Tag besser. Aber Ve wartete vergeblich darauf, dass sich ein Gefühl der Erleichterung einstellte. Nach wie vor fand sie nachts keinen Schlaf. Die beiden Karlas machten sich große Sorgen um sie.

»Vielleicht solltest du dich doch wieder mit Finn treffen«, schlug ihre Mutter vor. »Also, ich meine natürlich, mit dem Finn aus dieser Welt. Letztendlich sind die beiden doch dieselbe Person.«

Ve schüttelte den Kopf. Sie hatte Finn gleich nach ihrer Ankunft in L.A. angerufen, um ihm zu sagen, dass es aus war. Aber er versuchte alles, um sie umzustimmen.

»Ich vermisse dich schrecklich«, hatte er bei einem ihrer Telefonate gesagt. »Bitte gib mir noch eine Chance.

Ich weiß, ich hab großen Mist gebaut, aber ich mach's wieder gut, ich schwör's.«

»Es hat keinen Sinn«, hatte sie traurig erwidert. »Ich bin dir nicht mehr böse. Aber es ist trotzdem vorbei.«

»Ich werde um dich kämpfen«, hatte er erklärt. »Es ist nicht vorbei, das spür ich doch.«

Dieselben Worte, die der andere Finn zu ihr gesagt hatte. Sie hatte das Gespräch beendet und war in Tränen ausgebrochen.

Seither bombardierte er sie mit Mails und SMS. Sie löschte die Nachrichten jedes Mal, ohne sie zu lesen.

Anfang Juni war Ve mit der Schule fertig. Ihr Abschluss war mittelmäßig, sie hatte kaum für die Prüfungen gelernt. Sie fühlte sich immer noch wie betäubt.

Karla war dagegen wieder ganz die Alte. Sie dachte nämlich über einen Umzug nach.

»Ich habe mir überlegt, dass wir unser Leben ändern sollten«, begann sie.

Ve seufzte.

»Natürlich nur, wenn du einverstanden bist«, fügte Karla hastig hinzu – und das war neu. Ves Einverständnis hatte früher nie eine Rolle gespielt. Ihre Mutter hatte ihre Entscheidungen getroffen, bevor sie Ve darüber in Kenntnis setzte.

»Was hast du vor?«, fragte Ve misstrauisch.

Sie hatten gerade gegessen – ihre Mum hatte Pasta gemacht – und saßen zu dritt in der Küche, in der Ve sich nicht mehr wohlfühlte, seit sie die Kamera unter der Decke gefunden hatte. »Wir haben uns überlegt ...«, begann ihre Mum.

»Wir?«, fragte Ve.

»Coco und ich«, sagte ihre Mutter. Coco – so hatte sie sich als Kind selbst genannt und inzwischen hatte es sich als neuer Name für die andere Karla etabliert. »Wir haben dieses kleine Haus an der Küste gefunden.«

»An welcher Küste?« Europa, Asien, Afrika? Auf welchen Kontinent sollte es jetzt gehen?

»An der kalifornischen Küste. Es ist nicht weit von hier. Bei Santa Maria.«

»Aber Santa Maria ist ... keine Großstadt.«

Ihre Mutter nickte betreten. »Das stimmt. Es ist ein kleines Kaff, verglichen mit Los Angeles. Wir müssen ja auch nicht sofort umziehen ...«

Ve pikste eine letzte Nudel auf, die noch auf ihrem Teller lag, und betrachtete sie nachdenklich. Hier in L. A. hielt sie nichts. Sie hatte kaum Freunde, obwohl sie nun schon seit über einem Jahr hier wohnten. Aber sie war einfach nicht bereit gewesen, sich auf neue Leute einzulassen.

Ein Haus an der Küste. Vielleicht wäre das gar nicht so schlecht.

»Ich will mir das mal ansehen.«

Einen Monat später zogen sie um. Und gleich in der ersten Nacht, die Ve in ihrem neuen Zimmer unter dem Dach verbrachte, schlief sie tief und fest.

Das Haus war nicht besonders groß und uralt. Die Holzböden knarrten, sämtliche Wände waren schief und durch die hohen Fenster zog der Wind. Doch es war hell und freundlich. Ve fand es wunderschön.

»Hier muss noch einiges gemacht werden«, sagte Ves Mum.

»Aber nicht zu viel«, meinte ihre Doppelgängerin. »Mir gefällt es, dass es nicht perfekt ist.«

Und Ve war ganz ihrer Meinung. Sie machte lange Strandspaziergänge. Zuerst allein und später mit Heisenberg, einem Dalmatiner-Schäferhund-Dackel-Mischling, den sie aus dem Tierheim geholt hatten. Und mit jedem Tag spürte sie, dass sie ruhiger und glücklicher wurde.

Sie hatte gerade für Heisenberg einen Stock in die Wellen geworfen, als ihr Handy klingelte. Es war Finn. Seine früheren Anrufe hatte sie alle weggedrückt, diesmal nahm sie ihn an. »Hi.«

»Hi!« Er klang total erfreut. »Du sprichst wieder mit mir!«

»Sieht so aus. Ich hab wohl nur ein bisschen Zeit gebraucht. Was gibt's?«

Er holte tief Luft. »Ich hab nächste Woche einen Gig in L. A. Wollte wissen, ob du kommen willst.«

Ein Gig in L. A. So hatte es damals angefangen. Aber das würde sich nicht wiederholen.

»Hey, Ve.« Er schien ihren Gedanken zu erraten. »Ich weiß, dass es aus ist. Ich würde dich gerne sehen, das ist alles.«

Sie lachte. »Das glaubst du doch selbst nicht.«

»Ich würd mich wirklich freuen.«

Ich mich auch, stellte Ve überrascht fest. Heisenberg kam triefend aus dem Meer zurück und brachte ihr den Stock, den sie sofort wieder wegschleuderte.

»Also gut. Aber keine falschen Hoffnungen.«

Als sie auflegte, hörte sie Finn plötzlich singen. Den anderen Finn, *ihren* Finn.

You can run and you can hide
But you can't escape.

»*My love, my love, my love*«, summte Ve.

Sie schloss die Augen und hatte plötzlich das Gefühl, dass er neben ihr saß und sie ansah. Sie schlang die Arme um ihre Brust und lächelte, weil sie es ganz deutlich spürte.

Es war noch nicht vorbei.

Es ist noch nicht vorbei ...

Sara Oliver
*Gefangen zwischen
den Welten*
ISBN 978-3-473-40144-4

Sara Oliver
*Verloren zwischen
den Welten*
ISBN 978-3-473-40149-9

... denn Ves Abenteuer hat gerade erst begonnen!

Das große Finale erscheint im Juli 2017 im Ravensburger Buchverlag.

Sara Oliver
Zerrissen zwischen den Welten
ISBN 978-3-473-40154-3